심훈 전집 1

심훈 시가집 외

엮은이 소개

김종욱 金鍾郁

서울대학교 국어국문학과 교수.
저서로는 『한국 소설의 시간과 공간』(2000), 『한국 현대소설의 서사형식과 미학』(2005),
『한국 현대문학과 경계의 상상력』(2012) 등의 연구서와 『소설 그 기억의 풍경』(2001),
『텍스트의 매혹』(2012) 등의 평론집이 있다.

박정희 朴旺熙

서울대학교 교수학습개발센터 연구교수.
대표적인 논문으로 「심훈 소설 연구」(2003), 「영화감독 심훈의 소설 『상록수』 연구」
(2007), 「심훈 문학과 3·1운동의 '기억학'」(2016) 등이 있으며 편저로 『송영 소설 선집』
(2010)이 있다.

심훈 전집 1

심훈 시가집 외

초판 1쇄 발행 2016년 9월 16일

지 은 이 심 훈
엮 은 이 김종욱 · 박정희
펴 낸 이 최종숙
펴 낸 곳 글누림출판사

책임편집 이태곤
편   집 문선희 · 박지인 · 권분옥 · 최용환 · 홍혜정 · 고나희
디 자 인 안혜진 · 이홍주
마 케 팅 박태훈 · 안현진

주   소 서울시 서초구 동광로46길 6-6(반포4동 577-25) 문창빌딩 2층(우06589)
전   화 02-3409-2055(편집부), 2058(영업부)
팩   스 02-3409-2059
등   록 제303-2005-000038호(2005.10.5)
전자메일 nurim3888@hanmail.net
홈페이지 www.geulnurim.co.kr

정가 30,000원
ISBN 978-89-6327-356-3 04810
      978-89-6327-355-6(전10권)

01

심훈 전집

심훈 시가집 외

김종욱·박정희 엮음

1. 『심훈 전집 1』은 시가(詩歌)와 수필 등을 수록한 것이다. 제1부에는 1932년 심훈이 생전에 시집을 간행하기 위하여 엮은 『심훈 시가집』(검열본)을 수록하였는데, 최초 발표지면이 확인되는 작품의 경우 '원문'을 함께 수록하여 그 개작 여부를 검토할 수 있도록 했다. 제2부에는 『심훈 시가집』(검열본)에 수록되지 않은 작품들을 발표순서대로 수록했다. 제3부에서는 수필과 기타 글들을 수록했다.

2. 본문은 1988년 1월 19일 문교부 교시 '한글 맞춤법'에 따르는 것을 원칙으로 삼되, 작품의 분위기와 어휘의 뉘앙스 등을 해치지 않기 위해 방언이나 구어체 표현, 의성어·의태어, 외래어 등은 원문에 가깝게 표기하려고 했다. 그리고 특별한 경우를 제외하고 띄어쓰기는 현대 맞춤법에 따랐다.

3. 작품의 작성 시기(창작일)가 표기되어 있는 경우 본문에 작가가 직접 기록한 것을 표기하였다. 해당 작품 및 글의 출전, 필자명 표기, 관련 정보 등에 대한 내용을 글을 말미에 설명하였다.

4. 한자는 최소한으로 줄이고, 문맥상 맞지 않는 어휘나 글자는 문맥에 맞게 고쳤다.

5. 외래어의 경우 강조점(방점 등)은 삭제했다. 단, 제1부에서 최초발표지면이 확인되는 작품의 경우 한자와 외래어 방점 등을 원문 그대로 표기하였고, 한자를 괄호로 병기한 경우는 그대로 따랐으며, 한글 어휘와 한자의 음이 일치하지 않을 경우에는 [ ]로 바꾸어 표기하였다.

6. 저본에서 사용하는 부호(×, ○, △ 등)를 그대로 따랐으며, 판독이 불가능한 경우 글자수만큼 □로 표시하였다. 다만 대화를 표시하는 부분은 " "(큰따옴표), 대화가 아닌 생각 및 강조의 경우에는 ' '(작은따옴표)를 바꾸어 표기했으며, 책 제목의 경우에도 『 』로, 시와 단편소설 등의 작품명의 경우 「 」로, 영화·곡명·연극명·그림명 등은 〈 〉로 통일하여 표기했다.

『심훈 전집』을 내면서

심훈 선생(1901~1936)은 일본제국주의의 지배라는 아픈 역사를 살아가면서도 민족문화의 찬란한 발전을 꿈꾸었던 위대한 지식인이었습니다. 100편에 육박하는 시와 『상록수』를 위시한 여러 장편소설을 창작한 문인이었으며, 시대의 어둠에 타협하지 않고 강건한 필치를 휘둘렀던 언론인이었으며, 동시에 음악·무용·미술 등 다양한 예술분야에 조예가 깊은 예술평론가였습니다. 그리고 "영화 제작을 필생의 천직"으로 삼고 영화계에 투신한 영화인이기도 했습니다.

그런데 오늘날 심훈 선생은 『상록수』와 「그날이 오면」의 작가로만 기억되는 듯합니다. 문학뿐만 아니라 언론과 영화, 예술 등 문화 전반에 걸쳐 있던 다채롭고 풍성했던 활동은 잊혀졌고, 저항과 계몽의 문학인이라는 고정된 관념만이 남았습니다. 이제 새롭게 『심훈 전집』을 내놓게 된 것은 다양한 분야에 걸쳐 있는 선생의 족적을 다시 더듬어보기 위해서입니다.

50년 전에 심훈 전집이 만들어졌던 적이 있습니다. 1966년 사후 30주년을 기념하여 작가의 자필 원고와 자료를 수집하고 간직해 왔던 유족의 노력으로 『심훈문학전집』(탐구당, 전3권)이 간행되었던 것입니다. 여기에는 일기와 서간문, 시나리오 등등 여러 미발표 자료들까지 수록되어 있어 심훈 연구에 있어서 매우 뜻 깊은 사건이었습니다. 그런데, 세월이 흐르면서 이 전집은 일반 독자들이 쉽게 구할 수 없을 뿐더러 새로 발견된 여러 자료들을 담지 못한다는 아쉬움을 남기고 있었습니다. 그래서 심훈 선생이 갑작스럽게 세상을 뜬 지 80년이 되는 2016년에 새롭게 『심훈 전집』을 기획하기에 이르렀습니다.

이번 전집을 엮으면서 다음과 같은 점을 염두에 두고자 했습니다.

이 전집에서는 최초 발표본을 저본으로 삼았습니다. 그동안 우리가 쉽게 접할 수 있었던 여러 소설들은 대부분 단행본을 토대로 한 것이었습니다. 그런데 이 전집에서는 신문이나 잡지에 최초로 발표되었던 텍스트를 바탕으로 삼았으며, 필요한 경우 연재 일자 등을 표기하여 작품 발표 당시의 호흡과 느낌을 알 수 있도록 노력했습니다.

그렇지만 시가의 경우에는 작가가 출간을 위해 몸소 교정을 보았던 검열본 『심훈시가집』(1932)을 저본으로 삼았습니다. 비록 일제의 검열 때문에 출판되지 못했을지라도 이 한 권의 시집을 엮기 위해 노심했을 시인의 고뇌를 엿보기 위해서입니다. 그리고 최초 발표지면이 확인되는 작품의 경우에는 원문을 함께 수록하여 작품의 개작 양상도 함께 검토할 수 있도록 구성하였습니다.

마지막으로 영화감독 심훈의 면모를 최대한 담으려고 노력했습니다. 예컨대 영화소설 「탈춤」의 경우 스틸사진을 함께 수록하여 영화소설적 특성을 확인할 수 있게 했으며, 영화 관련 글들에 사용된 당대의 영화 사진과 감독·배우를 비롯한 영화인들의 사진을 글과 함께 수록했습니다. 그리고 무엇보다 그간 소개되지 않았던 심훈의 영화 관련 글들을 발굴하여 수록했습니다. 이를 통해 영화감독 심훈의 모습은 물론 그의 문학을 더 다채롭게 이해하는 계기가 되길 기대합니다.

이러한 의도와 목적이 실제 전집에서 어떻게 구현될 수 있는가에 대해서 편집자들은 여전히 두려움을 갖고 있습니다. 누구나 그러하겠지만, 전집을 간행할 때마다 편집자들은 자신들의 작업이 정본으로 인정받기를, 그래서 더 이상의 전집이 만들어지지 않기를 꿈꿀 것입니다. 하지만, 전집을 만드는 과정은 어쩌면 원텍스트를 훼손하는 과정이기도 합니다. 하나의 예를 들어보겠습니다.

심훈의 『상록수』에서, 인물들이 대화를 나눌 때에는 부엌을 '벅'이라고 쓰는데 대화 이외의 서술에서는 '부엌'이라고 쓰고 있습니다. 그리고 『대지』를 번역할 때에는 대화 이외에서 '벅'이라는 표현을 사용합니다. 여기에서 '벅'이나 '벽'은 특정 지역에서 사용하는 방언인데, 이것을 그대로 놓아둘 것인가, 일괄적으로 바꿀 것인가에 두고 오랫동안 고민했습니다. 처음에는 작가의 의도를 고려하여 그대로 살려두었는데, 현대 독자의 입장에서 다시 보니 전혀 낯선 단어여서 가독성을 현저히 떨어뜨리고 말았습니다. 결국 전집에서는 '부엌'으로 수정하게 되었습니다.

이런 예들은 무수히 많습니다. 원래의 느낌을 최대한 살리겠다는 원칙을 세워두긴 했지만, 현재의 독서관습을 무시하기도 어려웠습니다. 그래서 편의상 고어나 방언의 경우 『표준국어대사전』의 표제어로 실려 있으면 그대로 살려두긴 했지만, 이 또한 자의적이라는 생각을 떨쳐버릴 수 없습니다. 결국 원본의 '훼손'에 대한 책임은 전적으로 우리 두 사람에게 있습니다. 물론 이 책임을 덜기 위해서 주석을 활용할 수 있겠지만, 이번 전집에는 주석을 넣지 않았습니다. 실제 주석 작업을 진행한 결과 그 수가 너무 많은 것이 이유라면 이유입니다. 어휘풀이, 인명·작품 등에 대한 설명, 원본의 오류와 바로잡은 내용 등에 대한 주석이 너무 많아서 독서의 흐름을 방해했기 때문입니다. 대신 이 주석의 내용을 알아보기 쉽게 정리해서 『심훈 사전』으로 따로 간행하고자 합니다.

마지막으로 전집을 준비하는 과정에 도움을 주신 분들에게 감사한 마음을 전합니다. 새로운 자료를 소개해준 분도 있고 읽기조차 힘든 신문연재본을 한 줄 한 줄 검토해준 분도 계셨습니다. 권철호, 서여진, 유연주, 배상미, 유예현, 윤국희, 김희경, 김춘규, 장종주, 임진하, 김윤주 등. 이분들의 도움이 있었기에 이 전집이 나올 수 있었습니다. 이 자리를 빌어 다시 한 번 감사한 마음을 전합니다. 그리고 유난히도 더웠던 여름 내내 어수선한 원고 뭉치를 가다듬고 엮은이를 독려하여 이렇게 멋진 책으로 만들어주신 글누림출판사의 최종숙 대표님과 이태곤 편집장님께 다시 한 번 고마움을 전합니다.

2016년 9월 심훈의 기일(忌日)에 즈음하여
엮은이 씀

차 례

제1부 『심훈 시가집』(1919~1932)

제2부 『심훈 시가집』 미수록 작품

제3부 수필 및 기타

제1부

『심훈 시가집』

1919~1932

沈重詩歌集 第一輯

京城 世光社印行

1919-1932

머릿말씀

나는 쓰기를 위해서 시를 써본 적이 없습니다. 더구나 시인이 되려는 생각도 해보지 아니하였습니다. 다만 닫다가 미칠 듯이 파도치는 정열에 마음이 부대끼면, 죄수가 손톱 끝으로 감방의 벽을 긁어 낙서하듯 한 것이, 그럭저럭 근 백수(百首)나 되기에, 한 곳에 묶어보다가 이 보잘 것 없는 시가집(詩歌集)이 이루어진 것입니다.

■ ☆

시가에 관한 이론이나 예투(例套)의 겸사(謙辭)는 늘어놓지 않습니다마는, 막상 책상머리에 어중이떠중이 모인 것들을 쓰다듬어 보자니 이목(耳目)이 반듯한 놈은 거의 한 수(首)도 없었습니다. 그러나 병신자식이기 때문에 차마 버리기 어렵고, 솔직한 내 마음의 결정(結晶)인지라, 지구(知舊)에게 하소연이나 해보고 싶은 서글픈 충동으로 누더기를 기워서 조각보를 만들어 본 것입니다.

☆ ■

삼십이면 선[立]다는데 나는 아직 배밀이도 하지 못합니다. 부질없는 번뇌로, 마음의 방황으로, 머리 둘 곳을 모르다가 고개를 쳐드니, 어느덧 내 몸이 삼십의 마루터기 위에 섰습니다. 걸어온 길바닥에 발자국 하나도 남기지 못한 채 나이만 들었으니, 하염없게 생명이 좀 쏠린 생각을 할 때마다, 몸서리를 치는 자아를 발견합니다. 그러나 앞으로 제법 걸음발을 타게 되는 날까지의, 내 정감(情感)의 파동(波動)은, 이따위 변변치 못한 기록으로 나타나지는 않으리라고, 스스로 믿고 기다립니다.

1932년 9월 가배절(嘉俳節) 이튿날

당진(唐津) 향제(鄕第)에서 심훈

서시(序詩)

밤

밤, 깊은 밤
바람이 뒤설레며
문풍지가 운다.
방, 텅 비인 방안에는
등잔불의 기름 조는 소리뿐…

쥐가 천정을 모조리 쏘는데
어둠은 아직도 창밖을 지키고,
내 마음은 무거운 근심에 짓눌려
깊이 모를 연못 속에서 자맥질한다

아아 기나긴 겨울밤에
가늘게 떨며 흐느끼는
고달픈 영혼의 울음소리―
별 없는 하늘 밑에 들어줄 사람 없구나!

1923년 겨울 '검은돌' 집에서

序詩

밤, 기픈 밤
바람이 뒤설레며
문풍지가 운다.
방, 텅 비인 방안에는
등잔불의 기름 조는 소리뿐…

쥐가 천정을 모조리 써는데
어둠은 아직도 창밧글 직히고
내 마음은 무거운 근심에 짓눌려
기피 못을 연못 속을 자맥질 한다.

아아 기나긴 겨울밤에
가늘게 떨며 흐느끼는,
고달은 령혼의 우름소리—
별 업는 하늘 밑에 들어줄 사람 업구나!

1923.12.

☺ 이 시는 장편소설 『영원의 미소』 제1회(《조선중앙일보》, 1933.07.10)에 「序詩」라는 제목
으로 제시된 바 있는데, 여기에 함께 수록함.

봄의 서곡(序曲)

봄의 서곡(序曲)

동무여,
봄의 서곡을 아뢰라
심금(心琴)엔 먼지 앉고 줄은 낡았으나마
그 줄이 가닥가닥 끊어지도록
새 봄의 해조(諧調)를 뜯으라!

그대의 가슴이 찢어질 듯 아픈 줄이야 어느 뉘가 모르랴
그러나 그 아픔은 묵은 설움이
엉기어 붙는 영혼의 동통(疼痛)이 아니요,
입술을 깨물며 새로운 우리의 봄을
빚어내려는 창조의 고통이다

진달래 동산에 새소리 들리거든
너도 나도 즐거이 노래 부르자
범나비 쌍쌍이 날아들거든
우리도 덩달아 어깨춤 추자
밤낮으로 탄식만 한다고 우리 봄은 저절로 굴러들지 않으리니—

그대와 나,
개미떼처럼 한데 뭉쳐
땀을 흘리며 폐허를 지키고
굽히지 말고 싸우며 나가자
우리의 역사는 눈물에 미끄러져
뒷걸음치지 않으리니—

동무여,
봄의 서곡을 아뢰라
심금엔 먼지 앉고 줄은 낡았으나마
그 줄이 가닥가닥 끊어지도록
새 봄의 해조를 뜯으라!

1931. 2. 23.

피리

내가 부는 피리소리, 곡조는 몰라도
그 사람이 그리워, 마디마디 꺾이네
길고 가늘게 불러도 불러도, 대답 없어서—
봄 저녁의 별들만 눈물에 젖네

1929.4.

봄비

하나님이 깊은 밤에, 피아노를 두드리시네
건반 위에 춤추는, 하얀 손은 보이지 않아도
섬돌에, 양철지붕에, 그 소리만 동당 도드랑
이 밤엔 적적하셔서, 잠 한숨도 못 이루시네

1929.4.

봄비

하나님이 깊은 밤에 「피아노」를 두다리시네
鍵盤 우에 춤추는 하얀 손은 보이지 안어도
섬ㅅ돌에 洋鐵집웅에 그 소리만 동당 동당—
이 밤엔 하나님도 寂寂하서서 잠 한숨도 못 니루시네

《조선일보》, 1928.04.24. [필자명은 '沈◆'. 이 작품은 「봄비」라는 제목 아래 巴人, 沈熏, 赤駒, 金麗水 등이 쓴 작품 중 두 번째 작품임.]

26 심훈 전집 1

영춘삼수(咏春三首)

책상 위에 꺾어다 꽂은 복숭아꽃
잎잎이 시들어선 향기 없이 떨어지니
네 열매는 어느 골에 맺으려는고

개천바닥을 뚫고서 언덕 위로
파릇파릇 피어오르는 풀 잎새,
망아지나 되어지고 송아지나 되어지고

창경원(昌慶苑) 야앵(夜櫻) 구경을
휩쓸려 들어갔다가 등을 밀려 나오니
가등(街燈) 밑에 기―다란 내 그림자여!

1929.4.28.

저음수행(低吟數行)

아츰마다 쥼ㅅ길처럼 허급지급 긔어들어
出勤簿에 圖章을 찍고 나서는 물쓰럼이 바라다보네
十年이나 다닌 친구의 얼골을
◇
冊床 우에 썩어다 쇠진 복숭아쏫
닙닙히 시들어선 香氣 업서 쩌러저
네 열매는 어나 곳에 매즈려는고
◇
개천바닥을 뚤코서
파릇파릇 피어올르는 풀닙새
이 몸이 망아지나 되여지고 송아지나 되여지고
◇
窓에 기대여 봄ㅅ바람 기승쩟 드려마시니
새쌝안 피 血管 속을 쑥 쑥 쎄더달리네
오오 나는 아직도 靑春이로구나
◇
昌慶苑 쏫구경을
휩쓸녀 들어갓다가 등을 밀려나온
街燈 밋헤 기— 다란 내 그림자여!

29. 4월 18일의 日記로

≪조선일보≫, 1929.04.20. [필자명은 '沈熏']

거리의 봄

지난겨울 눈 밤에 얼어 죽은 줄 알았던
늙은 거지가 쓰레기통 곁에 살아 앉았네
허리를 펴며 먼 산을 바라다보는 저 눈초리!
우묵하게 들어간 그 눈동자 속에도
봄이 비취는구나, 봄빛이 떠도는구나

원망스러워도 정든 고토(故土)에 찾아드는 봄을
한번이라도 저 눈으로 더 보고 싶어서
무쇠도 얼어붙는,
그 추운 겨울에
이빨을 악물고 살아왔구나
죽지만 않으면 팔다리 뻗어볼 시절이 올 것을
점(占)쳐 아는 늙은 거지여, 그대는 이 땅의 선지자(先知者)로다

사랑하는 젊은 벗이여,
그대의 눈에 미지근한 눈물을 거두라!
그대의 가슴을 헤치고 헛된 탄식의 뿌리를 뽑아버리라!
저 늙은 거지도 기를 쓰고 살아왔거늘,

그 봄도, 우리의 봄도, 눈앞에 오고야 말 것을
아아 어찌하여 그대들은 믿지 않는가?!

1929.4.19.

거리의 봄

지난겨울 눈 밤에 어러 죽은 줄 알엇던
늙은 『거지』가 쓰레기桶 겻해 살어 안젓네
허리를 펴고 먼 山을 바라다보는 저 눈초리!
우묵하게 들어간 그 눈瞳子속에도
봄이 비최는구나 봄빗이 써도는구나

　　◇

원망스러워도 情든 故土에 차저오는 봄을
한번이라도 더 보고 십허 무쇠도 얼어붓는
그 치운 겨울에 니ㅅ발은 앙물고 살어왓구나
죽지만 안으면 팔다리 쌔더볼 時節이 올 것을
點처 아는 늙은 거지여! 그대는 이 쌍의 先知者로다

　　◇

오 사랑하는 젊은 벗이여
네 눈의 미지근한 눈물을 거두라
네 가슴을 헤치고 헛된 歎息의 쌕리를 쏩아버리라!
저 늙은 거지도 긔를 쓰고 살어왓거늘
그 봄도 우리의 봄도 눈압헤 오고야 말 것을
오오 엇지하야 그대들은 밋지 안는가?!

1929.4.19.

《조선일보》, 1929.04.23. [필자명은 '沈熏']

31

나의 강산(江山)이여

높은 곳에 올라 이 땅을 굽어보니
큰 봉오리와 작은 멧부리의 어여쁨이여,
아지랑이 속으로 시선이 녹아드는 곳까지
오똑오똑 솟았다가는 굽이져 달리는 그 구배(句配)—
네 품에 안겨 뒹굴고 싶도록 아름답구나

솔나무 감송감송 목멱(木覓)의 등어리는
젖 물고 어루만지던 어머니의 허리와 같고,
삼각산(三角山)은 적(敵)의 앞에 뽑아든 칼끝처럼
한 번만 찌르면 먹장구름 쏟아질 듯이
아직도 네 기상이 늠름하구나

에워 싼 것이 바다로되 물결이 성내지 않고
샘과 시내로 가늘게 수(繡) 놓았건만
그 물이 맑고 그 바다 푸르러서,
한 모금 마시면 한백년(限百年)이나 수(壽)를 할 듯
퐁퐁퐁 솟아서는 넘쳐 넘쳐 흐르는구나

할아버지 주무시는 저 산 기슭에
할미꽃이 졸고 뻐꾹새는 울어 예네
사랑하는 그대여, 당신도 돌아만 가면
저 언덕 위에 편안히 묻어 드리고
그 발치에 나도 누어 깊은 설움 잊으오리다

바가지쪽 걸머지고 집 떠난 형제,
거칠은 벌판에 강냉이 이삭을 줍는 자매여,
부디부디 백골이나마 이 흙 속에 돌아와 묻히소서
오오 바라다볼수록 아름다운 나의 강산이여!

1926.5.

頌三千里

　　놉흔 곳에 올라 이 쌍을 굽어보니 큰 봉오리와 적은 뫼쌕리의 어엿붐이여 아즈랑이 속으로 視線이 녹아드는 곳까지 웃쑥웃쑥 소삿다가는 구비져 달리는 그 勾配— 네 품에 안켜 딍굴고 십도록 아름답고나

　　　　◇

　　소나무 감송감송 木覓의 등어리는 젓물고 어루만지든 어머니의 허리와 갓고 三角山은 남의 압혜 쌥아든 武士의 칼짓 한 번 씨르면 먹장구름 쏘다질 쯧이 아즉도 네 氣象이 凜凜도 하다

　　　　◇

　　에워싼 것이 바다로되 물결이 성내지 안코 샘과 시내로 가늘게 수(繡) 노앗것만 그 물이 맑고 그 바다 푸르러서 한 목음 마시면 限百年이나 壽를 할 쯧 퐁퐁퐁 소사서는 넘처넘처 흐르는고나

　　　　◇

　　한아버지 주무시는 저 산기슭에 쌔쑥새 울어예며 긴 밤을 직히네 사랑하는 그대여 당신도 도라가면은 저 언덕 우에 고히고히 무더드리고 그 발치에 나도 누어 깁흔 설음 이즈오리다

　　　　◇

　　박아지쪽 걸머지고 쩌나는 兄弟 거츠른 벌판에 강낭이[高粱] 이삭을 줍는 姉妹여 白骨이나마 이 흙속에 돌아와 무치소서 오오 바라볼사록 아름다운 나의 江山이여

《삼천리》, 1929.06, p.47. [필자명은 '沈熏']

어린이날

해마다 어린이날이면 비가 내립니다
여러분의 행렬에 먼지 일지 말라고
실비 내려 보슬보슬 길바닥을 축여줍니다
비바람 속에서 자라난 이 땅의 자손들이라,
일 년의 한 번 나들이에도 옷깃이 젖습니다그려

여러분은 어머님께서 새 옷감을 매만지실 때
물을 뿜어, 주름살 펴는 것을 보셨겠지요?
그것처럼 몇 번만 더 빗발이 뿌리고 지나만 가면
이 강산의 주름살도 비단같이 펴진답니다

시들은 풀잎만 얼크러진 벌판에도 봄이 오면은
하늘로 뻗어 오르는 파—란 싹을 보셨겠지요?
당신네 팔다리에도 그 싹처럼 물이 올라서
지둥 치듯 비바람이 불어도 쓰러지지 말라고
비가 옵니다, 높이 든 깃발이 그 비에 젖습니다

1929.5.5.

어린이날에

해마다 어린이날이면 비가 나립니다
여러분의 행렬에 먼지일지 말라고
실비 나려 보슬보슬 길바닥을 축여줍니다
비바람 속에서 자라난 이 쌍의 자손들이라
일 년에 한 번 『나드리』에도 옷깃이 젓습니다그려

　　◇

여러분은 어머님께서 새 옷감을 매만즈실 째
물을 쑴어 주름ㅅ살 펴는 것을 보섯겟지요?
그것처럼 멧 번만 더 비ㅅ발이 쑤리고 지나만 가면
이 강산의 주름ㅅ살도 펴진답니다

　　◇

시들은 풀닙 우거진 벌판에도 봄이 오면은
하늘로 쌔더 올르는 파—란 싹을 보셨겠지요?
당신네 팔다리에도 나무쌕리처럼 물이 올라서
지둥 치듯 바람이 불어도 쓸어지지 말라고
비가 옵니다 놉히 든 긔ㅅ발이 그 비에 젓습니다

　　◇

비여, 나리소서 저들의 머리 우에,
고오야 말 비어든 쏘다라도 지소서
천만 줄기 눈물이 어울려 씻겨 나리고
밝는 날의 해ㅅ발이 퍼저 오르기 전에
쏘다지소서 기우려 퍼부ㅅ기라도 하소서!

1929.5.5.

―――――――――

《조선일보》, 1929.05.07. [필자명은 沈熏]

그날이 오면

그날이 오면 그날이 오면은
삼각산이 일어나 더덩실 춤이라도 추고
한강물이 뒤집혀 용솟음칠 그날이,
이 목숨이 끊치기 전에 와주기만 하량이면
나는 밤하늘에 나는 까마귀와 같이
종로(鍾路)의 인경(人磬)을 머리로 들이받아 울리오리다
두개골은 깨어져 산산조각이 나도
기뻐서 죽사오매 오히려 무슨 한이 남으오리까

그날이 와서 오오 그날이 와서
육조(六曹) 앞 넓은 길을 울며 뛰며 뒹굴어도
그래도 넘치는 기쁨에 가슴이 미여질 듯하거든
드는 칼로 이 몸의 가죽이라도 벗겨서
커다란 북[鼓]을 만들어 들쳐 메고는
여러분의 행렬에 앞장을 서오리다
우렁찬 그 소리를 한번이라도 듣기만 하면
그 자리에 꺼꾸러져도 눈을 감겠소이다

斷腸二首
—舊稿 中에서—

그날이 오면 그날이 오면은
三角山이 이러나 더덩실 춤이라도 추고
漢江물이 뒤집혀 룡소슴칠 그날이,
이 목숨이 끊지기 前에 와주기만 하량이면
나는 밤 한울에 날르는 까마귀와 같이
鍾路의 人磬을 머리로 드리바더 울리오리다
頭蓋骨은 깨어저 散散조각이 나도
깃버서 죽사오매 오히려 무슨 恨이 남으오리까

그날이 와서 오오 그날이 와서
六曹 앞 넓은 길을 울며 뛰며 딍굴어도
그래도 넘치는 깃븜에 가슴이 미여질 듯하거든
드는 칼로 이 몸의 가죽이라도 벗겨서
커다란 북[鼓]을 만들어 들처 메고는
여러분의 行列에 앞장을 스오리다
우렁찬 그 소리를 한 번이라도 듣기만 하면
그 자리에 꺽구러져도 願이 없겠소이다

『심훈 시가집』(1932)에 포함될 때 「단장이수」라는 제목의 인쇄물이 오려붙여져 있지만, 정확한 서지사항은 확인되지 않음.

돌아가지이다

돌아가지이다, 돌아가지이다
동요(童謠)의 나라, 동화(童話)의 세계로
다시 한 번 이 몸이 돌아가지이다

세상은 티끌에 파묻히고
살길에 시달린 몸은,
선잠 깨여 고사리 같은 손으로
어루만지던 엄마의 젖가슴에
안기고 싶습니다, 품기고 싶습니다
그 보드랍고 따뜻하던
옛날의 보금자리 속으로
엉금엉금 기어들고 싶습니다

그러나 이를 어찌하오리까
엄마의 젖꼭지는 말라붙었고
제 입은 계집의 혀를 빨았습니다
엄마의 젖가슴은 식어버리고
제 염통에는 더러운 피가 괴었습니다

바람이 붑니다, 바람은 찹니다
온 세상이 거칠고 쓸쓸합니다
가는 곳마다 차디찬 바람을
등어리에 끼얹어 줍니다

오오 와다오, 포근한 잠아!
하염없는 희망을 덮고
끊임없이 근심스러운 마음 위에,
한번 다시 그 잠이 와 주려무나

"자장자장 잘두 잔다
　얼뚱아기 잘두 잔다
　자잠골에 들어가니
　　그 골에는 잠도 많아
　센둥이도 자더란다
　　검둥이도 자더란다"
엄마도 꾸벅꾸벅 졸으시다가
내 이마에 엄마가 이마뚝도 허셨었지

노곤한 봄날
낮잠 주무시는 할아버지의
은실 같은 수염을 뽑아 가지고

개나리 회초리에 파리를 매어
"잠자리 종 조—ㅇ
　파—리 종 조—ㅇ
이리 오면 사느니라
　저리 가면 죽느니라…"

고추자지 달랑거리고
논둑 건너, 밭이랑 넘어
나비같이 돌아다니던
귀여운 어린 천사야,
아아 지금은 어디로 갔느냐?

함박눈이 울안을 덮고
밭 전(田) 자 들창에 달빛이 물들 때
언니하고 자리 속에서 듣던
할머니의 까치 이야기는
어쩌면 그렇게도 재미가 있었을까요?
여우한테 물려간 까치새끼가
가엾고 불쌍해서 울었겠지요
찾아다 달라고 떼를 쓰며 울었었지요

아아 옛날의 보금자리에
이 몸을 포근히 품어주소서

하루도 열 두 번이나 거짓말을 시키고도
얼굴도 붉히지 말라는 세상이외다
사람의 마음도 돈으로 팔고 사는
알뜰히도 더러운 세상이외다

돌아가지이다, 돌아가지이다
동요의 나라, 동화의 세계로
한번만 다시 돌아가지이다!

1922. 2.

도라가지이다

도라가지이다 도라가지이다
동요의 나라 동화의 세계로
다시 한 번 이 몸이 돌아가지이다

하루도 열두 번이나 붓그럼 업시
거짓말을 토하는 입살은
엄마의 말랑말랑한 젓쪽지를 물고
오물거려보고 십슴니다

세상 씌씉에 파무처
살 길에 짓친 몸은
선잠쎄여 단풍닙 갓튼 손으로
더듬더듬 어루만져보는
엄마의 젓가슴―

고 보드랍고도 싸듯하든
녯날 보금자리 속으로
긔어들어보고 십허합니다
그러나 이를 엇지하릿가
엄마의 젓쪽지는 말라붙었고
내 입은 게집의 혀를 쌔럿음니다
엄마의 젓가슴은 식어버렷고
내 염통엔 더러운 피가 괴엿음니다

바람이 붑듸다 바람은 참듸다

43

세상이 찹듸다 마음은 아품니다
엇저녁 흘니든 눈물이
벼개를 쏘 적시엇음니다

와다오 폭은한 잠아!
하욤업는 희망을 덥고
쉴임업시 근심스런 마음 우에
한 번만 다시 와주렴으나

「자장 자장 얼뚱 애기
센둥이두 자드란다
검둥이두 자드란다
자장 자장 우리 애기
콜 콜 콜 잘두 잔다」

넷날에 엄마가 불러주시든
정답은 자장노래야!
하얀 새털로 씨다듬는 듯
애닯은 이 령혼을 어루만저서
곱드란 꼿동산 달콤한 꿈의 나라로
다시 한 번 이 맘을 보내여다오

녹은 한 봄날
낮잠 주무시는 할아버지의
은실 가튼 수염을 쏩아가지고
개나리 회초리에 파리를 매여
「잠자리 종종
파리 종종
이리 오면 사느니라
저리 가면 죽느니라

울담 밋 양지쪽엔
냉이꼿이 졸고 잇다」

고초자지를 달랑거리고
논쑥 건너 밧이랑 넘어
나뷔가티 돌아다니든
귀여운 어린 텬사야!
오, 지금은 어대로 갓느냐

함박눈이 울안을 덥고
밭전자(田) 들창에 달빗이 물들은
겨울밤 자리 속에서 듯든
할머니의 까치 이약이는
어쩌면 그러케도 자미가 날가
여호한테 물녀닷다는 까치색기가
넘어도 가엽스니 차저달라고
울며 조르고 벗채다가는
동내집 첫닭이 울엇담니다

온 세상이 차고 쓸쓸하구나

《신문예》2, 1924.03, pp.23~26. [필자명은 '沈大燮'. 해당 잡지의 27면이 누락되어 이후 이어지는 내용은 확인하지 못함. 해당 지면에 「미친 놈의 기도(祈禱)」도 함께 발표되었지만 검열로 "以下 四頁 全部削除"(p.22)라고 되어있음.]

필경(筆耕)

우리의 붓끝은 날마다 흰 종이 위를 갈[耕]며 나간다
한 자루의 붓, 그것은 우리의 쟁기[犁]요 유일한 연장이다
거칠은 산기슭에 한 이랑[畝]의 화전(火田)을 일려면
돌부리와 나뭇등걸에 호미 끝이 부러지듯이
아아 우리의 꿋꿋한 붓대가 몇 번이나 꺾였었던고?

그러나 파—랗고 빨간 잉크는 정맥과 동맥의 피
최후의 일적(一滴)까지 종이 위에 그 피를 뿌릴 뿐이다
비바람이 험궂다고 역사의 바퀴가 역전할 것인가
마지막 심판 날을 기약하는 우리의 정성이 굽힐 것인가
동지여 우리는 퇴각을 모르는 전위의 투사다!

'박탈' '아사(餓死)' '음독(飮毒)' '자살'의 경과보고가 우리의 밥벌이냐
'아연활동(俄然活動)' '검거' '송국(送局)' '판결언도(判決言渡)' '5년'—'10년'의
스코어를 적는 것이 허구한 날의 직책이란 말이냐
창끝같이 철필(鐵筆) 촉을 벼려 모든 암흑면을 파헤치자
샅샅이 파헤쳐 온갖 죄악을 백주(白晝)에 폭로하자!

스위치를 제쳤느냐 윤전기가 돌아가느냐
깊은 밤 맹수의 포효와 같은 굉음과 함께
한 시간에도 몇 만 장이나 박혀 돌리는 활자의 위력은,
…민중의 맥박을 이어주는 우리의 혈압이다!
오오 붓을 잡은 자여 위대한 심장의 파수병이여!

1930.7.

筆耕

우리의 붓끗은 날마다 흰 조희 우를 갈[耕]며 나간다.
한 자루의 붓, 그것은 우리의 장ㅅ기[犁]요 唯一한 연장이다.
거츠른 山기슭에 한 이랑[畝]의 火田을 일랴면
돌쌕리와 나무ㅅ등걸에 호미 끗이 불어지듯이
아아 우리의 꼿꼿한 붓대가 몃 번이나 썩엿든고?

◎

그러나 파—랏코 쌁안 「잉크」는 靜脈과 動脈의 피!
最後의 一滴까지 조희 우에 그 피를 쑤릴 쑨이다.
비바람이 험긋다고 歷史의 박휘가 逆轉할 것인가
마지막 審判날을 期約하는 우리의 精誠이 굽힐 것인가
同志여 우리는 退去를 모르는 前衛의 鬪士다!

◎

「剝奪」「餓死」「飮毒」「自殺」의 …가 우리의 밥버리냐
「俄然活動」「檢擧」「送局」「判決言渡」五年—十年의
스코어를 적는 것이 허구한 날의 職責이란 말이냐
槍끗가티 鐵筆촉을 벼러 그 ×× 속을 파헤치자
삿삿치 파헷처 온갓 ××을 白晝에 暴露하자!

◎

시우치를 제첫느냐 輪轉機가 돌아가느냐
猛獸의 咆哮와 가튼 轟音과 함께
한 時間에도 몃 萬 장이나 박혀 돌리는 活字의 威力은,
民衆의 脈搏을 니어주는 우리의 血壓이다!
오오 붓을 잡은 者여 偉大한 心臟의 把守兵이여!

《철필》창간호, 1930.07. p.82. [필자명은 '朝鮮日報 沈熏']

명사십리(明沙十里)

시푸른 성낸 파도(波濤) 백사장(白沙場)에 몸 부딪고
먹장구름 꿈틀거려 바다 위를 짓누르네
동해(東海)도 우울(憂鬱)한 품이 날만 못지않구나

풍덩실 몸을 던져 물결과 택견하니
조알만한 세상 근심 거품같이 흩어지네
물가에 가재집 지으며 하루해를 보내다

明沙十里

시푸른 성낸 波濤 白沙場에 몸 부딧고
먹장구름 꿈틀거려 바다 우를 짓누르네
東海도 憂鬱한 품이 날만 못지 안하구나.

◇

풍덩실 몸을 던저 물결과 택견하니
조알만한 세상근심 거품가티 흐터지네
물가에 게[蟹]집 지으며 하루해를 보내다.

≪신여성≫, 1933.08. pp.48~49. [「명사십리」, 「해당화」, 「송도원」, 「총석정」 4편이 함께 발표됨.]

해당화(海棠花)

해당화 해당화 명사십리 해당화야
한 떨기 홀로 핀 게 가엾어서 꺾었거니
네 어찌 가시로 찔러 앙갚음을 하느뇨

빨간 피 솟아올라 꽃 입술에 물이 드니
손끝에 핏방울은 내 입에도 꽃이로다
바닷가 흰 모래 속에 토닥토닥 묻었네

海棠花

海棠花 海棠花 明沙十里 海棠花야
한 썰기 홀로 핀 게 가이업서 꺽것거니
네 엇지 가시로 찔러 앙가품을 하느뇨
◇
쌜간 피 솟아올라 꼿입설에 물이 드니
손긋의 피ㅅ방울은 내 입에도 꼿이로다
바다ㅅ가 흰 모래 우에 토닥토닥 뭇엇네.

1932.8.19.

≪신여성≫, 1933.08. pp.48~49. 「명사십리」, 「해당화」, 「송도원」, 「총석정」 4편이 함께 발표됨.]

송도원(松濤園)

뛰어라 창랑(滄浪) 위에 굴러라 백사장에
여름이 한철이니 기를 펴고 뛰놀아라
아담과 이브의 후예어니 무슨 설움 있으랴

물 넘어 지는 해에 흰 돛이 번득이고
백구(白鷗)도 돌아들 제 뭍[陸]에 오른 비너스
송풍(松風)에 머리 말리며 파도소리 듣더라

松濤園

쮜어라 滄浪 우에 굴러라 白沙場에
여름이 한철이니 기를 펴고 쮜놀아라
아담과 이앹의 後裔어니 무슨 설음 잇스랴.

◇

물 넘어 지는 해에 힌 돗이 번득이고
白鷗도 돌아들 제 뭇[陸]에 올른 예너쓰는
松風에 머리 말리며 波濤소리 드러라.

1932.8.2.

≪신여성≫, 1933.08. pp.48~49. [「명사십리」, 「해당화」, 「송도원」, 「총석정」 4편이 함께 발표됨.]

총석정(叢石亭)

멀리선 생황(笙簧)이요 다가보니 빌딩일세
촉촉릉릉(矗矗稜稜) 온갖 형용 엄청나 못 붙일레
신기타, 조물주의 손장난도 이만하면 관주러라

벌집같이 모난 돌이 창(槍)대처럼 뻗어 올라
창공이 구멍 날 듯 비바람 쏟아질 듯
격랑에 돌부리 꺾어질까 소름 오싹 돋더라

1932.8.10.

叢石亭

멀리선 笙簧이요 닥어보니 쎌딍일세
矗矗稜稜 온갓 形容 엄청나 못 부치니
神奇타 造物의 손작란도 이만하면 관주러라.

◇

벌집가티 모난 돌이 槍대처럼 쌔더올라
蒼空에 구녁 날 듯 비바람 쏘다질 듯
激浪에 돌색리 썩여질가 소름 옷삭 돌더라.

1932.8.10.

≪신여성≫, 1933.08. pp.48~49. [「명사십리」, 「해당화」, 「송도원」, 「총석정」 4편이 함께 발표됨.]

통곡(痛哭) 속에서

통곡(痛哭) 속에서

큰 길에 넘치는 백의(白衣)의 물결 속에서 울음소리 일어난다
총검이 번득이고 군병의 말굽소리 소란한 곳에
분격(憤激)한 무리는 몰리며 짓밟히며
땅에 엎디어 마지막 비명을 지른다
땅을 뚜드리며 또 하늘을 우러러
외치는 소리 느껴 우는 소리 구소(九霄)에 사무친다!

검은 '댕기' 드린 소녀여
눈송이같이 소복(素服) 입은 소년이여
그 무엇이 너희의 작은 가슴을
안타깝게도 설움에 떨게 하더냐
그 뉘라서 저다지도 뜨거운 눈물을
어여쁜 너희의 두 눈으로 짜내라 하더냐?

가지마다 신록의 아지랑이가 피어오르고
종달새 시내를 따르는 즐거운 봄날에
어찌하여 너희는 벌써 기쁨의 노래를 잊어버렸는가?
천진한 너희의 행복마저 차마 어떤 사람이 빼앗아가던가?

할아버지여! 할머니여!
오직 무덤 속의 안식밖에 희망이 끊어진 노인네여!
조밥에 주름 잡힌 얼굴은 누르렀고 세고(世苦)에 등은 굽었거늘
창자를 쥐어짜며 애통하시는 양은 차마 뵙기 어렵소이다

그치시지요 그만 눈물을 거두시지요
당신네의 쇠잔한 백골이나마 편안히 묻히고자 하던 이 땅은
남의 '호미'가 샅샅이 파헤친 지 이미 오래어늘
지금에 피나게 우신들 한 번 간 옛날이
다시 돌아올 줄 아십니까?

해마다 봄마다 새 주인(主人)은
인정전(仁政殿) '사쿠라' 그늘에 잔치를 베풀고,
이화(梨花)의 휘장(徽章)은 낡은 수레에 붙어
티끌만 날리는 폐허를 굴러다녀도,
일후(日後)란 뉘 있어 길이 설워나 하랴마는…

오오 쫓겨 가는 무리여
쓰러져버린 한낱 우상 앞에 무릎을 꿇지 말라!
덧없는 인생, 죽고야 마는 것이 우리의 숙명이어니
한 사람의 돌아오지 못함을 굳이 설워하지 말라

그러나 오오 그러나
철천(徹天)의 한을 품은 청상(靑孀)의 설움이로되
이웃집 제단조차 무너져 하소연할 곳 없으니
목메어 울고자 하나 눈물마저 말라붙은
억색(抑塞)한 가슴을 이 한날에 뚜드리며 울자!
이마로 흙을 부비며 눈으로 피를 뿜으며—

4월 29일

痛哭 속에서

큰 길에 넘치는 白衣의 물결 속에서 울음소리 널어난다
銃劍이 번득이고 軍兵의 말굽소리 騷亂한 곳에
憤激한 무리는 몰리며 짓밟히며
짜에 업듸어 마즈막 悲鳴을 지른다
짱을 쭈드리며 쏘 한울을 우럴어
  외오치는 소리 늣겨 우는 소리 九霄에 사모친다!

검은 「다긔」 들인 少女여
눈송이가티 素服 입은 少年이어
그 무엇이 너의의 작은 가슴을
안타깝게도 설음에 썰게 하드냐
그 뉘라서 저다지도 쓰거운 눈물을
어여쁜 너의의 두 눈으로 짜아내라 하드냐?

가지마다 新綠의 아지랑이가 피어오르고
종달새 시내를 짤흐는 질거운 봄날에
어찌하야 너의는 벌서 깃븜의 놀애를 이저버렷는가?
天眞한 너의의 幸福마저 참아 어썬 사람이 쌔앗어가든가?

한아버지여! 한머니여!
오즉 무덤 속의 安息밧게 希望이 쓴친 老人네여!
조밥에 줄음 잡힌 얼굴은 누르럿고 世苦에 등은 굽엇거늘
腸子를 쥐어짜며 哀痛하시는 양은 참아 뵙기 어렵소이다.

그치시지요 그만 눈물을 거두시지오

당신네의 衰殘한 白骨이나마 便安히 무치고자 하든 이 國土는
異邦사람의 「호미」가 삿삿이 파헤친 지 이미 오래어늘
지금에 피나게 우신들 한 번 간 녯날이
　다시 돌아올 줄 아십니까?

해마다 봄마다 새 主人은
仁政殿「사구라」 그늘에 잔치를 베풀고,
梨花의 徽章은 낡은 수레에 부터
틔끌만 날리는 廢墟를 굴러다녀도,
記憶은 忘却의 ○○를 찻나니
日後란 뉘 잇서 길이 설어나 하랴마는…

오오 쫒겨 가는 무리여
쓸어저버린 한낫 偶像 압헤 무릅을 쑬치 말라!
덧업는 人生, 죽고야마는 것이 우리의 宿命이어니
한 사람의 돌아오지 못함을 구지 설어하지 말라

그러나 오오 그러나
徹天의 恨을 품은 靑孀의 설음이로되
이웃집 祭壇조차 문허저 하소연할 곳 업스니
목매처 울고자 하나 눈물마저 말라부튼
抑塞한 가슴을 이 한날에 쑤드리며 울자!
이마로 흙을 부비며 눈으로 피를 쑴으며―

4월 29일 敦化門 압헤서

😊 ≪시대일보≫, 1926.05.16. [필자명은 '沈大燮']

62 심훈 전집 1

생명의 한 토막

내가 음악가가 된다면
가느다란 줄이나 뜯는
제금가(提琴家)는 아니 되려오
Hight C까지나 목청을 끌어 올리는
'카루소' 같은 성악가가 되거나
'살랴핀'만치나 우렁찬 베이스로,
내 설움과 우리의 설움을 버무려
목구녁에 피를 끌이며 영탄(咏嘆)의 노래를 부르고 싶소
장자(腸子) 끝이 묻어나도록 성량껏 내뽑다가
설움이 복받쳐 몸 둘 곳이 없으면
몇 만 청중 앞에서 꺼꾸러져도 좋겠소

내가 화가가 된다면
'피아뜨리'처럼 고리삭고,
'밀레'만치 유한(悠閑)한 그림은 마음이 간지러워서 못 그리겠소
뭉툭하고 굵다란 선이 살아서
구름 속 용같이 꿈틀거리는,
'반 고흐'의 필력(筆力)을 빌어

나와 내 친구의 얼굴을 그리고 싶소
꺼멓고 싯붉은 원색만 써서
우리의 사는 꼴을 그려는 보아도,
대대손손이 전하며 보여주고 싶지는 않소
그 그림은 한칼로 찢어 버리기를 바라는 까닭에…

무엇이 되든지, 내 생명의 한 토막을
짧고 굵다랗게 태워버리고 싶소!

1932.10.8.

生命의 한 토막

내가 音樂家가 된다면
가느다란 줄이나 뜯는
提琴家는 아니 되려오
Hight, c까지나 목청을 끄러올리는
카루소 같은 聲樂家가 되거나
샬랴판만치나 우렁찬 「뻬—쓰」로
내 설음과 남의 설음을 버무려
목구녁에 피를 끌이며
咏嘆의 노래를 부르고 싶소!
腸子 끝이 묻어나도록 聲量껏 내뽑다가
설음이 복바처 몸 둘 곳이 없으면
聽衆 앞에서 걱구러저도 좋겠소

내가 畵家가 된다면
피어드러처럼 고리삭고
밀—레만치 悠閑한 그림은
마음이 간지러워서 못 그리겠소
뭉툭하고 굵다란 線이 살어서
黑雲 속의 龍과 같이 꿈틀거리는
앤꼬호의 筆力을 빌어
나와 내 친구의 얼골을 그리고 싶소!
검고 시뻙은 原色만 써서
우리의 사는 꼴을 그려는 보아도
代代孫孫이 그 그림을 傳하지는 않으려오
그 그림은 한칼로 찢어 버리려는 까닭에…

무엇이 되든지 내 生命의 한 토막을
짧고 굵다랗게 태워버리고 싶소!

1932.10.8.

≪중앙≫, 1933.11.01, pp.121~122. [필자명은 '沈熏']

너에게 무엇을 주랴

너에게 무엇을 주랴
맥(脉)이 각각(刻刻)으로 끊어지고
마지막 숨을 가쁘게 들이모는
사랑하는 너에게 무엇을 주랴

눈물도 소매를 쥐어짜도록 흘려보았다
한숨도 땅이 꺼지도록 쉬어보았다
그래도 네 숨소리는 더욱 가늘어만 가고
시방은 신음하는 소리도 들리지 않는다

눈물도, 한숨도 소용이 없다
'죽음'이란 엄숙한 사실 앞에는
경(經) 읽는 거나 무꾸리하는 것과 다름이 없다
그러나 당장에 숨이 끊어지는 너를
손끝 맺고 들여다보고만 있을 수도 없는 노릇이다
너에게 딸린 생명이 하나요 둘도 아닌 것을…

오직 한 가지 길이 남았을 뿐이다

손가락을 깨물어 따끈한 피를
그 입 속에 방울방울 떨어트리자
우리는 반드시 소생할 것을 굳게 믿는다
마지막으로 붉은 정성을 다하여
산 제물로 우리의 몸을 너에게 바칠 뿐이다!

1927.3.

박 군(朴君)의 얼굴

이게 자네의 얼굴인가?
여보게 박 군 이게 정말 자네의 얼굴인가?

알코올병에 담가놓은 죽은 사람의 얼굴처럼
마르다 못해 해면(海綿)같이 부풀어 오른 두 뺨
두개골이 드러나도록 바싹 말라버린 머리털
아아 이것이 과연 자네의 얼굴이던가?

쇠사슬에 네 몸이 얽히기 전까지도
사나이다운 검붉은 육색(肉色)에
양 미간에는 가까이 못할 위엄이 떠돌았고
침묵에 잠긴 입은 한 번 벌리면
사람을 끌어당기는 매력이 있었더니라

4년 동안이나 같은 책상에서
벤또 반찬을 다투던 한 사람의 박은
교수대 곁에서 목숨을 생으로 말리고 있고
C사(社)에 마주 앉아 붓대를 잡을 때

황소처럼 튼튼하던 한 사람의 박은
모진 매에 장자(腸子)가 꾸여져 까마귀밥이 되였거니

이제 또 한 사람의 박은
음습한 비바람이 스며드는 상해(上海)의 깊은 밤
어느 지하실에서 함께 주먹을 부르쥐든 이 박 군은
눈을 뜬 채로 등골을 뽑히고 나서
산송장이 되어 옥문을 나섰구나

박아 박 군아 ××아!
사랑하는 네 아내가 너의 잔해(殘骸)를 안았다
아직도 목숨이 붙어있는 동지들이 네 손을 잡는다
아 이 사람아! 그들을 알아보지 못한단 말인가?
이빨을 악물고 하늘을 저주하듯
모로 흘긴 저 눈동자
오 나는 너의 표정을 읽을 수 있다

오냐 박 군아
눈은 눈을 빼어서 갚고
이는 이를 뽑아서 갚아주마!
너와 같이 모든 ×을 잊을 때까지—
우리들의 심장의 고동이 끊칠 때까지—

1927.12.2.

朴君의 얼골

이게 자네의 얼골인가?
여보게 朴君 이게 정말 자네의 얼골인가?

알코올瓶에 당거논 죽은 사람의 얼골처럼 蒼白하고
말르다 못해 海綿가티 부풀어 오른 두 쌤
頭蓋骨이 들어나도록 밧삭 말어버린 머리털
아아 이것이 果然 자네의 얼골인가?

쇠사슬에 네 몸이 얼키기 前까지도
산아희다운 검붉은 肉色에
兩眉間에는 갓가히 못할 威嚴이 써돌앗고
沈默에 잠긴 입은 한번 버리면
사람을 쓸어다니는 魅力이 이엇드니라
　　　　×　　　　×
四年 동안이나 가튼 冊床에서
벤쏘 반찬을 다토든 한 사람의 朴은
××× 겻헤서 목숨을 生으로 말니고 잇고
C社에 마조 안저 붓을 잡을 쌔
소가티도 튼튼하든 한 사람의 朴은
×××에 ××가 쑤여저 까마귀밥이 되엿거니

이제 쏘 한 사람의 朴은
陰濕한 비바람이 숨여드는 上海의 깁흔 밤
어느 地下室에서 함쯰 주먹을 부트쥐든
이 朴君은 눈을 쯘 채 등ㅅ골을 쏩히고

산송장이 되여 ××을 나섯다

朴아 朴君아 ××아!
사랑하는 네 안해가 너의 殘骸를 안엇다
아직도 목숨이 부터잇는 同志들이 네 손을 잡는다
아 이 사람아! 그들을 알어보지 못한단 말인가?
니ㅅ발을 앙물고 한울을 呪咀하듯
모로 흘긴 저 눈瞳子
오 나는 너의 表情을 이러을 수 잇다

오냐 朴君아
눈은 눈을 쌔어서 ××
니는 니를 쏩아서 ××주마!
너와 가티 모든 ×을 니줄 쌔까지—
우리들의 心臟의 ××이 ×××까지—

≪조선일보≫, 1927.12.2. [필자명은 '沈熏']

조선은 술을 먹인다

조선은 마음 약한 젊은 사람에게 술을 먹인다
입을 어기고 독한 술잔을 들어붓는다

그네들의 마음은 화장터의 새벽과 같이 쓸쓸하고
그네들의 생활은 해수욕장의 가을처럼 공허하여
그 마음, 그 생활에서 순간이라도 떠나고자 술을 마신다
아편 대신으로, 죽음 대신으로 알코올을 삼킨다

가는 곳마다 양조장이요, 골목마다 색주가다
카페의 의자를 부수고 술잔을 깨트리는 사나이가
피를 아끼지 않는 조선의 '테러리스트'요,
파출소 문 앞에 오줌을 깔기는 주정꾼이
이 땅의 가장 용감한 반역이란 말이냐?
그렇다면 전한목(電桿木)을 붙안고 통곡하는 친구는
이 바닥의 비분을 독차지한 지사로구나

아아 조선은 마음 약한 젊은 사람에게 술을 먹인다
뜻이 굳지 못한 청춘들의 골을 녹이려 한다

생재목(生材木)에 알코올을 끼얹어 태워 버리려 한다!

1929.12.10.

조선은 술을 먹인다

조선은 술을 먹인다.
젊은 사람의 입을 어기고
독한 술을 들이붓는다.
　　◇
그네들의 마음은
화장터의 새벽과 같이
쓸쓸하고
그네들의 생활은
해수욕장의 가을과 같이
공허(空虛)하여
그 마음, 그 생활에서
다만 한 순간만이라도
떠나보고자 술을 마신다.
아편 대신으로 죽음 대신으로
「알콜」을 삼킨다.
　　◇
거리마다 양조소(釀造所)요
골목마다 색주가다.
「카페―」의 테―불을
뚜드리며 술잔을 부수는 창백한 얼골이
이 땅에 「테러리스트」라면,
×××문 앞에 오줌을 깔기는
용감한 사나히는,
가두의 반역이란 말이냐
그렇다면 밤 깊은 거리의

전봇대를 붓안고
통곡하는 흰 두루마기는
이 바닥의 비분을
도차지한 지사로구나!

◇

아아 조선은 술을 먹인다.
마음 약한 제 자손의
입을 어기고 술을 퍼붓는다.
생재목에 「알콜」을 끼언저
태워 버리려 한다!

이 시는 장편소설 『영원의 미소』(≪조선중앙일보≫, 1933.09.07)에 등장인물 '병식'의 작품
으로 삽입되었는데, 여기에 함께 수록함.

독백(獨白)

사랑하는 벗이여,
슬픈 빛 감추기란 매 맞기보다도 어렵소이다
온갖 설움을 꿀꺽꿀꺽 참아 넘기고
낮에는 히히 허허 실없는 체 하건만
쥐죽은 듯한 깊은 밤은 사나이의 통곡장(慟哭場)이외다

사랑하는 벗이여,
분한 일 참기란 생목숨 끊기보다도 힘드오이다
적(癪)덩이처럼 치밀어 오르는 가슴의 불길을
분화구와 같이 하늘로 뿜어내지도 못하고
청춘의 염통을 알코올에나 젓 담그려는
이놈의 등어리에 채찍이라도 얹어주소서

사랑하는 그대여,
조상에게 그저 받은 뼈와 살이거늘
남은 것이라고는 벌거벗은 알몸뿐이거늘
그것이 아까워 놈들 앞에 절하고 무릎을 꿇는
나는 샤일록보다도 더 인색한 놈이외다

쌀 삶은 것 먹을 줄 아니 그 이름이 사람이외다

1929.6.13.

조선의 자매여

— 홍(洪), 김(金) 두 여성의 변사(變死)를 보고

나는 그대들의 죽음이 너무나 참혹하여 눈물지었노라
그대들의 흘린 피가 너무나 값없음을 아끼어 울었노라
우리는 흙 한 줌 보태기에도 오히려 작은 알몸뿐이다
강아지에 던져도 씹지 않을 고깃덩이밖에 남은 것이 없다
그러나 생선 같은 청춘의 몸을 철로바탕에 쌍으로 던져
20년이나 자라난 사지를 잘리고 뼈를 갈아버리다니
그 한 점의 살, 한 방울의 피가 그다지 값없는 줄 알았던가

오 약하고 가엾은 이 땅의 누이들이여,
그대들이 저주한 모든 제도는 본디 사람이 만든 것이다
사랑도 허무도 마음속에 떠도는 한 조각의 구름장인 걸
무엇을 꺼리어 주순(朱脣)을 열어 부르짖지도 못하고
가냘픈 손에나마 반역의 깃대를 들지 못했는가
'청천백일' 밑에 팔을 뽐내는 이웃나라의 여성을 보라
'낫'과 '마치'를 들고 앞장서는 북국 여성의 행진을 보라
그네들은 오직 삶을 위하여서만 용감하지 않느냐?!

사랑에 침취하여 쥐 잡는 약을 사람이 삼키고
인생이 허무타 하여 헛되이 생명을 태질치던 것은
이미 세기가 몇 번이나 바뀐 옛날의 비극이다
우리에게서 청산된 지 오랜 소극(消極)의 감정이다
가엾다! 그대들은 언제까지나 그 잔독(殘毒)을 마시며
생목숨 끊는 것으로 유일한 자유를 삼으려는가
어버이와 형제의 은혜를 자멸로써 갚으려 하는가

젊고 아름다운 이 땅의 여성이여
지금은 봄이다! 4월의 태양이 구르는 폐허 위에
기를 펴고 우리와 함께 달음질할 준비를 하자!
개천바닥에 콸콸콸— 얼음장 뚫는 물소리 들리나니
한 방울의 피라도 혈관 밖으로 쏟아버리지 말라
가슴속에는 정의에 불붙는 새빨간 염통이 방아를 찧거늘
그 소중한 염통을 양잿물로 썩히거나 철로바탕에 버리지 말라
나의 사랑하는 조선의 자매여!

1931.4.9.

오오 朝鮮의 姉妹여
—洪, 金 두 女性의 變死를 보고

나는 그대들의 죽음이 넘우나 慘酷하야 눈물지웟노라
그대들의 흘린 피가 넘우나 값없음을 앗기어 울엇노라
우리는 흙 한 줌 보태기에도 오히려 자근 알몸뿐이다
강아지에 던저도 씹지 안흘 고기덩이밖에 남은 것이 없다
그러나 生鮮 가튼 靑春의 몸을 鐵路바탕에 雙으로 던저
二十年이나 자라난 四肢를 찟기고 뼈를 갈어버리다니
그 한 點의 살, 한 방울의 피가 그다지 값없는 줄 알았든가

오 弱하고 가엽슨 이 땅의 누이들이여,
그대들이 咀呪한 모든 制度는 본듸 사람이 맨든 것이다
사랑도 虛無도 마음속에 떠도는 한 조각의 구름짱인 걸
무엇을 끄리어 朱脣을 열어 부르짖지도 못하고
가냘핀 손에나마 反逆의 旗ㅅ대를 들지 못햇는가
『靑天白日』 밑에 팔을 뽐내는 이웃나라의 女性을 보라
『낫』과 『마치』를 들고 앞장서는 北國 女性의 行進을 보라
그네들은 오직 삶을 爲하야서만 勇敢하지 안느냐?!

사랑에 沈醉하야 쥐 잡는 藥을 사람이 삼키고
人生이 虛無타 하야 헛되이 生命을 태질치든 것은
이미 世紀가 몃 번이나 밧괴인 넷날의 悲劇이다
우리에게서 淸算된 지 오래인 消極의 感情이다
가엽다! 그대들은 언제까지나 그 殘毒을 마시며
생목숨 끊는 것으로 唯一한 自由를 삼으려는가
어버이와 兄弟의 恩惠를 自滅로써 값으려하는가

젊고 아름다운 이 땅의 女性이여
지금은 봄이다! 四月의 太陽이 굴르는 廢墟 우에
긔를 펴고 우리와 함께 다름질할 準備를 하자!
개천바닥에 콸콸콸— 어름짱 뚫는 물소리 들리나니
한 방울의 피라도 血管 밖으로 쏟아버리지 말라
가슴 속에는 正義에 불붙는 새빩안 염통이 방아를 찧커늘
그 所重한 염통을 양재ㅅ물로 썩히거나 鐵路바탕에 버리지 말라
나의 사랑하는 朝鮮의 姉妹여!

4월 9일

《동아일보》, 1931.04.12. [필자명은 '沈熏']

짝 잃은 기러기

짝 잃은 기러기

짝 잃은 기러기 새벽하늘에
외마디소리 이끌며 별밭을 가[耕]네
단 한잠도 못 맺은 기나긴 겨울밤을
기러기 홀로 나 홀로 잠든 천지에 울며 헤매네

허구한 날 밤이면 밤을
마음속으로 파고만 드는 그의 그림자
덩이피에 벌룽거리는 사나이의 염통이
조그만 소녀의 손에 사로잡히고 말았네

1926.2.

低唱三首

싹 일흔 기럭이 새벽하날에
외마듸소리 잇끌며 밧밭을 가[耕]네
단 한잠도 못 매즌 기나긴 겨울밤을
기럭이 홀로 나 홀로 잠든 天地에 울며 헤매네
　　　△
腸子를 쥐어뜯어도 바람ㅅ벽을 드리밧어도
마음속으로 파고만 드는 그의 그림자
덩이 피에 벌눙거리는 사나희의 염통이
조그만 少女의 손에 사로잡히고 말앗네
　　　△
주먹으로 가슴을 치니 씨저진 북[鼓]이 울고
발굼치로 쌍을 굴으니 틔끌만 풍겨
참을 길 업는 설음에 터져 나오는 울음을
밤ㅅ중이면 이불 속에서 깨물어죽이네

───────

《조선일보》, 1928.11.11. [필자명은 ‘沈熏’]

고독

진종일 앓아누워 다녀간 것들 손꼽아 보자니
창살을 걸어간 햇발과, 마당에 강아지 한 마리
두 손길 펴서 가슴에 얹은 채 임종 때를 생각해 보다

그림자하고 단 둘이서만 지내는 살림이거늘
천정이 울리도록 그의 이름은 왜 불렀는고
쥐라도 들었을세라 혼자서 얼굴 붉히네

밤 깊어 첩첩히 닫힌 덧문 밖에 그 무엇이 뒤설레는고
미닫이 열어젖히자 굴러드느니 낙엽 한 잎새,
머리맡에 어루만져 재우나 바스락거리며 잠은 안 자네

값없는 눈물 흘리지 말자고 몇 번이나 맹서했던고
울음을 씹어서 웃음으로 삼키기도 한 버릇 되었으련만
밤중이면 이불 속에서 그 울음을 깨물어 죽이네

1929.10.10.

孤獨吟

盡終日 알허누어서 다녀간 사람 손꼽아보니 窓ㅅ살을 걸어간 햇발과 마당에 강아지 한 마리 두 손길 펴서 가슴에 언고 臨終쌔를 생각해보다.

◇　　　　◇

그림자하고 단둘이거만 지내는 살림이어늘 天井이 썰리도록 그의 일홈은 왜 불렀는고 이웃사람 둘엇을사라 혼자서 얼골 붉혓네.

◇　　　　◇

밤 깁허 疊疊히 다친 덧門 박게 그 뉘라서 뒤설레는고 미다지 열어제치자 굴러드느니 落葉 한 송이 머리맛혜 어루만저 재우나 모진 잠은 와주지 안네.

◇　　　　◇

갑업는 눈물 흘리지 말자고 몃 번이나 盟誓햇든가 울음을 썹어서 우슴으로 삼키기도 한 버릇 되엇스련만 쓰거운 눈두덩 주먹으로 부비니 목졋만 썰덕거리네.

1929. 이웃나라 雙十節에

─────────

《조선일보》, 1929.10.15. [필자명은 沈熏]

한강의 달밤

은하수가 흘러내리는 듯 쏟아지는 달빛이,
이어(鯉魚)의 비늘처럼 물결 위에 뛰노는 여름밤에
나와 보트를 같이 탄 세 사람의 여성이 있었다

으늑한 포플러 그늘에 뱃머리를 대이고,
손길을 마주 잡고서 꿈속같이 사랑을 속삭이려면
달도 부끄럼을 타는 듯 구름 속으로 얼굴을 가렸었다

물결도 잠자는 백사장에 찍혀진 발자국은,
어느 곳에 끝이 나려는 두 줄기 레일[軌道]이든가
몇 번이나 두 몸이 한 덩이로 뭉쳤었던가

아아 그러나 이제와 생각하니 모든 것이 꿈이다
초저녁에 꾸다가 버린 꿈보다도 허무하고
기억조차 저 물결같이 흐르고 말려 한다

그 중에 가장 어여쁘던 패성(浿城)의 계집아이는,
돈 있는 놈에게 속아서 못된 병까지 옮아

피를 토하다가 청춘을 북망산(北邙山)에 파묻었다

"당신 아니면 죽겠어요" 하던 또 한 사람은,
배 맞았던 사나이와 벌어진 틈에 나를 끼워서
얄은꾀로 이용하고는 발꿈치를 돌렸다

마지막 동혈(同穴)의 굳은 맹서로 지내오던 목소리 고운 여자는,
"집 한 동도 없는 당신과는 살 수 없어요"라고
일전오리(一錢五厘) 엽서 한 장을 던지더니 남의 첩이 되었다

그들은 달콤한 것만 핥아가는 꿀벌과 같이
내 마음의 순진과, 정열을 다투어 빨아가고
골안개처럼 내 품에서 감돌다가는 사라지고 말았다

오늘 밤도 그 강변에, 그 물결이 노닐고, 그 달이 밝다
하염없이 좀 쏠려, 꺼풀만 남은 청춘의 그림자를
길로 솟은 포플러 그늘이 가로 세로 비질을 할 뿐…

                                                    1930.8.

풀밭에 누워서

가을날 풀밭에 누어서
우러러 보는 조선의 하늘은,
어쩌면 저다지도 맑고 푸르고 높을까요?
닦아 논 거울인들 저보다 더 깨끗하오리까

바라면 바라다볼수록
천 리 만 리 생각이 아득하여
구름장을 타고 같이 떠도는 내 마음은,
애닯고 심란스럽기 비길 데 없소이다

오늘도 만주벌에서는 몇 천 명이나 우리 동포가,
놈들에게 쫓겨나 모진 악형까지 당하고
몇 십 명씩 묶여서 총을 맞고 꺼꾸러졌다는 소식!

거짓말이외다, 아무리 생각하여도 거짓말 같사외다
고국의 하늘은 저다지도 맑고 푸르고 무심하거늘
같은 하늘 밑에서 그런 비극이 있었을 것 같지는 않소이다

안 땅에서 고생하는 사람들은 상팔자지요,
철창 속에서라도 이 맑은 공기를 호흡하고
이 명랑한 햇발을 쪼여볼 수나 있지 않습니까?

논두렁에 버티고 선 허재비처럼
찢어진 옷 걸치고 남의 농사에 손톱 발톱 달리다가
풍년 든 벌판에서 총을 맞고 그 흙에 피를 흘리다니…

미쳐날듯이 심란한 마음 걷잡을—길 없어서
다시금 우러르니 높고 맑고 새파란 가을 하늘이외다
분한 생각 내뿜으면 저 하늘이 새빨갛게 물이 들듯 하외다!

1930.9.18.

가배절(嘉俳節)

팔이 곱지 않았으니 더덩실 춤을 못 추며
다리 못 펴 병신 아니니 가로세로 뛰진들 못하랴
벼이삭은 고개 숙여 벌판에 금물결이 일고
달빛은 초가집 용마루를 어루만지는 이 밤에ㅡ

뒷동산에 솔잎 따서 송편을 찌고
아랫목에 신청주(新淸酒) 익어선 밥풀이 동동
내 고향의 추석도 그 옛날엔 풍성했다네
비렁뱅이도 한가위엔 배를 뚜드렸다네

기쁨에 넘쳐 동네방네 모여드는 그날이 오면
기저귀로 고깔 쓰고 무동 서지 않으리
쓰레받기로 꽹과리 치며 미쳐나지 않으리
오오 명절이 그립구나! 단 하루의 경절(慶節)이 가지고 싶구나!

1929.9.17.

嘉俳節

◇

내 팔이 곱지 안엇스니 더덩실 춤을 못 추며
다리 못 펴 병신 아니니 가로세로 쮜진들 못하랴
打作마당의 해쌀이 金모래를 굴리고
달빗츤 草家집 룡마루를 어루만지는 이 밤에—

◇

뒤ㅅ동산 솔닙 싸서 송편을 빗고
新淸酒 닉어선 밥풀이 동동
내 故鄕의 秋夕도 豊盛햇다네
비렁방이도 이 저녁엔 배를 두드렷다네

◇

깃붐에 겨워 쩨울음 터지는 名節이 오면
『기저귀』로 곳갈 쓰고 무둥 서지 안으리
『쓰레밧기』로 쟁과리 치며 미처나지 안으리
오오 名節이 그립구나! 단 하로의 慶節이 가지고 십구나!

1929.9.17

≪조선일보≫, 1929.09.18. [필자명은 ‘沈熏’]

내 고향

나는 내 고향에 가지를 않소
쫓겨난 지가 10년이나 되건만
한 번도 발을 들여놓지 않았소
멀기나 한가, 고개 하나 너머언만
오라는 사람도 없거니와 무얼 보러 가겠소?

개나리 울타리에 꽃피던 뒷동산은
허리가 잘려 문화주택이 서고
사당 헐린 자리엔 신사(神社)가 들어앉았다니,
전하는 말만 들어도 기가 막히는데
내 발로 걸어가서 눈꼴이 틀려 어찌 보겠소

나는 영영 가지를 않으려오
5대나 내려오며 살던 내 고장이언만
비렁뱅이처럼 찾아 가지는 않으려오
후원(後苑)의 은행나무나 부둥켜안고
눈물을 지으려고 기어든단 말이요

어느 누구를 만나려고 내가 가겠소
잔뼈가 굵도록 정이 든 그 산과 그 들을
무슨 낯짝을 쳐들고 보더란 말이오?
번잡하던 식구는 거미같이 흩어졌는데
누가 내 손목을 잡고 옛날이야기나 해줄 듯하오?

무얼 하려고 내가 그 땅을 다시 밟겠소?
손수 가꾸던 화단 아래 턱이나 고이고 앉아서
지나간 꿈의 자취나 더듬어 보라는 말이요?
추억의 날개나마 마음대로 펼치는 것을
그 날개마저 찢기면 어찌하겠소?

이대로 죽으면 죽었지 가지 않겠소
빈손 들고 터벌터벌 그 고개는 넘지 않겠소
그 산과 그 들이 내닫듯이 반기고
우리 집 디딤돌에 내 신을 다시 벗기 전엔,
목을 매어 끌어도 내 고향엔 가지 않겠소

1932.10.6.

고향은 그립건만

나는 내 고향에 가지를 않소
쫓겨난 지가 十년이나 되건만
한 번도 발을 들여놓지 않엇소
몇 百 리나 되는 곧도 아니언만
오라는 사람도 없거니와 무얼 보러 가겟소

개나리 울타리에 꽃 피든 뒷동산은
허리가 잘려 문화주택이 서고
사당 헐린 자리에는 ××가 들어앉엇다니,
전하는 말만 들어도 긔가 막히는데
내 발로 걸어가서 눈꼴이 틀려 어찌 보겟소

나는 영영 가지를 않으려오
五대나 나려오며 살든 내 고장이언만
비렁방이처럼 찾어가지는 않으려오
후원의 은행나무나 부둥켜안고,
눈물이나 지으려고 기어든단 말이오

어느 누구를 만나려고 내가 가겟소
잔뼈가 굵도록 정이 든, 그 산과 그 들을
무슨 낯짝을 처들고 보드란 말이오
번접하든 식구는 거의 같이 흩어젓는데
누가 내 손목을 잡고 옛날이야기나 해줄 상 싶소

무얼하러 내가 그 땅을 다시 밟겟소
손소 가꾸든 화단 알에 턱이나 고이고 앉아서,
지나간 꿈 자취나 더듬어 보란 말이오
추억의 날개나마 마음대로 펼치는 것을
전원이 거츨어 그 날개마저 찢기면 어찌 하겟소

이대로 죽으면 죽엇지 가지 않겟소
빈손 들고 터벌터벌 그 고개는 넘지 않겟소
그 산과 그 들이 내닷듯이 반기고,
우리 집 드딤돌에 내 신을 다시 벗기 전엔,
목을 매어 끌어도 내 고향엔 가지 않겟소

1929.9.17.

≪신가정≫, 1933.03. pp.28~29. [필자명은 '沈熏'. '봄날이 오면, 그리운 그곳'이라는 특집에서 다른 문인들이 짧은 산문을 쓴 것과 달리 심훈은 시를 수록함]

추야장(秋夜長)

귀뚜라미는 문지방을 쪼아내고
뭇 벌레 덩달아 밤을 쏘는데
눈 감고 책상머리에 앉았으려면,
내 마음은 가볍고 무거운 생각에 눌려
깊이 모를 바다 속으로 가라앉는다
백 길 천 길 한정 없이 가라앉는다

그 물속에서 가만히 눈을 뜨면
작은 걱정은 송사리 떼처럼 모여들어
머리를 마주 모았다가는 흩어지고,
큰 근심은 '낙지'발 같은 흡반으로
온 몸을 칭칭 감고 떨어질 줄 모른다
나는 그 근심을 떼치려고 몸을 뒤튼다

그럴 때마다 내 눈앞에 반짝 띄는 것이 있다
그것은 불꽃같이 새빨—간 산호다
파—란 해초 속에서 불이 붙는 산호가지는
내 가슴에 둘도 없는 귀여운 패물(佩物)이다

가지마다 새로운 정열을 부채질하는
꺼지지 않는 사랑의 조그만 표상이다

바다 속은 컴컴하고 차디찬 물결이 흘러도
그 산호가지만 움켜쥐고 놓치지 않으면
무서울 것이 없다. 괴로울 것이 없다
불타는 사랑과 따끈한 정열로
이 몸을 태우는 동안에는 온갖 세상 근심이
고기밥이 된다. 거품처럼 흩어지고 만다

귀뚜라미야 밤을 새워가며 울거나 말거나
바람이야 삭장구에 목을 매달거나 말거나
나는 잠자코 내 가슴의 보배를 어루만진다
밝을 줄 모르는 가을밤, 깊이 모르는 바닷속에서
눈을 감고 그 산호가지를 어루만진다

1932,10,9,

소야악(小夜樂)

달빛같이 창백한 각광을 받으며
흰 구름장 같은 드레스를 가벼이 끌면서
처음으로 그는 세레나데를 추었다

'차이코프스키'의 애달픈 멜로디에 맞춰
사뿟사뿟 떼어놓는 길고 희멀건 다리는
무대를 바다 삼아 물생선처럼 뛰었다

그 멜로디가 고대로 귀에 젖어 있다
두 손을 젖가슴에 얹고 끝마칠 때의 포즈가
대리석의 조각인 듯 지금도 내 눈 속에 새긴 채 있다

그때까지 그는 참으로 깨끗한 소녀였다
돈과, 명예와, 사나이를 모르는 귀여운 처녀였다
나의 청춘의 반을 가져간 사랑하는 사람이었다

1930.9.

첫눈

눈이 내립니다, 첫눈이 내립니다
삼승버선 엎어 신고 사뿟사뿟 내려앉습니다
논과 들과 초가집 용마루 위에
배꽃처럼 흩어져 송이송이 내려앉습니다

조각조각 흩날리는 눈의 날개는
내 마음을 고이고이 덮어줍니다
소복 입은 아가씨처럼 치맛자락 벌리고
구석구석 자리를 펴고 들어앉습니다

그 눈이 녹습니다, 녹아내립니다
남몰래 짓는 눈물이 속으로 흘러들 듯
내 마음이 뜨거워 그 눈이 녹습니다
추녀 끝에, 내 가슴속에, 줄줄이 흘러내립니다

1930.11.

눈 밤

소리 없이 내리는 눈, 한 치[寸] 두 치 마당 가득 쌓이는 밤엔
생각이 길어서 한 자[尺]외다, 한 길[丈]이외다
편편이 흩날리는 저 눈송이처럼
편지나 써서 온 세상에 뿌렸으면 합니다

1929.12.23.

패성(浿城)의 가인(佳人)

네 무덤에 눈이 덮였구나
흰 조갑지를 씻어서 엎어 논 듯
새하얀 눈이 소복이 쌓였구나

흑진주같이 영롱하던 너의 눈도,
복숭아를 쪼개 논 듯 연붉던 너의 입도,
그리고 풀솜처럼 희고 보드랍던 너의 살도,
저 눈 속에, 저 흙 속에, 파묻히고 말았구나

네 마음속의 조그만 허영이
죄 없는 네 몸을 죽음의 길로 이끌었다
참새가 한 섬 곡식을 다 먹지 못하고
비단옷도 열 겹 스무 겹 껴입지는 못할 것을
돈에 몸을 팔아 일찌감치 죽음을 샀구나

구두를 전당 잡혀 고무신짝을 끌고
네게로 달려갔을 때 너는 나를 보지도 않았더니라
병든 네 몸을 위하여 그 사나이와 칼부림할 때

너는 돌아앉아 나의 어리석음을 비웃었더니라

대동강은 얼음만 풀리면 전과 같이 흐르려니
이제 청류벽을 끼고 도는 내 그림자만 외롭구나!
봄이나 와야 저 산기슭에 새들이 울어주지 않으랴
꽃이나 피어야 네 무덤에 한 송이 꽂아주지 않으랴

1925.2.

浿城의 佳人

네 무덤에 눈이 덮엿구나
흰 조갑지를 씻어서 엎어 논 듯
새하얀 눈이 소복히 쌓엿구나.

黑眞珠같이 玲瓏하든 너의 눈도
복숭아를 쪼개 논 듯 연붉은 너의 입술도,
그리고 풀솜처럼 희고 보드랍든 너의 살도
저 눈 속에 저 흙 속에 파묻히고 말앗구나.

네 마음속의 조그만 虛榮이
죄 없는 네 몸을 죽음의 길로 이끌엇나니
참새가 한 섬 곡식을 다 먹지 못하고
비단옷도 열 겹 스므 겹 꺼입지는 못할 것을
돈에 몸을 팔아 일즉암치 죽엄을 삿구나.

구두를 典當잡혀 고무신짝을 끌고
네게로 달려갓슬 때, 너는 맞나주지도 않엇드니라
病든 네 몸을 爲하야 그 사나이와 칼부림할 때
너는 돌아앉어 나의 어리석음을 비웃엇드니라.

大同江은 어름만 풀리면 前과 같이 흘르려니
이제 淸流壁을 끼고 도는 내 그림자만 외롭구나!
봄이나 와야 저 山기슭에 새들이 울어주지 않으랴
꽃이나 피어야 네 무덤에 한 송이 꽂아주지 않으랴!

1925. 2월 14일 舊稿에서

《중앙》, 1934.01, p.133. [필자명은 '沈熏']

동우(冬雨)

저 비가 줄기줄기 눈물일진대
세어보면 천만 줄기나 되엄즉허이
단 한 줄기 내 눈물엔 베개만 젖지만
그 많은 눈물비엔 사태(沙汰)가 나지 않으랴
남산인들 삼각산인들 허물어지지 않으랴

야반에 기적소리!
고기에 주린 맹수의 으르렁대는 소리냐
우리네 젊은 사람에 울분을 뿜어내는 소리냐
저력 있는 그 소리에 주춧돌이 움직이니
구들장 밑에서 지진이나 터지지 않으려는가?

하늘과 땅이 맞붙어서 맷돌질이나 하기를
빌고 바라는 마음 몹시도 간절하건만
단 한 길[丈] 솟지도 못하는 가엾은 이 몸이여,
달리다 뛰면은 바단들 못 건너리만
걸음발 타는 동안에 그 비가 너무나 차구나!

1929.12.14.

冬雨濛濛

◇

저 비가 줄기줄기 눈물일진대
헤여보면 千萬 줄기나 되염즉허이
단 한 줄기 내 눈물엔 벼개만 젓지만
그 만흔 눈물비에 砂汰가 아니 나리리
南山인들 三角山인들 허무러지지 안으리

◇

夜半의 汽笛소리!
고기에 주린 猛獸의 으르렁대는 소리냐
이 바닥 젊은 사람의 鬱憤을 쏨어내는 호통이냐
底力잇는 그 소리에 주추ㅅ돌이 움즉이니
구들ㅅ장 밋헤서 地震이나 터저 오르지 안으려는가?

◇

한울과 쌍이 맛부터서 맷돌질하기를
빌고 바라는 마음 몹시도 간절하것만
단 한 자[尺] 솟지 못하는 가엽슨 이 몸이어
달리다 쮜면은 玄海灘인들 못 건느리만
거름발 타는 동안에 그 비가 너무나 차구나!

1929.12.14.

 ≪조선일보≫, 1929.12.17. [필자명은 `沈熏`]

선생님 생각

날이 몹시도 춥습니다
방 속에서 떠다 놓은 '숭늉'이 얼구요,
오늘밤엔 영하로도 20도나 된답니다
선생님께서는 그 속에서 오죽이나 추우시리까?
얼음장같이 차디찬 마루방 위에
담요 자락으로 노쇠한 몸을 두르신,
선생님의 그 모양 뵈옵는 듯합니다

석탄을 한 아궁이나 지펴 넣은 온돌 위에서
홀로 뒹굴며 생각하는 제 마음속에
오싹 오싹 소름이 돋습니다그려
아아 무엇을 망설이고 진작 따르지 못했을까요?
남아 있어 저 한 몸은 편하고 부드러워도
가슴속엔 '성에'가 슬고 눈물이 고드름 됩니다

선생님, 저희는 선생님보다 나이가 젊은데요
어째서 벌써 혈관의 피가 말랐을까요?
이 한 밤엔 창밖에 '고구마' 장사의 외치는 소리도,

떨리다가는 길바닥에 얼어붙고
제 마음은 선생님의 신변에 엉기어 붙습니다
그 마음이 스러져가는 화로 속에 깜박거리는
한 덩이 숯[木炭]만치나 더웠으면 합니다

1930.1.5.

선생님 생각

◇

날이 몹시도 춥습니다
溫突방 속에서 「자리ㅅ기」가 얼구요
오늘밤엔 零下로도 二十度나 된답니다
선생님께서는 그 속에서 오죽이나 추우시럿가?
얼음ㅅ장가티 차듸찬 마루房 우에
담뇨ㅅ자락으로 老衰한 몸을 둘르신
선생님의 그 모양 뵈옵는 듯합니다

◇

石炭을 열 덩어리나 피어 논 자리 우에서
홀로 둥굴며 생각하는 내 마음속에
옷삭 옷삭 소름이 돗습니다그려
아아 무엇이 앗갑길레 진작 짜르지 못햇슬가요?
남어잇서 나 한 몸은 편하고 부드러워도
가슴속엔 「성애」가 슴니다 눈물이 고드름 됩니다
추녀 ㅅ테 쩌는 참새라면 보금자리나 찻겟지요만…

◇

선생님! 우리는 선생님보다 나이가 젊은데요
엇재서 벌서 피ㅅ긔가 말럿슬가요?
이 한 밤엔 窓박게서 「고구마」 장사의
외치는 소리만 쩔리다가는 길바닥에 얼어붓고
내 마음은 선생님의 身邊에 엉긔어 붓습니다
그 마음이 슬어저가는 火爐 속에서 깜박거리는
한 덩이 숫[木炭]만치나 더웟스면 합니다

1930.1.5일

 ≪조선일보≫, 1930.01.07. [필자명은 '沈熏']

태양(太陽)의 임종(臨終)

태양(太陽)의 임종(臨終)

나는 너를 겨누고 눈을 흘긴다
아침과 저녁, 너의 그림자가 사라질 때까지—
'태양이여, 네게는 운명(殞命)할 때가 돌아오지 않는가' 하고

억만년이나 꾸준히 우주를 밭 갈고 있는
무서운 힘과 의지를 가지고도 너는 눈이 멀었다
사람은 뒷간 속의 구데기만도 못한 대접을 받고
정의의 심장은 미친개의 이빨에 물려 뜯기되
못 본 체하고 세기(世紀)와 세기를 밟고 지나가는 너의 발자취!

너는 13000000000000000억 촉광의
엄청난 빛을 무심한 공간에 발사하면서
백주(白晝)에 캄캄한 지옥 속에서 울부짖는 무리에게는
반딧불만한 편광(片光)조차 아끼는 인색한 놈이다

네 얼굴에 여드름이 돋으면 지각(地殼)에 화산이 터지고
네 한 번 진노하면 문명을 자랑하던 도시도
하루아침에 핥아버리는 6000000만도의

잠열(潛熱)을 지배하는 위력을 땅 속에 감추어 두고도,
한 자루의 총칼을 녹일 만한 작은 힘조차
우리 젊은 사람에게 빌려주고자 하지 않는다

해여, 태양이여!
대륙에 매어달린 조그만 이 반도가
네 눈에는 쓸데없는 맹장과 같이 보이는가?
우주를 창조하신 하나님도
이다지도 이다지도 짓밟혀만 살라고
악착한 운명의 부작(符籍)을 붙여서
우리의 시조(始祖)부터 흙으로 빚었더란 말이냐?

오오 위대한 항성(恒星)이여,
1분 동안만 네 궤도를 미끄러져
한 걸음만 가까이 지구로 다가오라!
그러면 우리는 모조리 타 죽고나 말리라
그도 못하겠거든 한 걸음 뒤로 물러서라!
북극의 흰곰들이나 우리의 시체 위에서
즐거이 뛰놀며 자유롭게 살리라

나는 너를 겨누고 눈을 흘긴다
아침과 저녁 네가 지평선을 넘은 뒤까지도,
'차라리 너의 임종 때가 돌아오지나 않는가' 하고—

1928.10.

太陽의 臨終

나는 너를 겨누고 눈을 흘긴다
아츰과 저녁— 너의 그림자가 살어질 째까지
「太陽이어! 네게는 殞命할 째가 돌아오지 안는가?」 하고

億萬年이나 꾸준히 宇宙를
밧 갈고 잇는
무서운 힘과 意志를 가지고도
너는 눈이 멀엇다
사람은 뒤ㅅ간 속에 「구뎅이」만도 못한 대접을 밧고
正義의 心腸은 밋친 개의 니ㅅ발에 물녀 쯧기되
못 본톄하고 世紀와 世紀를 밟고 지나가는 너의 발자최!

너는 130000000000000000億 燭光의
빗을 無心한 空間에 發射하면서
白晝에 캄캄한 生地獄 속에서
울부짓는 무리에게는
반듸ㅅ불만한 片光조차 앗기는
吝嗇한 놈이다
네 얼굴에 「여드름」이 돗으면
地殼에 火山이 터지고
네 한 번 震怒하면 하로아츰에
文明을 자랑하는
큰 都市를 할터버리는 6000000萬度의,
潛熱을 支配하는 偉力을 쌍속에 감추어두고도
한 자루의 「샤벨」을 녹여버릴 만한 작은 힘조차

우리 젊은 사람에게 빌려주지도 안으려 한다

해여 太陽이어!
大陸에 매어달린 조고만 이 半島가
네 눈압헤는 쓸데없는 盲腸과 가티 보이는가?
平和와 幸福의 神인 「하나님」이란 것은 이다지도 이다지도 짓밟혀만 살라고
악착한 宿命의 符爵을 부처서 우리의 族屬을 創造햇드란 말이냐?
쌔저나 죽어라! 눈먼 太陽이어
千 길이나 깁흔 太平洋 한복판에 쌔저나 죽어라!
그러나 우리의 膏血 썰어먹고 살찐 놈가티
中樞神經이 죽은 채 쌔지지도
못하는 이 巨物.

오오 偉大한 恒星이어
一分 동안만 軌道를 밋그러저
한 거름만 地球로 갓가히 닥어오라!
그러면 우리는 모조리 스슬녀 타죽고나 말니라
그도 못하겟거든 한 거름만 뒤로 물러스라!
北極의 힌 곰들이나 얼어 죽은 우리의 屍體 위에서
질거히 쒸놀며 自由로히 살 것이어니.
나는 너를 겨누고 눈을 흘긴다
아츰과 저녁— 地平線 네가 올은 뒤까지도
「찰아리 너의 臨終 째가 돌아오지나 안는가?」 하고—.

◉ 《중외일보》, 1928.10.26.(상), 10.27(중), 10.29(하). [필자명은 '沈熏']

광란(狂瀾)의 꿈

불어라, 불어!
하늘 꼭대기에서
나려 질리는 하늬바람,
땅덩이 복판에 자루를 박고
모든 것을 휩싸서 핑핑 돌려라
머릿속에 맷돌이 돌 듯이
세상은 마지막이다, 불어 오너라

쏟아져라, 쏟아져!
바다가 거꾸로 흐르듯
폭포수 같은 굵은 빗발이
쉴 새 없이 기울여 쏟아져서,
사람의 새끼가 짓밟은
땅 위의 모든 것을
부신 듯이 씻어 버려라!

번갯불이 뻔—쩍,
우지끈 뚜—ㄱ 따—ㄱ

벼락 불똥이 튀어
뾰족집 교회당을 후려갈기고
우상, 동상을 자빠뜨리고
선정비(善政碑), 송덕비(頌德碑), 영세불망비(永世不忘碑),
닥치는 대로 깨트려서
모—든 거룩하다는 것 위에
벼락불의 세례를 내려라

지진이다. 지진, 대지진이다!
나무뿌리가 하늘로 솟고
바윗덩이가 굴러 내린다
지심(地心)에서 불덩이가 치밀어 올라
지구는 두 쪽에 갈라지고
모든 것은 거꾸로 섰다, 뒤집혀졌다

불이야 불이야!
분바른 계집의 얼굴을 끄스르고
"당신을 사랑합니다" 하는
조동아리를 지져 놓아라!
기—르로 쌓인 인류의 역사를
첫 페이지부터 살라버리고,
천만 권 거짓말의 기록을
모조리 깡그리 태워버려라

우루루, 우루루!
집채가 넘어가고 산이 무너진다
16억의 사람의 씨알들이
악머구리 끓듯 한다, 아우성을 친다
사람은 이빨을 갈며
사람의 고기를 물어뜯고,
뼈다귀를 다투어 깨무는
주린 짐승의 으르렁거리는 소리!
해골을 쪼아 먹는 까마귀의 떼울음!

불길이 훨훨 나르며
온 지구를 둘러쌌다,
새빨간 혀끝이 하늘을 핥는다
모—든 것은 죽어버렸다,
영원히 영원히 죽어버렸다!
명예도, 욕망도, 권력도, 야만도, 문명도—

바람소리, 빗소리!
해가 떨어지고 별은 흩어지며
땅이 울고 바다가 끓는다
모—든 것은 원소로 돌아가고
남은 것이란 희멀건 공간뿐이다

오오 이제까지의 인류는 멸망하였다!
오오 오늘까지의 우주는 개벽하고 말았다!

1923.10.

마음의 낙인(烙印)

마음 한복판에 속 깊이 찍혀진 낙인을
몇 줄기 더운 눈물로 지워보려 하는가
칼끝으로 도려낸들 하나도 아닌 상처가 가시어질 것인가
죽음은 홍소(哄笑)한다, 머리맡에 쭈그리고 앉아서…

자살한 사람의 시집을 어루만지다 밤은 깊어서
추녀 끝의 풍경소리, 내 상여머리에 요람이 흔들리는 듯
혼백은 시꺼먼 바다 속에 잠겨 자맥질하고
허무의 그림자 악어의 입을 벌리고 등어리에 소름을 끼얹는다

쓰라린 기억을 되풀이하면서 살아가는 앞길은
행복이란 도깨비가 길라잡이 노릇을 한다
꿈속에 웃다가 울고 울다가 웃는 어릿광대들
'개미' 떼처럼 뒤를 따라 쳇바퀴를 돌고 도는 걸…

캠플 주사 한 대로 절맥(絶脈)되는 목숨을 이어보듯이
젊은이여, 연애의 한 찰나에 목을 매달려는가?
혈관을 토막토막 끊으면 불이라도 붙을 상 싶어도

불 꺼져 재만 남은 화로를 헤집는 마음이여!

모든 것이 모래밭 위의 소꿉장난이나 아닌 줄 알았으면
앞장을 서서 놈들과 겯고틀어나 볼 것을
길거리로 달려 나가 실컷 분풀이나 할 것을
아아 지금엔 희멀건 허공만이 내 눈 앞에 틔어있을 뿐…

1930.5.24.

≪대중공론≫, 1930.06. [원본을 확인하지 못함.]

토막생각

― 생활시(生活詩) ―

날마다 불러가는 아내의 배,
나는 날부터 돈 들 것 꼽아보다가
손가락 못 편 채로 잠이 들었네

뱃속에 꼬물거리는 조그만 생명
'네 대(代)에나 기를 펴고 잘 살아라!'
한 마디 축복밖에 선사할 게 없구나

물려줄 것이라곤 '센진(鮮人)'밖에 없고나

급사(給仕)의 봉투 속이 부럽던
월급날도 다시는 안 올 성싶다
그나마 실직하고 스무하룻날

전등 끊어가던 날 밤 촉(燭)불 밑에서
나 어린 아내 눈물지며 하는 말
'시골 가 삽시다. 두더지처럼 흙이나 파먹게요'

오관(五官)으로 스며드는 봄
가을바람인 듯 몸서리쳐진다
조선 팔도 어느 구석에 봄이 왔느냐

불 꺼진 화로를 헤집어
담배꼬투리를 찾아내듯이
식어버린 정열을 더듬어보는 봄 저녁

옥중에서 처자 잃고
길거리로 미쳐난 머리 긴 친구
밤마다 백화점 기웃거리며 휘파람 부네

선술 한잔 내라는 걸
주머니 뒤집어 털어 보이고
돌아서니 카페의 붉고 푸른 불

그만하면 신경도 죽었으련만
알뜰한 신문만 펴들면
불끈불끈 주먹이 쥐어지네

몇 백 년이나 묵어 구멍 뚫린 고목에도
가지마다 파릇파릇 새 움이 돋네

뿌리마다 썩지 않은 줄이야 파보지 않은들 모르리

1932.4.24.

토막생각
— 生活詩 數篇 —

날마다 불러가는 안해의 배
幼稚園부터 學費 들 것 꼽아보다가
손가락 못 편 채로 잠도 못 드네.

◇

배ㅅ속에 꼬물거리는 조그만 生命
「네 代엘랑 잘 살아라!」
한 마디 祝福이나 남겨줄거나

◇

「아버지」 소리를 내 엇지 들으리
나이 三十에 해논 것 없고
물려줄 거라고는 「鮮人」^{센징}밧게 없구나.

◇

仕童의 封套 속이 부럽든
月給날도 다시는 안 올 상싶다
그나마 失職하고 스므닷새날.

◇

電燈 끊어가든 날 밤 燭불 밑에서
나 어린 안해 눈물지며 하는 말
「시골 가 삽시다. 두더지처럼 흙이나 파먹으며…」

◇

五官으로 숨여드는 봄
가을바람인 듯 몸서리처지네
朝鮮八道 어느 구석에 봄이 왔느냐.

◇

재(灰) 속을 헤집어
담배꼬토리 찾어내듯이
식어버린 情熱을 더듬어보는 봄 저녁.

◇

獄中에서 妻子 잃고
길거리로 미처 난 머리 긴 친구
밤마다 百貨店 기웃거리며 휘파람 부네.

◇

선술 한 잔 사달라는 걸
주머니 뒤집어 털어 보이고
돌아스니 「카페―」의 붉고 푸른 불.

◇

그만허면 神經도 죽엇스렷만
알들한 新聞만 펴들면은
불끈불끈 주먹이 쥐어지네.

◇

멋 百年이나 묵어 구녕 뚫린 古木에도
가지마다 파릇파릇 새 엄이 돋네
뿌리가 썩지 않은 줄이야 않 파본들 모르리.

1932.4.24

≪동방평론≫, 1932.05.09., pp.98~99. [필자명은 '沈熏']

어린 것에게

고요한 밤, 너의 자는 얼굴을 무심코 들여다볼 때,
새근새근 쉬는 네 숨소리에 귀를 기울일 때,
아비의 마음은 해면(海棉)처럼 사랑에 붓[潤]는다
사랑에 겨워 고사리 같은 네 손을 가만히 쥐어도 본다

이 손으로 너는 장차 무엇을 하려느냐
네가 씩씩하게 자라나면 무슨 일을 하려느냐
붓대는 잡지 마라, 행여 붓대만은 잡지 말아라
죽기 전 아비의 유언이다, 호미를 쥐어라! 쇠마치를 잡아라!

실눈을 뜨고 엄마의 젖가슴에 달라붙어서
배냇짓으로 젖 빠는 흉내를 내는 너의 얼굴은
평화의 보드라운 날개가 고이고이 쓰다듬고,
잠의 신(神)은 네 눈에 들락날락 하는구나

내가 너를 왜 낳아놓았는지 나도 모른다
네가 이 알뜰한 세상에 왜 태어났는지 너도 모르리라
그러나 네가 땅에 떨어지자 으아! 소리를 우렁차게 지를 때

나는 들었다, 그 뜻을 알았다. 억세인 삶의 소리인 것을!

… [이하 12행 략] …

조선 사람의 피를 백대(百代)나 천대(千代)나 이어줄 너이길래
팔다리를 자근자근 깨물고 싶도록 네가 귀엽다
내가 이루지 못한 소원을 이루고야 말 우리 집의 업둥이길래
남달리 네가 귀엽다. 꼴딱 삼키고 싶도록 네가 귀여운 것이다

모든 무거운 짐을 요 어린 것의 어깨에만 지울 것이랴
온갖 희망을 염치 네게다만 붙이고야 어찌 살겠느냐
그러나 너와 같은 앞날의 일꾼들이 무럭무럭 자라는 생각을 하니
마음이 든든하구나. 우리의 뿌리가 열길 스무 길이나 박혀있구나

그믐밤에 반딧불처럼, 저 하늘의 별들처럼
반득여라, 빛나거라, 가는 곳마다 횃불을 들어라
우리 아기 착한 아기, 어서 어서 저 주먹에 힘이 올라라
오오 우리의 강산은 온통 꽃밭이 아니냐? 별투성이가 아니냐!

1932.9.4 '재건'이 낳은 지 넉 달 열흘 되는 날

R씨의 초상(肖像)

내가 화가여서 당신의 초상화를 그린다면
지금 10년 만에 대한 당신의 얼굴을 그린다면,
채색이 없어 팔레트를 들지 못 하겠소이다
화필(畵筆)이 떨려서 획 하나도 긋지 못 하겠소이다

당신의 얼굴에 저다지 찌들고 바래인 빛깔을 칠할,
물감은 쓰리라고 생각도 아니 하였기 때문입니다
당신의 이마에 수없이 잡힌 주름살을 그릴
가느다란 붓은 준비도 하지 않았기 때문입니다

물결 거칠은 황포탄(黃浦灘)에서 생선같이 날뛰던 당신이,
고랑을 차고 3년 동안이나 그물을 뜨다니 될 뻔이나 한 일입니까
물푸레나무처럼 꼿꼿하고 물오른 버들만치나 싱싱하던 당신이
때 아닌 서리를 맞아 가랑잎이 다 될 줄 누가 알았으리까

'이것만 뜯어 먹고도 살겠다'던 여덟팔자수염은
흔적도 없이 깎이고 그 터럭에 백발까지 섞였습니다그려
오오 그러나 눈만은 샛별인 듯 전과 같이 빛나고 있습니다

불똥이 떨어져도 꿈적도 아니하던 저 눈만은 살았소이다!

내가 화가여서 지금 당신의 초상화를 그린다면
100호나 되는 큰 캔버스에 저 눈만을 그리겠소이다
절망을 모르고 끝까지 조금도 비관치 않는,
저 형형한 눈동자만을 전신의 힘을 다하여 한 획으로 그리겠소이다!

1932.9.5.

만가(輓歌)

궂은 비 줄줄이 내리는 황혼의 거리를
우리들은 동지의 관을 메고 나간다
만장(輓章)도 명정(銘旌)도 세우지 못하고
수의(襚衣)조차 못 입힌 시체를 어깨에 얹고
엊그제 떠메어 내오든 옥문을 지나
철벅철벅 말없이 무학재를 넘는다

비는 퍼붓듯 쏟아지고 날은 더욱 저물어
가등(街燈)은 귀화(鬼火)같이 껌벅이는데
동지들은 옷을 벗어 관 위에 덮는다
평생을 헐벗던 알몸이 추울 성 싶어,
얄따란 널조각에 비가 새들지나 않을까 하여
단거리 옷을 벗어 겹겹이 덮어 준다
… [이하 6행 략] …
동지들은 여전히 입술을 깨물고
고개를 숙인 채 저벅저벅 걸어간다
친척도 애인도 따르는 이 없어도
저승길까지 지긋지긋 미행이 붙어서

131

조가(弔歌)도 부르지 못하는 산송장들은
관을 메고 철벅철벅 무학재를 넘는다

1927.9.

輓歌

구름은 얏튼 하날에 무거히 써돌고
街燈만 幽靈과 가치 깜박이는 黃昏의 거리로
우리는 同志의 棺을 메고 나간다
입ㅅ살을 깨물고 머리를 숙여 默默히
저벅저벅 맞추어나가는 발자국 소리!

만흔 同志 가운대에 한 사람도
선ㅅ듯 팔쑥을 것고
따신한 한 슴의 피를 쑙아
絶脉이 되어가는 네 血管에 너어
목슴을 니어주지 못햇섯구나!

만흔 女性 가운대 한 사람도 보드라운 손으로
하날을 흘긴 채 감지 못한 네 눈을
고히 고히 쓰다듬어
네려 감겨주지를 못햇엇구나!

오 새파란 닙새가 暴陽에 시들고
날르는 새의 쑥지는 生으로 씻겻건만
엇재서 불상타고 하지 말라느냐?
사벨로 재갈을 멕이며
울지도 말라는 것이 누구냐?

바람이 니러난다
검은 구름이 머리 우를 달닌다

暴風雨가 뒤설넬 전죠(前兆)인가?
반가운 暴風雨가 휩쓸어 오려는가?

이 몸은 싸막싸치만 날르는 거츠른 벌판에
同志들의 骸骨과 한쎄 딍굴어도
오— 나는 「네로」의 末裔다!
불을 보고 웃는 「네로」의 後身이다!

26,8월

《계명》, 1926.11, pp.45~46. [이 작품은 「夜市」, 「一年 後」와 함께 발표되었는데, 다른 작품은 『심훈 시가집』에 수록되지 않음.]

곡(哭) 서해(曙海)

온종일 줄줄이 내리는 비는
그대가 못다 흘리고 간 눈물 같구려
인왕산 등성이에 날만 들면 이 비도 개련만…

어린 것들은 어른의 무릎으로 토끼처럼 뛰어다니며
"울 아버지 죽었다고" 자랑삼아 재잘대네
모질구려, 조것들을 남기고 눈이 감아집디까?

손수 내 어린 것의 약을 지어다주던 그대여,
어린 것은 나아서 요람 위에 벙글 벙글 웃는데
꼭 한 번 와 보마더니 언제나 언제나 와주시려오?

그 유머러스한 웃음은 어디 가서 웃으며
그 사기(邪氣) 없는 표정은 어느 얼굴에서 찾더란 말이오?
사람을 반기는 그대의 손은 유난히도 더웠습니다

입술을 깨물고 유언 한 마디 아니한 그대의 심사를
뉘라서 모르리까 어느 가슴엔들 새겨지지 않았으리까

설마 그대의 노모약처(老母弱妻)를 길바닥에 나앉게야 하오리까

사랑하던 벗이 한 걸음 앞서가니 든든은 하오만은
삼십 평생을 숨도 크게 못 쉬도록 청춘을 말려 죽인
살뜰한 이놈의 현실에 치(齒)가 떨릴 뿐이외다!

1932.7.10.

哭 曙海

온 終日 줄줄이 쏘다지는 비는
그대가 못다 흘리고 간 눈물갓구려
仁旺山 등성이에 날만 밝으면 이 비도 개이렷만은…

◇

어린 것들은 어른의 무릅 우로 토끼처럼 뛰어다니며
『울 아버지 죽엇다고』 자랑삼어 외치네
모질구려 조것들을 남기고 눈이 감어집니까?

◇

손소 내 어린 것의 藥을 지어다주든 그대여
어린 것은 나어서 搖籃 우에 벙글 벙글 웃것만
꼭 한 번 가 보마드니 언제나 언제나 와주시려오

◇

그 獨特한 우슴을 어듸 가서 우스며
그 邪氣업는 表情은 어느 얼골에서 찾드란 말이오?
사람을 반기는 그대의 손은 유난이도 더웟습녠다.

◇

입ㅅ술을 깨물고 遺言 한 마듸 아니한 그대의 心思를
뉘라서 모르오리까 어느 가슴엔들 색여지지 안엇스리까
설마 그대의 家屬이 길바닥에야 나안게 하오리까.

◇

人生이 虛無타고 노―란 嘆息 吐하지 마소
三十 平生을 숨도 크게 못 쉬도록 靑春을 말려죽인
살쓸한 이 놈의 現實에 齒가 썰릴 뿐이외다!

32.7.10.

《매일신보》, 1931.07.13. [필자명은 '沈熏']

거국편(去國篇)

잘 있거라 나의 서울이여

오오 잘 있거라! 저주받은 도시여,
'폼페이'같이 폭삭 파묻히지도 못하고
지진 때 동경(東京)처럼 활활 타보지도 못하는,
꺼풀만 남은 도시여, 나의 서울이여!

성벽은 토막이 나고 문루(門樓)는 헐려
'해태'조차 주인 잃은 궁전을 지키지 못하며
반 천년이나 네 품속에 자라난 백성들은,
산으로 기어오르고, 두더지처럼 토막(土幕) 속을 파고들거니
이제 젊은 사람까지 등을 밀려 너를 버리고 가는구나!

남산아 잘 있거라, 한강아 너도 잘 있거라,
너희만은 옛 모양을 길이길이 지켜다오!
그러나 이 길이 영원히 돌아오지 못하는 길이겠느냐
내 눈물이 마지막 너를 조상(弔喪)하는 눈물이겠느냐
오오 빈사(瀕死)의 도시, 나의 서울이여!

1927.2. 경부선 차중(車中)에서

去國辭

오오 잘 잇거라 咀呪바든 都市여!
『폼페이』와 가티 폭싹 파무처버리지도 못하고 地震 째의 東京처럼 활활
타보지도 못하는 가엽슨 나의 서울이어!

채ㅅ직 마즌 黑奴가 외양ㅅ간 한구석에서
소리도 못 내고 呻吟하는 소리를 듯는 듯
갓브게 쉬는 너의 呼吸은 아직도 靑春을 자랑하랴는 내 가슴의 피를 生으로
말리고 火葬物의 새벽녘가티도 寂寞한 네 모양,
陰鬱한 灰色의 單調로운 빗갈은
네 품속에서 자라난 젊은 사람들의
힘과 情熱을 모조리 삭히고 말앗다.

눈을 쓴 송장들은 絶望의 陷穽에 헤매고
일근어진 靈魂은 들복기다 못하야
맨발로 가시밧을 밟으며
너를 버리고 써나가는구나!

그러나 나는 너를 야속타 생각지 안코
구지 원망치도 안흐려 한다
이리[狼]의 송곳니ㅅ발에
軟弱한 네 살이 갈갈이 찟기것만
무슨 경황에 나를 귀여워해줄 것이랴?

쌀쌀한 바람은 車窓에 씽씽 달리고
내 마음은 바람결을 쪼차서

거칠어운 손으로 □口를 스치는 듯
지난날의 쓸아린 자쵀를
하염업시 헤매며 더듬는다.

잘 잇거라 가엽슨 서울이어!
放蕩한 늙은이 臨終 째가 갓가워
집 업는 故鄕을 차저들드키
이 몸이 다시 네 품안으로 기어들 째까지
부듸 부듸 이 모양 대로나 잇어 다오,
오오 瀕死의 都市, 나의 故國이어!

《중외일보》, 1927.03.06. [필자명은 '沈熏']

현해탄(玄海灘)

달밤에 현해탄을 건너며
갑판 위에서 바다를 내려다보니,
몇 해 전, 이 바다 어복(魚腹)에 생목숨을 던진
청춘 남녀의 얼굴이 환등(幻燈)같이 떠오른다
값 비싼 오뇌(懊惱)에 백랍(白蠟)같이 창백한 인텔리의 얼굴,
허영에 찌든 여류예술가의 풀어헤친 머리털,
서로 얼싸안고 물 위에서 소용돌이를 한다

바다 위에 바람이 일고 물결은 거칠어진다
우국지사의 한숨은 저 바람에 몇 번이나 스치고
그들의 불타는 가슴속에서 졸아붙는 눈물은,
몇 번이나 비에 섞여 이 바다 위에 뿌렸었던가
그 동안에 얼마나 수많은 물 건너 사람들은
'인생도처유청산(人生到處有靑山)'을 부르며 새 땅으로 건너왔던가

갑판 위에 서있자니 시름이 겨워
선실로 나려가니 '만연도항(漫然渡航)'의 백의군(白衣群)이다
발가락을 억지로 째어 다비를 꿰고

상투 자른 자리에 벙거지를 뒤집어 쓴 꼴,
먹다가 버린 벤또밥을 엉금엉금 기어 다니며
강아지처럼 핥아 먹는 어린 것들!

동포의 꼴을 똑바로 볼 수 없어
다시금 갑판 위로 뛰어올라서
물속에 시선을 잠그고 맥없이 서있자니
달빛에 명경(明鏡) 같은 현해탄 위에
조선의 얼굴이 떠오른다!
너무나 또렷하게 조선의 얼굴이 떠오른다
눈 둘 곳 없어, 마음 붙일 곳 없어
이슥토록 하늘의 별 수만 세이노라

1926.2.

무장야(武藏野)에서

초겨울의 무장야는
몹시도 쓸쓸하였다
석양은 잡목림(雜木林) 삭장구에
오렌지 빛의 낙조(落照)를 던지고,
쌀쌀바람은 등어리에
우수수 낙엽을 끼었는데,
나는 그와 어깨를 겯고
마른 풀을 밟으며 거닐었다

두 사람의 시선은 아득히
고향의 하늘을 더듬으며
소프라노와 바리톤은
나직이 망향의 노래를 불렀다
내 손등에 떨어진 한 방울의
따끈한 그의 눈물은,
여린 정에 아름다운 결정(結晶)이매
차마 씻지를 못했었다

이윽고 나는 참다못하여
끌어 오르는 마음을
그의 가슴에 뿜고 말았다
손을 잡고 사랑을 하소연하였다
그러나 그는 다소곳이
고개를 숙이며 말이 없었다
능금같이 빨개진 얼굴을
내 가슴에 파묻은 채…

그의 작은 가슴은
비 맞은 참새처럼 떨리고
그의 순진한 마음은
때 아닌 파도에 쓰러지는
해초와 같이 흔들렸을 것이다
햇발이 우리의 발치를 지난 뒤에야
그는 조심스레 입을 열었다

"내가 좀 더 자라거든요
  인제 세상을 알게 되거든요"

나는 입을 다문 채
무안에 취해서 얼굴을 붉혔다
깨끗한 눈 위에다가

모닥불을 끼얹어준 것 같아서…
가냘픈 꽃가지를 꺾은 것처럼
무슨 큰 죄나 저지른 듯하여서…
말없이 일어서 지향 없이 거닐었다
쓸쓸한 황혼의 무장야를—

1927.2.

북경(北京)의 걸인(乞人)

세기말(歲己末) 맹동(孟冬)에 초췌한 행색으로 정양문(正陽門) 차참(車站)에 내리니, 걸개(乞丐)의 떼 에워싸며 한 분(分)의 동패(銅牌)를 빌거늘 달리는 황포차상(黃包車上)에서 수행(數行)을 읊다.

나에게 무엇을 비는가?
푸른 옷 입은 인방(隣邦)의 걸인이여,
숨도 크게 못 쉬고 쫓겨 오는 내 행색을 보라,
선불 맞은 어린 짐승이 광야를 헤매는 꼴 같지 않으냐

정양문(正陽門) 문루(門樓) 위에 아침햇발을 받아
펄펄 날리는 오색기(五色旗)를 쳐다보라
네 몸은 비록 헐벗고 굶주렸어도
저 깃발 그늘에서 자라나지 않았는가?

거리거리 병영(兵營)의 유량(嚠喨)한 나팔소리!
내 평생엔 한 번도 못 들어보던 소리로구나
호동(胡同) 속에서 채상(菜商)의 외치는 굵다란 목청,
너희는 마음껏 소리 질러보고 살아왔구나

저 깃발은 바랬어도 대중화(大中華)의 자랑이 남고
너의 동족은 늙었어도 '잠든 사자'의 위엄이 떨치거니,
저다지도 허리를 굽혀 구구히 무엇을 비는고
천년이나 만년이나 따로 살아온 백성이거늘—

때 묻은 너의 남루(襤褸)와 바꾸어 준다면
눈물에 젖인 단거리 주의(周衣)라도 벗어주지 않으랴
마디마디 사무친 원한을 나눠준다면
살이라도 저며서 길바닥에 뿌려주지 않으랴
오오 푸른 옷 입은 북국의 걸인이여!

　* 호동(胡同) … 골목

1919.12.

149

고루(鼓樓)의 삼경(三更)

눈은 쌓이고 쌓여
객창(客窓)을 길로 덮고,
몽고(蒙古) 바람 씽씽 불어
왈각달각 잠 못 드는데
북이 운다, 종이 운다
대륙의 도시, 북경의 겨울밤에—

화로에 매철[煤炭]도 꺼지고
벽에는 성에가 슬어
얼음장 같은 '캉' 위에
새우처럼 오그린 몸이,
북소리 종소리에 부들부들 떨린다
지구의 맨 밑바닥에 동그마니 앉은 듯
마음 좇아 고독에 덜덜덜 떨린다

거리에 땡그렁 소리도 들리지 않으니
호콩장사도 인제는 얼어 죽었나
입술을 꼭꼭 깨물고 이 한 밤을 새우면

집에서 편지나 올까? 돈이나 올까?
'만퉈' 한 조각 얻어먹고 긴 밤을 떠는데
고루에 북이 운다, 종이 운다

　　* 촹 … 나무침상(寢床)
　　* 만퉈 … 밀가루 떡

1919.12.19. 북경(北京)서

심야과황하(深夜過黃河)

별 그림자… 그믐밤의 적막을 헤치며
화차(火車)는 황하(黃河)의 철교 위를 달린다
산 하나 없는 양안(兩岸)의 묘망(渺茫)한 평야는
태고의 신비를 감춘 듯 등불만 깜박이고,
황하는 장사(長蛇)와 같이 꿈틀거리며
중원(中原)의 복판을 뚫고 묵묵히 흐른다

찬란하던 동방의 문명은
이 강의 물줄기를 따라 일어났고
4억이나 되는 중화(中華)의 족속은
이 연안(沿岸)에서 역사의 첫 페이지를 꾸몄거니

이제 천년만년 굽이져 흐르는,
물줄기는 싯누렇게 지쳐 늘어지고
이 물을 마시고 자라난 백성들은,
아직도 고달픈 옛 꿈에 잠이 깊은데
난데없는 우렁찬 철마(鐵馬)의 울음소리!
무심한 나그네를 실고 기차는 황하를 건넌다

1920.2.

상해(上海)의 밤

우중충한 '농당(弄堂)' 속으로
'훈둔'장사 모여들어 딱따기 칠 때면
두 어깨 웅숭그린 연놈의 떠드는 세상,
집집마다 마작판 뚜드리는 소리에
아편에 취한 듯 상해의 밤은 깊어가네

발 벗은 소녀, 눈 먼 늙은이를 이끌며
구슬픈 호궁(胡弓)에 맞춰 부르는 맹강녀(孟姜女) 노래
애처롭구나! 객창(客窓)에 그 소리 장자(腸子)를 끊네

사마로(四馬路) 오마로(五馬路) 골목골목엔
'이쾌양듸', '량쾌양듸' 인육(人肉)의 저자,
단속곳 바람으로 숨바꼭질하는 '야―지'의 콧잔등이엔
매독이 우글우글 악취를 품기네

집 떠난 젊은이들은 노주(老酒)잔을 기울여
걷잡을 길 없는 향수에 한숨이 길고,
취하고 취하여 뼛속까지 취하여서는

팔을 뽑아 장검(長劍)인 듯 내두르다가
채관(茶舘) 소파에 쓰러지며 통곡을 하네

어제도 오늘도 산란(散亂)한 혁명의 꿈자리!
용솟음치는 붉은 피 뿌릴 곳을 찾는
'까오리' 망명객의 심사를 뉘라서 알고
영희원(影戱院)의 샹들리에만 눈물에 젖네

    * 농당(弄堂) … 세 주는 집.
    * 훈둔 … 조그만 만두속 같은 것을 빚어 넣은 탕.
    * 야一지 … '야계(野鷄)' 매소부(賣笑婦) 중에도 저급한 종류.
    * 까오리 … 고려(高麗)

항주유기(杭州遊記)

항주유기(杭州遊記)

항주(杭州)는 나의 제2의 고향이다. 미면약관(未免弱冠)의 가장 로맨틱하던 시절을 이개성상(二個星霜)이나 서자호(西子湖)와 전당강변(錢塘江邊)에 두류(逗留)하였다. 벌써 10년이나 되는 옛날이언만 그 명미(明眉)한 산천이 몽침간(夢寢間)에도 잊히지 않고 그 곳의 단려(端麗)한 풍물이 달콤한 애상과 함께, 지금도 머릿속에 채를 잡고 있다. 더구나 그 때에 유배나 당한 듯이, 호반(湖畔)에 소요(逍遙)하시던 석오(石吾), 성재(省齋) 두 분 선생님과, 고생을 같이하며 허심탄회로 교유하던 엄일파(嚴一派), 염온동(廉溫東), 정진국(鄭鎭國) 등 제우(諸友)가 몹시 그립다. 유랑민의 신세— 부유(蜉蝣)와 같은지라, 한 번 동서로 흩어진 뒤에는 안신(雁信)조차 바꾸지 못하니 면면(綿綿)한 정회가 절계(節季)를 따라 간절하다. 이제 추억의 실마리를 붙잡고 학창시대에 끄적여 두었던 묵은 수첩의 먼지를 털어본다. 그러나 항주와는 인연이 깊던 백낙천(白樂天), 소동파(蘇東坡) 같은 시인의 명편(名篇)을 예빙(例憑)치 못하니 생색(生色)이 적고 또한 고문(古文)을 섭렵한 바도 없어, 다만 시조체(時調体)로 십여 수(十餘首)를 벌여볼 뿐이다.

[여기에 수록된 시는 「천하의 절승(絶勝) 소항주유기(蘇杭州遊記)」(《삼천리》제16호, 1931. 06. 01. pp.55~56)이라는 글을 통해 발표된 것들임. 이 글에는 「西湖月夜」, 「樓外樓」, 「採蓮曲」, 「南屛晚鍾」, 「白堤春曉」, 「杭城의 밤」, 「岳王廟」, 「錢塘의 黃昏」, 「牧童」, 「七絃琴」 등이 수록되어 있음.]

평호추월(平湖秋月)

(1)

중천(中天)의 달빛은 호심(湖心)으로 쏟아지고
향수는 이슬 내리듯 마음속을 적시네
선잠 깬 어린 물새는 뉘 설움에 우느뇨

　　20리 주위나 되는 넓은 호수 한복판에 떠있는 수간모옥(數間茅屋)이 호심정(湖心
　　亭)이다.

(2)

손바닥 부릍도록 뱃전을 뚜드리며
'동해물과 백두산' 떼를 지어 부르다가
동무를 얼싸안고서 느껴느껴 울었네

(3)

나 어려 귀 너머로 들었던 적벽부(赤壁賦)를
운파만리(雲波萬里) 예 와서 당음(唐音) 읽듯 외단 말가
우화이 귀향(羽化而歸鄕) 하여서 내 어버이 뵈옵과저

원문

西湖月夜

中天의 달빛은 湖心으로 녹아 흐르고
鄕愁는 이슬 나리듯 온몸을 적시네
어린물새 선잠 깨여 얼골에 쏭누더라

　　　牀前看月光 疑是地上霜
　　　擧頭望山月 低頭思故鄕 (李白)

　　○

손바닥 부릇도록 배ㅅ전을 쑤다리며
「東海물과 白頭山」 쎼지어 불르다말고
그도 나도 달빗에 눈물을 깨물엇네

　　　三十里 周圍나 되는 넓은 湖水, 한복판에 쎠잇는 조그만 섬 中의 數間茅屋이
　　　湖心亭이다. 流配나 當한 듯이 그곳에 無聊히 逗留하시든 石吾 先生의 憔悴하신
　　　얼골이 다시금 뵈옵는 듯하다.

　　○

아버님쎄 종아리 맛고 배우든 赤壁賦를
雲羗萬里 예 와서 千字 읽듯 외우단말가
羽化而 歸鄕하야 어버이 뵈옵과저

《삼천리》제16호, 1931.06. p.55.

삼담인월(三潭印月)

삼담(三潭)에 잠긴 달을 무엇으로 건져볼꼬

팔 벌려 건지자니 달은 등에 업혔구나

긴 밤을 달 한 짐 지고 꾸벅꾸벅 거니네

> 동파(東坡)가 항주자사(杭州刺史)로 있을 때 쌓은 석탑 셋이 남아있다. 달 밝은
> 밤에는 수면에 그림자 셋을 떨어트려 전아(典雅)한 당우(堂宇)와 함께 물 위에 부
> 침한다.

채련곡(採蓮曲)

(1)

이호(裏湖)로 일엽주방(一葉畵舫) 소리 없이 저어드니

연 잎새 뱃바닥을 간질이듯 쓰다듬네

사르르 풍기는 향기에 잠이 들듯 하구나

> 백낙천(白樂天)이 쌓은 백제(白堤)로부터 서북으로 보초탑(保椒塔) 아래까지가 이
> 호(裏湖)니 백련인련(白蓮仁蓮)이 뒤덮인 것이 온통 연포(蓮浦)다.

(2)

콧노래 부르면서 연근(蓮根) 캐는 저 고랑(姑娘)

걷어붙인 팔뚝 보소 백어(白魚)같이 노니누나

연밥 한 톨 던졌더니 고개 갸웃 웃더라

> 姑娘(꾸—냥)은 처자(處子)

(3)

누에가 뽕잎 썰듯 세우성(細雨聲) 잦아진 듯

연봉오리 푸시시 기지개켜는 소릴러라

연붉은 꽃입술 담쑥 안고 입 맞춘들 어떠리

採蓮曲

一

裏湖로 一葉片舟 소리업시 저어드니
蓮닙이 베ㅅ바닥을 간지리듯 어루만지네
품겨오는 香氣에 사르르 잠이 들듯하구나

二

코ㅅ노래 부르며 蓮根캐는 저 姑娘
거더부친 팔뚝 보소 白魚가티 노니노나
蓮밥 한 톨 던젓더니 고개 갸웃 웃더라
　　　　「耶溪採蓮女　見客棹歌回
　　　　　笑入荷花去　伴羞不出來」

三

누에[蠶]가 쏭닙 썰 듯 細雨聲 자자진 듯
蓮봉오리 푸시시 기지개켜는 소릴세
연붉은 그 입술에 키쓰한들 엇더리

―――――――

《삼천리》제16호, 1931.06. p.56.

소제춘효(蘇堤春曉)

동파(東坡)가 쌓은 소제(蘇堤) 사립(簑笠) 쓴 저 노옹(老翁)아
오월(吳越)은 어제런 듯 그 양자(樣子)만 남았구나
죽장(竹杖)을 낚대 삼고서 고기 낚고 늙더라

원문

白堤春曉

樂天이 싸흔 白堤 簑笠 쓴 저 老翁아
吳越은 어제런듯 그 樣子만 남엇고나
竹杖을 낙대 삼어 고기 낙고 늙더라

≪삼천리≫제16호, 1931.06. p.56.

남병만종(南屛晚鐘)

나귀를 채찍하여 남병산(南屛山)에 치달으니
만종(晩鐘)소리 잔물결에 주름 잡혀 남실남실
고탑(古塔)의 까마귀 떼는 낯설다고 우짖더라

南屛晩鍾

野馬를 채쭉하야 南屛山 치다르니
晩鍾소리 잔물결에 주름살이 남실남실
古塔우의 까마귀꼐는 뉘 설음에 우느뇨

누외루(樓外樓)

술을 마시고 싶어서 인호상이(引壺觴而) 자작(自酌)할까
가슴속 타는 불을 꺼보려는 심사로다
취하여 난간에 기대서니 어울리지 않더라

樓外樓

술 마시고 십허서 引壺觴而 自酌할가
젊은 가슴 타는 불을 쩌보려는 心事로다
醉하야 欄杆에 기대스니 어울리지 안터라

　　樓外樓는 酒肆의 일흠, 大廳에 큰 體鏡을 裝置하야 水面을 反照하니 華舫의 젊
　　은 男女, 한 双의 鴛鴦인 듯 쌔로 痛飮하야 氣絶한 친구도 잇섯다.

방학정(放鶴亭)

방학정(放鶴亭) 주난간(朱欄杆)에 하루 종일 기다려도
구름만 오락가락 학은 아니 돌아오고
임처사(林處士) 무덤 곁에는 늙은 매화 수절터라

악왕분(岳王墳)

송백(松柏)은 얼크러져 뫼를 덮고
애달프다, 만고정충(萬古精忠) 길이길이 잠들었네
진회(秦檜)란 놈 쇠사슬 찬 채 남의 침만 받더라

岳王廟

千年 묵은 松柏은 얼크러저 해를 덥고
萬古精忠 武穆魂은 길이길이 잠들엇네
秦檜란 놈 쇠手匣 찬 채 남의 침만 밧더라

고려사(高麗寺)

운연(雲煙)이 잦아진 골에 독경(讀經)소리 그윽코나
예 와서 고려태자(高麗太子) 무슨 도를 닦았던고
그래도 내 집인 양하여 두 번 세 번 찾았었네

항성(杭城)의 밤

항성의 밤저녁은 개가 짖어 깊어가네
비단 짜는 오희(吳姫)는 어이 날밤 새우는고
뉘라서 나그네 근심을 올올이 엮어주리

杭城의 밤

杭城의 밤저녁은 개 지저 깁퍼가네
緋緞짯는 吳姬는 어느 날밤 새우려노
올올이 풀리는 근심 뉘라서 역거주리

機中織錦秦川女　碧紗如煙隔窓語
停梭悵然憶遠人　獨宿空房淚如雨

≪삼천리≫제16호, 1931.06. p.56.

전당강반(錢塘江畔)에서

황혼의 아기별을 어화(漁火)와 희롱하고
임립(林立)한 돛대 위에 하현달이 눈 흘길 제
포구에 돌아드는 배에 호궁(胡弓) 소리 들리네

원문

錢塘의 黃昏

야튼 한울의 아기별들 漁火와 입 맛추고
林立한 돗대 우에 下弦달이 눈 홀기네
浦口에 도라드는 沙工의 배ㅅ노래 凄凉코나

西湖서 山등성이 하나만 넘으면 滾滾히 흘르는 錢塘江과 一望無際한 平野가 눈
압헤 깔린다. 中國 三大江의 하나로 그 물이 淸澄하고 湖水로 더욱 有名하다.

목동(牧童)

수우(水牛)를 비껴 타고 초적(草笛) 부는 저 목동은
병풍 속에 보던 그림 그대로 한 폭일세
죽순 캐던 어린 누이는 시비(柴扉) 열고 마중터라

원문

牧童

水牛를 빗겨 타고 草笛 부는 저 牧童
屛風 속에 보든 그림 고대로 한 幅일세
竹筍 캐든 어린 누이 柴扉에 마중터라

칠현금(七絃琴)

밤 깊어 벌레소리 숲 속에 잠들 때면
백발노인 홀로 앉아 반은 졸며 탄금(彈琴)하네
한 곡조 타다 멈추고는 한숨 깊이 쉬더라

원 문

七絃琴

밤 깁퍼 버레소리 숩속에 잠들 째면
겻방老人 홀노 쌔어 졸며 졸며 거문고 타네
한 曲調 타다 멈추고 한숨 깁퍼 쉬더라

　　江畔에 소슨 之江大學 寄宿舍에 白髮이 星星한 無依한 漢文 先生이 내 房을
　　隔하야 獨居하는데 明滅하는 燭불 밋테 밤마다 七絃琴을 쯧으며 寂滅의 志境을
　　自慰한다. 그는 나에게 號를 주어 白浪이라 하얏다.

감옥에서
어머님께 올린 글월

감옥에서
어머님께 올린 글월

어머님!

오늘 아침에 고의적삼 차입해주신 것을 받고서야 제가 이곳에 와있는 것을 집에서도 아신 줄 알았습니다. 잠시도 엄마의 곁을 떠나지 않던 막내둥이의 생사를 한 달 동안이나 아득히 아실길 없으셨으니 그 동안에 오죽이나 애를 태우셨겠습니까?

그러하오나 저는 이곳까지 굴러오는 동안에 꿈에도 생각지 못하던 고생을 겪었건만 그래도 몸 성히 배포 유하게 큰집에 와서 지냅니다. 고랑을 차고 용수는 썼을망정 난생 처음으로 자동차에다가 보호순사를 앉히고 거들먹거리며 남산 밑에서 무학재 밑까지 내려 긁는 맛이란 바로 개선문으로나 들어가는 듯하였습니다.

어머님!

제가 들어있는 방은 28호실인데 성명 삼자도 떼어버리고 2007호로만 행세합니다. 두간도 못 되는 방 속에 열아홉 명이나 비웃 두름 엮이듯 했는데 그 중에는 목사님도 있고 시골에서 온 상투쟁이도 있고요, 우리 할아버지처럼 수염 잘 난 천도교 도사도 계십니다. 그밖에는 그 날 함께 날뛰던 저희 동모들인데 제 나이가 제일 어려서 귀염을 받는답니다.

어머님!

날이 몹시도 더워서 풀 한 포기 없는 감옥 마당에 뙤약볕이 내려 쪼이고 주황빛의 벽돌담은 화로 속처럼 달고 방 속에서는 똥통이 끓습니다. 밤이면 가뜩이나 다리도 뻗어 보지 못하는데 빈대, 벼룩이 다투어가며 짓무른 살을 뜯습니다.

그래서 한 달 동안이나 쪼그리고 앉은 채 날밤을 새웠습니다. 그렇건만 대단히 이상한 일이 있지 않습니까. 생지옥 속에 있으면서 하나도 괴로워하는 사람이 없습니다. 누구의 눈초리에나 뉘우침과 슬픈 빛이 보이지 않고 도리어 그 눈들은 샛별과 같이 빛나고 있습니다그려!

더구나 노인네의 얼굴은 앞날을 점치는 선지자처럼 고행하는 도승처럼 그 표정조차 엄숙합니다. 날마다 이른 아침 전등불 꺼지는 것을 신호 삼아 몇 천 명이 같은 시간에 마음을 모아서 정성껏 같은 발원으로 기도를 올릴 때면 극성맞은 간수도 칼자루소리를 내지 못하며 감히 드려다보지도 못하고 발꿈치를 돌립니다.

어머님!

우리가 천번 만번 기도를 올리기로서 굳게 닫힌 옥문이 저절로 열려질 리는 없겠지요. 우리가 아무리 목을 놓고 울며 부르짖어도 크나큰 소원이 하루아침에 이루어질 리도 없겠지요. 그러나 마음을 합하는 것처럼 큰 힘은 없습니다. 한데 뭉쳐 행동을 같이 하는 것처럼 무서운 것은 없습니다.

우리들은 언제나 그 큰 힘을 믿고 있습니다. 생사를 같이 할 것을 누구나 맹세하고 있으니까요…. 그러기에 나 어린 저까지도 이러한 고초를 그다지 괴로워하여 하소연해 본 적이 없습니다.

어머님!

어머님께서는 조금도 저를 위하여 근심하지 마십시오. 지금 조선에는 우리 어머님 같으신 어머니가 몇 천 분이요 또 몇 만 분이나 계시지 않습니까. 그리고 어머님께서도 이 땅에 이슬을 받고 자라나신 공로 많고 소중한 따님의 한 분이시고 저는 어머님보다도 더 크신 어머님을 위하야 한 몸을 바치려는 영광스러운 이 땅의 사나이외다.

콩밥을 먹는다고 끼니때마다 눈물겨워 하지도 마십시오. 어머님이 마당에서 절구에 메주를 찧으실 때면 그 곁에서 한주먹씩 주워 먹고 배탈이 나던, 그렇게도 삶은 콩을 좋아하던 제가 아닙니까? 한 알만 마루 위에 떨어지면 흘금흘금 쳐다보고 다른 사람이 먹을세라 주어먹기 한 버릇이 되었습니다.

어머님!

오늘 아침에는 목사님한테 사식이 들어왔는데 첫술을 뜨다가 목이 메어 넘기를 못합디다. 그도 그럴 것이외다. 아내는 태중에 놀라서 병들어 눕고 열두 살 먹은 어린 딸이 아침마다 옥문 밖으로 쌀을 날라다가 지어드리는 밥이라 합니다. 저도 돌아앉으며 남모르게 소매를 적셨습니다.

어머님!

며칠 전에는 생후 처음으로 감방 속에서 죽는 사람의 그 임종을 같이 하였습니다.

돌아간 사람은 먼 시골의 무슨 교를 믿는 노인이었는데 경찰서에서 다리 하나를 못 쓰게 되어 나와서 이곳에 온 뒤에도 밤이면 몹시 앓았습니다. 병감은 만원이라고 옮겨 주지도 않고 쇠잔한 몸에 그 독은 나날이 뼈에 사무쳐 그날은 아침부터 신음하는 소리가 더 높았습니다.

밤은 깊어 악박골 약물터에서 단소 부는 소리도 끊어졌을 때 그는 가슴에 손을 얹고 가쁜 숨을 몰기 시작했습니다. 우리는 모두 일어나 그의 머리맡을 에워싸고 앉아서 죽음의 그림자가 시시각각으로 덮어오는 그의 얼굴을 묵묵히 지키고 있었습니다.

그는 희미한 눈초리로 오 촉밖에 안 되는 전등을 멀거니 쳐다보면서 무슨 깊은 생각에 잠긴 듯 추억의 날개를 펴서 기구한 일생을 더듬는 듯합니다. 그의 호흡이 점점 가빠지는 것을 본 저는 제 무릎을 베개 삼아 그의 머리를 고였더니 그는 떨리는 손을 더듬더듬하여 제 손을 찾아 쥐더이다. 금세 운명을 할 노인의 손아귀 힘이 어쩌면 그다지도 굳셀까요, 전기나 통한 듯이 뜨거울까요?!

어머님!

그는 마지막 힘을 다하여 몸을 벌떡 솟치더니 "여러분!" 하고 큰 목소리로 무겁게 입을 열었습니다. 찢어질 듯이 긴장된 얼굴의 힘줄과 표정이 그날 수천 명 교도 앞에서 연설을 할 때에 그 목소리가 이와 같이 우렁찼을 것입니다. 그러나 우리는 마침내 그의 연설을 듣지 못했습니다. "여러분!" 하고는 뒤미처 목에 가래가 끓어오르기 때문에….

그러면서도 그는 우리에게 무엇을 바라는 것 같아서 어느 한 분이 유언할 것이 없느냐 물으매 그는 조용히 머리를 흔들어 보이나 그래도 흐려가는 눈은 꼭 무엇을 애원하는 듯합니다. 마는 그의 마지막 소청을 들어줄 그 무엇이나 우리가 가졌겠습니까. 우리는 약속이나 한 듯이 나직나직한 목소리로 그날에 여럿이 떼 지어 부르던 노래를 일제히 부르기 시작했습니다. 떨리는 목소리로 첫 절도 다 부르기 전에 설움이 북받쳐서 그와 같은 신도인 상투 달린 사람은 목을 놓고 울더이다.

어머님!
그가 애원하던 것은 그 노래인 것이 틀림없었을 것입니다. 우리는 최후의 일각의 원혼을 위로하기에는 가슴 한복판을 울리는 그 노래밖에 없었습니다. 후렴이 끝나자 그는 한 덩이 시뻘건 선지피를 제 옷자락에 토하고는 영영 숨이 끊어지고 말더이다.

그러나 야릇한 미소를 띤 그의 영혼은 우리가 부른 노래에 고이고이 싸이고 받들려 쇠창살을 새어서 새벽하늘로 올라갔을 것입니다. 저는 감지 못한 그의 두 눈을 쓰다듬어 내리고 날이 밝도록 그의 머리를 제 무릎에서 내려놓지 않았습니다.

어머님!
생각하면 생각할수록 사록사록이 아프고 쓰라렸던 지난날의 모든 일을 큰 모험 삼아 몰래몰래 적어두는 이 글월에 어찌 다 시원스럽게 사뢰올 수가 있사오리까? 이제야 겨우 가시밭을 밟기 시작한 저로서 어느 새부터 이만 고생을 호소할 것이오리까?

오늘은 아침부터 창대같이 쏟아지는 비에 더위가 씻겨 내리고 높은 담안에 시원한 바람이 휘돕니다. 병든 누에같이 늘어졌던 감방 속의 여러 사람도 하나 둘 생기가 나서 목침돌림 이야기에 꽃이 핍니다.

어머님!

며칠 동안이나 비밀히 적은 이 글월을 들키지 않고 내보낼 궁리를 하는 동안에 비는 어느덧 멈추고 날은 오늘도 저물어 갑니다.

구름 걷힌 하늘을 우러러 어머님의 건강을 비올 때 비 뒤의 신록은 담 밖에 더욱 아름다운 듯 먼촌의 개구리소리만 철창에 들리나이다.

1919.8.29.

제2부

『심훈 시가집』 미수록 작품

새벽빛

ㄱ

흰누리로 자루박은 회오리바람
가진것을 휩싸넣고 핑핑돌때에
서리맞은 거친풀이 엉킨동산은
주리었던 봄바람을 깃거맞도다

ㄴ

얼어붙은 땅속으로 작은싹들은
구석구석 벼서나서 알머리드니
닭이울은 하늘위는 더욱어둡고
불다남은 찬바람에 소름끼치네

ㄷ

샛별같은 가는눈을 깜짝거리되
옷칠을한 넓은들은 비출수없고
약한손에 방울쥐고 흔들어보나
귀머거리 새벽꿈의 두꺼운귀청

ㄹ

울며떨며 일어서서 비틀거리고
동튼다고 기별듣고 거름을배니
흐트러진 가시덤불 맨발을찔러
연한살에 붉은피만 새암이솟듯

ㅁ

눈물로서 굽어보신 사랑의검은
오른손에 밝은촛불 높이드시니
입새라는 입새에는 구슬머금고
굴레벗은 무궁화는 피어웃도다

ㅂ

우러르니 흰햇발에 눈은부신데
우렁차게 종소리는 흰뫼에울고
붉은구름 얄이빗긴 하늘가로서
천녀들의 찬미소리 흘러내리네

1920. 1.

≪근화(槿花)≫, 1920. 06. p.3. [필자명은 '금강샘']

노동의 노래(미레도레미솔솔 곡조)

1. 아침해도 아니돋은 꽃동산속에
   무엇을   찾고있나 별의무리
   저녁놀이 붉게비친 풀언덕위에
   무엇을   옮기느냐 개아미떼들

후렴─방울방울 흐른땀으로
   불길같은 우리피로써
   시들어진 무궁화에 물을뿌리자
   한배님의 끼친겨레 감열케하자

2. 삼천리   살찐들에   논밭을가니
   이천만의 목숨줄을   내가쥐었고
   달밝은밤 서늘한데   이집저집서
   길쌈하는 저소리야   듣기좋구나

3. 길게뻗은 흰뫼줄기 높은비탈에
   괭이잡아 가진보배 뚫고파내며
   신이나게 쇠떡메를 들러메치니

간곳마다 석탄연기 하늘을덮네

4. 배를떼라　넓고넓은 동해서해에
　　푸른물결　벗을삼아 고기낚구고
　　채쳐내라　몇만년을 잠기어있는
　　아름다운　조개들과 진주며산호

5. 풀방석과　자판위에 띠끌맛이나
　　노동자의　철퇴같은 이손의힘이
　　우리사회　굳고굳은 주추되나니
　　아아!　　거룩하다 노동함이여

≪공제≫, 1920.10. pp.131~132. [필자명은 '沈大燮'. 이 작품은 '현상노동가 모집' '丁' 선정 작임.]

나의 가장 친한 유형식(兪亨植) 군을 보고

정이 넘치는 길고 긴 글월과 나의 지극히 사랑하는 군(君)의 주야로 그리워 잊히지 못하던 온안(溫顔)을 만리이역(萬里異域)에 뵈오니 흉중에 조수 밀리듯 하는 여러 가지 감회와 군의 얼굴에서 솟아오르는 깊은 인상의 연상은 나로 하여금 단장(斷腸)의 시(詩)를 목매인 소리로 읊지 않고는 못 견디게 하였다.

오! 그가 왔다!
준령(峻嶺)을 넘고 대양을 건너
사랑하는 벗이 외로움에 떠는
나의 가슴에 안기러왔다
나의 정다운 고국으로서
오! 저 그립던 얼굴
사랑에 엉킨 저 눈!
정담(情談)을 토하는 저 입!
입고 싶은 내 나라의 옷 모양
군(君)아 오! 애인아
꽃 아침 날 밤에
마주 잡던 손을 내밀어주오
사랑의 입술을 가만히 열어

외로운 벗에게 음악을 주서오?

그러나 대답도 없는 침묵한 그대

움직이지 못하는 그대의 몸

아! 세상은 무정하구나

가거라! 가거라!

잊히지 않는 과거의 인상이여!

나의 기억으로서

저 얼굴 뒤에 나타나는

모든 애처로운 그림자!

운명아 이미 우리에게 이거(離居)를 주었으니 마음을 썩히는 전일(前日)
의 환락과 비애의 괴로운 모든 연상을 영원한 무덤에 파묻어버려라

　애형(愛兄)아 전당강반(錢塘江畔) 궂은 비 오는 아침

　사랑하는 그대를 그리워 잊을 길 없구나

⊕ 《동아일보》, 1921.07.30. [필자명은 '杭州之江大學 白浪生', 이 작품은 '독자문단'란에 수록됨.]

야시(夜市)

주정꾼은 게두덜거리며
종로 한복판을 휩쓸고 간다

에—튀 에—ㅅ 튀 튀
늘어 논 것이 다 무엇이냐
우물거리는 것들은 다 무엇 말라죽은 귀신이냐
어물전(魚物廛) 쓰레기통을 엎어 논 것 같고
사롱(紗籠)에 촉(燭)ㅅ불도 꺼져가는 반우(返虞)의 행렬 같구나

싸구려 싸구려
말라빠진 북어쾌 고무신짝
곰팡 슨 왜떡 양과자 부스럭지
김치거리가 없소 양철통이 없소
휘뚜루마뚜루 막 파는구려

여편네들이 끓어나온다—
마님 마마님 행랑어멈 여학생 매춘부…
기생 탄 인력거가 밤바람을 가른다

삼십 전짜리 오리지널 남새
시간표 한 장 떼어주면은
살내음새라도 얼마든지 품겨 주마고…

신사들이 한 떼가 몰려간다
사상가, 주의자, 예술가, 목사님 신문기자…
논바닥은 갈라졌어도 '배광(背廣)'은 제쳤겄다

으리으리한 양반들이 어슬렁어슬렁 뒤를 대어 나온다
아랫도리 없는 허깨비도 걸어다니고
제웅직성도 물구나무를 설 줄 안다고

싸구려 싸구려
계집이어든 두루마기 자락을 벌리고
신사어든 삼태기를 들여만 대오
자— 사람의 새끼가 싸구려
닥치는 대로 집히는 대로
안 파는 것이라곤 하나도 없구려

오— 악머구리 끓듯 하는 소리
듣기가 싫다 제발 듣기가 싫다!
고양이에게 쫓긴 생쥐가
수채구녕에 머리를 틀어박고

마지막 지르는 비명 같구나!

동대문으로 남대문
남대문으로 서대문—
얼굴빛 해쓱한 나이 젊은 주정꾼은
지팡이로 큰길바닥을 뚜드리며
여름날의 온 밤을 헤매었다

연초공장(煙草工場)에 첫 뚜—가 불어도
험수룩한 그의 그림자는 감출 곳이 없더라

25.7.

---

* ≪계명≫, 1926.11. pp.46~47. [필자명은 '沈大燮']

일 년 후(一年後)

오늘 전차 속에서
뜻밖에 당신을 만났구려
그러니 어쩌면 일 년 동안에
신색(神色)이 저다지도 파리하였소?
검은 양복에 까만 모자를
깊숙이 눌러 쓴 것이
꼭 젊은 과부 같구려

앵도(櫻桃)를 설깨문 듯하는 입술
내 가슴으로 뿜어내는
정열의 불길을 식혀주는 그 입술이
어쩌면 서리 맞은 백일홍처럼
저다지도 허—옇게 바랬더란 말이요?

일 년 전의 평생의 벗이
일 년 후엔 못 볼 사이가 되어
지척(咫尺)에 앉았건만 서로 눈을 피하는구려
어쩌다 시선이 마주치면

당신의 얼굴과 내 얼굴
마주 비취어 말 못 되게 초췌하구려

《계명》, 1926.11. pp.47~48. [필자명은 '沈大燮']

밤거리에 서서

밤거리를 거니노라면
죽은 듯한 그 거리가 너무도 쓸쓸하여
두 팔을 벌리고 목이 터져라
힘껏 부르짖어 보았으나

먹을 것을 잃고 창자가 졸아붙은
불쌍한 무리들의 신음하는 소리만이
이 골목 저 골목에서 흘러와
나의 귀를 간지를 뿐이다

오— 그러면 이 거리는 죽었으며
너의 생명은 풀어 논 죽같이
한 푼의 힘이 없는
풀밭에 집어던진 해골이더냐

아니다 아니다
아직도 우리의 몸에는 피가 뛰나니
붉은 햇발이 오름을 따라

일어날 우리인 것을 잊지 말아라

≪조선일보≫, 1929.01.23. [이 작품의 필자명은 '又熏'으로 되어 있으나, 『문학사상』(1978. 03)에서 심훈의 작품을 발굴-소개할 때 함께 수록하고 있음.]

젊은이여

젊은이여 산으로 가라!
그대의 가슴은 우울에 서리었노니
산 위에 올라 성대가 찢어지도록 소리 지르라
봉오리와 멧부리가 그대 앞에 허리를 굽히거늘
어웅한 골짜기의 나무뿌린들 떨지 않으랴

젊은이여 바다로 달리라!
그대의 청춘이 늙은 '누에'같이 시들려 하노니
그 몸을 날려 풍덩실 창파에 던지라
남벽(藍碧)의 하늘과 물결 사이를 헤엄치는
'자아(自我)'가 얼마나 작고 또한 큰가를 느껴보라

젊은이여 전원(田園)에 안기라!
그대는 이 땅의 흙내를 잊은 지 오래 되나니
갈라진 논바닥에 이마를 부비며 통곡하라
쇠괭이 높이 들어 지심(地心)을 뚜드리면
쿠―ㅇ하고 소리 날지니 그 반향에 귀를 기우리라!

29.7.1

≪학생≫, 1929.08. p.2. [필자명은 '沈薰'. 『사상계』(1965.10, pp.246~247)에 「산에 오르라」라는 제목으로 발굴·발표되었으며, 『심훈문학전집 (1)』(탐구당, 1966)에 수록되면서 개제되었는데, 여기에서는 최초 발표 작품을 수록함.]

제야(除夜)

한 장 남은 일력(日曆)을 마지막 뜯어 던지고
침울한 방 한구석에 머리를 들부비니
눌러왔던 설움이 북받쳐 오른다

아 일력(日曆)의 한 장 한 장이
담배연기에 길고 술 냄새에 젖고
한숨에 날려서 떨어지는 동안에
지구는 삼백하고도 육십오 회를 굴렀다
돈 있는 놈, 없는 놈, 제왕도 백정도
고양이란 놈도 쥐새끼도 이 지구에 달라붙어서
멋모르고 한 바퀴 두 바퀴 맴을 돌았다
나라는 '아미―바'도 '밀매'를 가는 당나귀같이
두 눈이 가리운 채 그날그날을 좀 쏠아 놓았다
무엇을 하려고 뒹굴르는지?
굴러서는 어느 단애(斷崖)로 떨어지려는지?

오 잘 가거라 정묘(丁卯)의 한 해여
60년 후에 네가 다시 찾아올 때에는

우리는 부질없이 매암돌기와 곤두박질치기를 그치고
너도 나도 싸늘한 땅속을 기어들었을 것이다?

영원한 안식에 잠이 깊이 든 해골(骸骨)에게도
지금과 같은 설움과 괴로움이 따라 올 것인가?
삼천갑자가 돌아오도록
쇠사슬은 우리의 손으로 끊어 버리지 못한 채
썩어진 몸뚱이에 얽혀 있을 것인가?

세월아 거꾸로 흘러라!
더럽힌 역사는 뒤집혀져라
다만 한 달 단 하루 한 시간—일 분—일 초 동안이라도
마음 놓고 이 공기를 호흡하고 싶다
핏빛에 젖지 않은 태양이 보고 싶다!

먼 곳에 있는 사람에게서는
글월조차 없는 이 저녁에
반 칸 방 한구석에서
머리로 벽을 들받으니
오 울음이 터진다

1927. 마지막 날 밤

《중외일보》, 1928.01.07. [필자명은 '沈熏']

춘영집(春咏集)

내가 부는 피리[筬笛]소리 곡조는 몰라도

그 사람이 그리워 마디마디 꺾이네

길고 가늘게 불러도 불러도 대답 없어서

봄 하늘의 별 하나 눈물에 젖네

《조선일보》, 1928.04.08. [이 작품은 「春咏集」이라는 제목 아래 沈熏, 赤駒, 巴人, 夕影 등 4인이 함께 참여하여 쓴 것임.]

가을의 노래

봄날에 읊조리는 노랫가락은
목젖을 떨며 흘러나오고
가을밤에 부르는 영탄의 곡조는
가슴속 밑바닥을 긁으며 나오네
그래도 이 눈에 눈물이 마르기 전엔
창자를 쥐어뜯어도 그 소리 부드럽더니
지금은 목 쉬인 뻐꾹새 밤이면 울긴 하여도
꿈속에 외마디소리같이 내 귀로 듣고 놀라네

귀뚜라미 한 마리 홀로 누운 베갯머리에
삼경(三更)이 지나도록 나와 함께 울자네
고독은 내 마음의 암종(癌腫)!
수술을 해도 단 몇 해 못 살 줄 알면서도
머릿속을 들볶아 조약돌을 굴리네

쌀쌀한 새벽하늘에 저 바람 소리!
────── 휘파람 회오리바람
컴컴한 제단 꺼져가는 촉(燭)불로

부채질을 하려고 휘돌아 드네
들창에 낙엽을 끼얹으며 선문(先聞)을 놓네

《조선일보》, 1928.09.25.

비 오는 밤

여름날 밤은 고요히 비에 젖어서
홀로 누운 베갯머리에 낙수소리 들으면
내 마음은 해면처럼 부풀어 오릅니다
부질없는 옛 생각에
골안개같이 풀려나오는 설움에
자꾸만 눈두덩이 뜨거워집니다

글 아니 읽는다고 얻어다 두신 개나리 회초리가 뜻밖에 얼굴에 감겨서
상처 난 것을
밤중이면 남 몰래 어루만지시던 은실 수염 길게 늘이신 할아버지!
지금은 어디서 막내 손자를 생각하실까?

제사에 쓰려고 둔 밤톨을 훔쳐 먹으려 누나와 짜고서 다락에 올라갔다
고
꾸지람 꾸지람 하시던 할머니의 새된 목소리!
어련듯 그 목소리 정답건마는 귓바퀴에 돌기만 하고 들리진 않습니다

아홉 살 먹은 '웅'이, 펄펄 뛰놀던 '웅'이

과자 안 준다고 장도리 같은 주먹을 휘둘던 아이가

하룻밤 못된 병에 어머니 뒤를 따라갔을 제,

제가 불던 하모니카 손때 묻은 장난감을 조그만 무덤 속 머리맡에 넣
어 주었는데…

아아 궂은 비 쏟아지는 이 밤에

오죽이나 추울까 그 어린 것이…

눈을 뜨면 어수선한 그림자 천정에 어른거리고

눈을 감으면 옛 생각 아득하여

꿈길조차 거칠어집니다

하염없는 지난 일 생각도 마자고

숨을 죽이고 입술을 깨무니

이번엔 처량스런 밤비 소리 몰려들어서

빈 가슴 한복판을 사정없이 두드립니다

≪새벗≫, 1928.12.1. [『심훈문학전집 (1)』(탐구당, 1966), pp.44~45]

원단잡음(元旦雜吟)

어렸을 때의 일기책(日記冊)을 무심히 들추어보다가
눈 감고 가슴을 움켜 쥐었네 떨리는 손으로—

면도하려고 든 거울에 주름살 잡힌 내 얼굴
터럭 하나 깎기도 전에 그 얼굴에 구름이 서리어

눈 쌓인 뜰 위에 강아지란 놈 가로 뛰고 세로 뛰고
방안에선 나 홀로 어깨 들먹 다리 들먹 흉내내어 보았네

추녀 끝에 고드름 발등 위에 방울방울
비 맞은 새 새끼처럼 파득이려는 내 마음이여!

삼년 만에 친구의 이름 엽서에 써놓고도
주소 없어 못 붙이네 앞서간 D군(君)의 얼굴

그대나 부디 행복하소서! 하고 온 종일 빌다가
말없이 넘어가는 원단(元旦)의 해만 멀거니 바라다보네

己巳 元旦

《조선일보》, 1929.01.02. [필자명은 '沈熏']

야구

식지 않은 피를 보려거든 야구장으로,
소리라도 마음껏 질러보고 싶은 자여 달려오라

유월의 태양이 끓어내리는 그라운드에
상청수(常青樹)와 같이 버티고 선 점, 점, 점
꿈틀거리는 그네들의 혈관 속엔
덩이 피 쭉 쭉 쭉 뻗어 달린다

피처의 꽂아 넣는 스트라이크는 ××××
배트로 갈겨 내친 볼은 수뢰(水雷)의 ××!
Home—run—bat!—Home—run—bat!
시푸른 하늘 바다로 유성(流星)같이 날은다

고함소리에 문어지는 군중의 성벽
V—i—c—t—ory—. v—i—c—t—ory
            Victory—! victory—! victory—
찔려죽어도 최후의 일각까지 싸우는
오오 이 땅의 젊은이의 의지를 보라

지고도 웃으며 적의 손을 잡는
이 강산에 자라난 남아(男兒)의 가슴을 헤쳐보라!

식지 않은 피를 보려거든 야구장으로,
소리라도 마음껏 질러보고 싶은 자여 달려오라!

29.6.10.

《조선일보》, 1929.06.13. [필자명은 '沈熏']

가을

내 누구에게 주려고 글을 쓰는가
내 누구에게 들려주고자 노래를 부르는가
새침한 가을바람 안가슴을 파고들고
벌레소리 이마를 쪼며 밤을 쏘는데
내 무엇을 기다리길래 눈을 감지 못하는가?

창경원의 호랑이 호통을 친다
쇠창살 하나 물어 떼지는 못하여도
우렁찬 목소리에 나무가 떨며 앞산이 울고
사자란 놈은 눈 딱 감고 뒹구는 마음의 여유나 있으련만
내게는 무엇이 있느냐 오오 무엇이 남았느냐?

붓대를 꺾어 던지고 × ××× 바꾸어 잡자
거리거리에 열린 것이 × 끝을 기다리나니
길바닥에 시를 쓰자 새빨간 글씨로—
동무여 그리하여 시집의 제명(題名)을 붙이자
　　『피로 쓴 가을의 노래』이라고

1929.8.27.

《조선일보》, 1929.08.28. [필자명은 '沈熏']

서울의 야경

칼날 같은 밤바람의 혀끝이 길바닥을 핥는다
소방자동차의 으르렁거리는 소리, 경적소리
번호 안 붙은 오토바이의 헤드라이트
종로 한복판 백악관에는 택시전(廛)을 벌렸다

거리마다 카페요, 골목마다 색주가다
지팡이로 땅바닥을 두드리며 비틀거리는
주정꾼이 경찰서 정문에 오줌을 깔긴다
이 땅의 가장 용감한 반역아로다
전깃줄에는 회오리바람이 목을 매어달고
전봇대를 붙안고는 젊은 사람이 통곡한다
이 바닥의 비분을 독차지한 지사로구나

화종(火鐘)이 또 운다. 말초신경에 불이 붙었다
호외(號外)! 호외! 호외?! 모방면(某方面)이다
'××' 'ㅇㅇㅇ'이다. 신문활자는 바둑판이다
그리하여 '평온무사'한 대경성의 하룻밤은

『심훈문학전집 (1)』(탐구당, 1966), pp.72~73.

휘황한 가등 밑에 엎드려 있다. 지쳐 늘어져 있다

1929.12.10.

삼행일지(三行日誌)

—기사(己巳) 납월(臘月) 14일(토)—

어젯밤 잘 적에는 영영 뜨지 말랬더니
무슨 꼴을 또 보려고 두 눈이 떠졌을까
이불 속의 10분이 지옥살이 10년일세

"예라 이 비겁한 놈아!" 하고 배앝은 침이
돌아들어 내 얼굴에 맨 먼저 튀네
그 얼굴 쳐들 수 없어 책상 위에 파묻다

까마귀 되어지고 저 높은 가지 위에
마음껏 우짖다가 훨훨 날기나 하는
저 넓은 하늘 바다의 까마귀나 되어지고

전차를 타긴 탔으되 내리기는 내렸으되
발길을 돌릴 곳 없어 만나는 사람들도 없어
연극장 광고판만 쳐다보다 해가 저물다

하늬바람 전신주에 목을 매달고

젊은 사람은 술 취하여 그 밑에 통곡하네
겨울밤 서울 거리의 가엾은 풍경이여

아편침 맞는 사람이 부럽기도 하길래
친구도 몰래 술집에 들어섰더니
어쩌라고 비가 줄줄 밤을 적실까

까닭 없이 잠 못 이루는 이 한 밤을
쥐란 놈 까닭 없이 천정을 뜯네
까닭 모를 인생의 하루가 오늘도 좀 설리우리다

≪신소설≫, 1930.1.1. [『심훈문학전집 (1)』(탐구당, 1966), pp.101~103]

농촌의 봄

―다만 서경(敍景)의 몇 조각―

[아침]

산울의 참새들도 꿈속에 우짖는 듯

간밤에 성(城)을 쌓나 어이 이리 노곤한고

검둥이 너도 이놈아 기지개만 켜느냐

[창을 여니]

이 마을 저 동네로 닭의 소리 넘나들고

실낱같은 아침 연기 모옥(茅屋)마다 한 줄기라

아침 해 기어오르니 산허리에 불이 붙네

[마당에서]

비 뒤에 파릇파릇 돋아난 난초 잎이

귀엽고 신기하여 뜰에 내려 쓰담자니

눌렸던 대지의 맥박 팔딱팔딱 뛰노나

[나물 캐는 처녀]

너 그게 냉이냐 씀바귀냐 소루쟁이냐

나물은 한 줌인데 할미꽃만 소복코나
반 넘어 기운 바구니를 언제 채려 하느니

[달밤]
저 달이 네 눈에는 능금으로 보이느냐
어린 것 등에 업혀 따달라고 조르네
네 엄마 얼굴을 보렴 달 한 송이 열렸구나

[벗에게]
개구리 우는 밤에 논두렁을 거닐었소
휘파람 불며 불며 이슥토록 거닐었소
내 마음 붙일 곳 없는데 저 달마저 지는구려

1933년 4월 당(唐)서

[보리밭]
초록색 먹줄 잡고 고랑마다 쳐 놨는가
사래 긴 보리밭에 봄이 온통 깔렸구나
붉은 볕 밭 위를 구르며 어서 크라 쓰다듬네

[소]
"어디어 쩌쩌쩌" 밭 가는 소리로다
올봄에 처음 메어 멍에가 무거우냐
어린 소 하늘만 우러러 엄매 엄매 보채네

[내 친구]

소등에 까치 앉아 콕콕 쪼아 이 잡으며
두 눈을 끔벅이며 꼬리 젓는 꼴을 보고
그 누가 밉단 말이요, 함께 모두 내 친구들

[버들피리]

머슴애 거동 보소 하라는 나문 않고
잔디밭에 다리 뻗고 청승맞게 피리만 부네
무엇이 시름겨워서 마디마디 꺾느냐

[원수의 봄]

누더기 단벌옷에 비를 흠뻑 맞으면서
늙은이 전대 차고 집집마다 동냥하네
기나 긴 원수의 봄을 무얼 먹고 산단 말요

당신이 거지라면 내 마음 덜 상할걸
엊그제 떠나갔던 박첨지가 저 꼴이라
밥 한 술 얻어먹는 죄에 얼굴 화끈 다는구료

1933.4.8. 당진에서

《중앙》, 1934.04. [필자명은 '沈熏', [보리밭] 이하 부분은 《중앙》에 실리지 않았으며,
『심훈문학전집 (1)』(탐구당, 1966) pp.33~34에 수록되어 있음.]

봄의 마음

봄이 사나이의 가슴에 안겨 몸부림친다
쓰라린 지난날의 마디마디를 깎고 저며서
염통 속에 똑—똑—똑— 묵은 피가 고인다

달 밝은 밤 모래밭 위에 방울방울 뿌린 눈물이라면
지향 없이 띄어 놓는 발자국이 파묻어나 주려니
속속들이 미쳐 날뛰는 마음이라 겉잡을 길 없구나

봄아! 눈보라만 치는 이 땅에 무엇 하러 기어드느냐?
네 모양이나 어느 놈의 품안에 안길지도 모르며 분을 바르고
경내 앞에 저 홀로 해쭉거리는 매음녀의 상판 같구나

저게 무슨 소리냐 거리거리에 요란히 들리는 소리가—
조그만 것들이 골목골목 모여서 피리 부는 소릴세
오오 우리네 아기들이 콧물 흘리며 자라나는 소릴세!

피리소리 들으니 눈물이 저절로 거두어지네
그 소리는 가늘고 곡조는 삐빼—삐빼— 멋이 없어도

가락가락 생기 있어 메마른 영혼을 어루만지네

네 어버이는 명랑한 햇빛을 등지고 살아도
너희들이나 무럭무럭 커지거라! 자라나거라!
버들가지에 물오르듯 그 가지가 하늘로 뻗어 오르듯

내 이제 어린것의 앞날이나 축복하려는 생각이
어느 때부터 마음속에 싹 돋았던고? 자라났던고?
참으려도 참으려도 깨물었었던 울음이 또다시 터지는구나!

30.4.20.

≪조선일보≫, 1930.04.23. [필자명은 '沈熏']

'웅'의 무덤에서

春宵何曉遲 華藏山深處
聽雨更添悲 子寒父不知
—舍伯이 지은 墓誌銘—

웅아!
나는 지금 네 무덤 앞에 섰다
그러나 조금도 슬프지는 않다
눈물도 흘려지지를 않는다

그것은 내가 귀여하던 너를
만날 날이 자꾸만 가까워 오는 까닭이다
사랑하는 아버지와 의좋은 언니도
너를 만나려고 길 떠나신지 오래되기 때문이다
너의 어머님은 벌써 네 곁에 계시지 않으냐

웅아!
네 봉분의 풀이 거칠구나
그러나 이제까지 네가 살았더면
세상 물결에 어린 몸이 부대껴
네 마음은 저 풀보다도 더 거칠어졌을 것이다

웅아!

너는 퍽 외롭게 혼자 누웠구나

그러나 네가 천명이 길어서

머리털이 희도록 살더라도

마음과 몸이 너와 한 덩이로 뭉쳐서

저 무덤 속까지 따라들 사람은 없을 것이다

웅아!

내가 너를 이 자리에 묻어줄 때

손때 묻은 네 공과 하모니카를

관머리에 넣어 주었었는데

지금은 어디서 그것들을 가지고 노니?

웅아!

다음 날 네가 사는 나라에서

셋째 아비를 반갑게 만나면

그 때도 내 무릎으로 뛰어오르며

과자를 사달라고 조르런?

커다란 머리를 들비비며 응석부리런?

　　* 웅(雄)‥‥作者의 조카

1932.3.6. 미발표 유고에서

『심훈문학전집 (1)』(탐구당, 1966), pp.46~48.

근음삼수(近吟三首)

     — 아 침 —

서리 찬 새벽부터 뉘 집에서 씨아를 트나

우러러 보니 기러기 떼 머리 위에 한 줄기라

이 땅의 무엇이 그리워 밤새 가며 왔는고

     — 낮 —

볏단 세는 소리 어이 그리 구슬프뇨

싯누런 금 벼이삭 까마귀라 다 쪼는데

오늘도 이팝 한 그릇 못 얻어 자셨는가

     — 밤 —

창밖에 게 누구요, 부스럭 부스럭

아낙네 이슥토록 콩 거두는 소릴세

달밤이 원수로구려 단잠 언제 자려오

12월 11일. 필경사에서

🙂 《조선중앙일보》, 1934.11.02. [필자명은 '沈熏']

한시

園中莫種樹
種樹四時愁
獨睡南窓月
今秋似去秋

≪사해공론≫, 1936.05. p.96. [필자명은 '沈熏'. 제목 없이 본문만 실려 있음]

오오, 조선의 남아여!

마라톤에 우승한 손(孫), 남(南) 양군(兩君)에게

그대들의 첩보를 전하는 호외 뒷등에
붓을 달리는 이 손은 형용 못할 감격에 떨린다!
이역(異域)의 하늘 아래서, 그대들의 심장 속에 용솟음치던 피가
이천삼백만의 한 사람인 내 혈관 속을 달리기 때문이다

"이겼다!"는 소리를 들어보지 못한 우리의 고막은
깊은 밤 전승(戰勝)의 방울소리에 터질 듯 찢어질 듯
침울한 어둠 속에 짓눌렸던 고토(故土)의 하늘도
올림픽 거화(炬火)를 켜든 것처럼 이닥닥 밝으려 하는구나!

오늘 밤 그대들은 꿈속에서 조국의 전승을 전하고자
마라톤 험한 길을 달리다가 절명한 아테네의 병사를 만나보리라
그보다도 더 용감하였던 선조들의 정령이 가호(加護)하였음에
두 용사 서로 껴안고 느껴 느껴 울었으리라

오오, 나는 외치고 싶다! 마이크를 쥐어 잡고
전 세계의 인류를 향해서 외치고 싶다!

"인제도 인제도 너희들은, 우리를 약한 족속이라고 부를 터이냐!"

1936.8.10. 새벽

≪조선중앙일보≫, 1936.08.11. [필자명은 `沈熏`]

겨울밤에 내리는 비

뒤숭숭한 이상스러운 꿈에
어렴풋이 잠이 깨어
힘없이 눈을 뜬 채 늘어져
창밖의 밤비 소리를 듣고 있다

음습한 바람은 방 안을 휘―돌고
개는 짖어 컴컴한 성 안을 울릴 제
철 아닌 겨울밤에 내리는 저 비인 듯
나의 마음은 눈물비에 고요히 젖는다!

이 팔로 향기로운 애인의 머리를 안고
여름밤 섬돌에 듣는 낙수의 피아노
즐거운 속살거림에 첫닭이 울던
그윽하던 그 밤은 벌써 옛날이어라!

오, 사랑하는 나의 벗이여!
꿈에라도 좋으니 잠깐만 다녀가소서
찬비는 객창에 부딪치는데

긴 긴 이 밤을
아, 나 홀로 어찌나 밝히잔 말이냐

1월 5일

이 시는 심훈이 '해영'에게 쓴 「서간문」(『심훈문학전집 (3)』, 탐구당, 1966, pp.614~622)에 삽입되어 있음. 그런데 이 시는 심훈 사후 간행한 『(시가・수필)그날이 오면』(한성도서주식회사, 1949)에 수록되면서 부분 수정이 이루어졌는데, 『심훈문학전집 (1)』(탐구당, 1966, pp. 131~132)에서도 이것을 따르고 있음. 여기에서는 「서간문」에 삽입된 작품을 제시함.

기적(汽笛)

깊은 밤

캄캄한 하늘에

길게 우는

저 기적 소리

어디로서 오는 차인지

어디로 가려는 차인지

그는 몰라도

만나서 웃거나

보내고 울거나

나는 몰라도

간신히 얻은

고운 님의 꿈을

행여 깨우지나 말아라

2.16

이 시는 심훈이 '해영'에게 쓴 「서간문」(『심훈문학전집 (3)』, 탐구당, 1966, pp.614~622)에 삽입되어 있음. 그런데 이 시는 심훈 사후 간행한 『(시가·수필)그날이 오면』(한성도서주식회사, 1949)에 수록되면서 부분 수정이 이루어졌는데, 『심훈문학전집 (1)』(탐구당, 1966, p.132)에서도 이것을 따르고 있음. 여기에서는 「서간문」에 삽입된 작품을 제시함.

전당강(錢塘江) 위의 봄 밤
―하도 그대의 앓는 얼굴이 보이기에 지은 것

가거라! 가거라!
지나간 날의 애처로운 자취여
가엾이도 희고 여윈 얼굴이여
나의 머리에서 가거라!

눈앞에 보이지도 말고
꿈속에 오지도 말고
소낙비 뒤의 구름같이
흩어져 없어져서
다시는 내 마음 기슭으로
기어들지를 말아라

불같은 키스를
주던 나의 입술은
하염없는 한숨에 마르고
보드라운 품에 안기던
가슴속엔 서리가 내렸다

아! 첫사랑의 애닲던 꿈이여!

두견새 우는 노곤한 봄밤

나그네의 베갯머리로는

제발 떠오르지를 말아라

4.8. 밤.

이 시는 심훈이 '해영'에게 쓴 「서간문」(『심훈문학전집 (3)』, 탐구당, 1966, pp.614~622)에 삽입되어 있음. 그런데 이 시는 심훈 사후 간행한 『(시가·수필)그날이 오면』(한성도서주식회사, 1949)에 수록되면서 제목이 「전당강상(錢塘江上)에서」로 바뀌고 행 구분도 수정되었는데, 『심훈문학전집 (1)』(탐구당, 1966, pp.129~130)에서는 이것을 따르고 있음. 여기에서는 「서간문」에 삽입된 작품을 제시함.

뻐꾹새가 운다

오늘 밤도 뻐꾹새는 자꾸만 운다
깊은 산 속 비인 골짜기에서
울려 나오는 애처로운 소리에
애끓는 눈물은 베개를 또 적시었다

나는 뻐꾹새에게 물어 보았다
"밤은 깊어 다른 새는 다 깃들었는데
너는 무엇이 섧기에 피나게 우느냐"고
뻐꾹새는 내게 도로 묻는다
"밤은 깊어 사람들은 다 꿈을 꾸는데
당신은 왜 울며 밤을 밝히오"라고
아, 사람의 속 모르는 날짐승이
나의 가슴 아픈 줄을 제 어찌 알까
고국은 멀고 먼 데 님은 병들었다니
차마 그가 못 잊혀 잠 못 드는 줄
더구나 남의 나라 뻐꾹새가 제 어찌 알까?

5.5. 밤.

이 시는 심훈이 '해영'에게 쓴 「서간문」(『심훈문학전집 (3)』, 탐구당, 1966, pp.614~622)에 삽

입되어 있음. 그런데 이 시는 심훈 사후 간행한 『(시가·수필)그날이 오면』(한성도서주식
회사, 1949)에 수록되면서 부분 수정이 이루어졌는데, 『심훈문학전집 (1)』(탐구당, 1966, pp.
133~134)에서도 이것을 따르고 있음. 여기에서는 「서간문」에 삽입된 작품을 제시함.

1

제3부
수필 및 기타

편상(片想) : 결혼의 예술화

◇

자유연애란 것은 일반이 아는 원칙일 것 같다. 완미(頑迷)한 부모들도 그들이 완미하다는 비난을 피하기 위하여 싫어하면서라도 승인치 않고는 견딜 수 없을 만치 일반적 원칙이 되어버렸다.

◇

지금 와서는 벌써 자유연애가 주장될 때는 아니요 자유연애를 시험해 볼 때이다. 따라서 자유연애의 시대도 아니요 자유이혼의 시대가 돌아온 것이다.

◇

자유이혼이 일반에게 인정되는 것 같다. 자유연애와 함께 자유이혼이 일반적 원칙으로 여기는 것 같다. 러시아의 사회주의자는 세계에 앞장을 서서 자유이혼을 법률의 한 조목에 집어넣었다. 일편 당사자의 자유의사에 의하여 결혼은 직시로 소멸될 수 있고 한 짝의 당사자에 의하여 영원을 서약하였던 결혼이 당사자의 한 사람에게 의하여 자유로 버릴 수 있게 된 것이다.

◇

결혼이 연애의 전당이라는 미신이 일반의 머리에 박혀있다. 결혼으로만 연애의 목적이 이루어지는 줄로 사람마다 생각하는 것 같다. 결혼의 의식을 맞추었을 때에 서로 사랑하는 남녀가 처음으로 연애의 열쇠를 움켜쥔 줄로 사람마다 생각하는 것 같다. 혼약의 반지와 교회당 풍금 소리를 들으며 허수아비 같은 목사의 기도가 얼마나 많은 젊은 신랑신부의 가슴을 뛰게 하였을 것이랴! 그 순간이다. 연애가 사람의 마음에서 사라져버리기는….

◇

아해들이 나비를 손으로 움켜쥐려고 하듯이 젊은 남녀가 그의 연애하는 상대자를 결혼이란 쇠사슬로 얽어매어보려고 노력한다. 움켜쥐어진 나비가 무참하게도 죽은 사체를 아해의 손바닥에 놓는 것과 같이 사람들의 몽환적 기분 속에 사랑의 상대자를 얽어매려고 생각하는 순간에 연애는 소멸된다.

◇

결혼의 목적은 상대자를 속박하고 전제하고자 함에 있다. 그러나 결국은 자기 속박이 되고 마는 것이다. 한편이 한편을 얻고 한편이 잃는 것이 아니라 쌍방을 다 잃어버리고야 마는 것이다. 연애에 의하여 결혼을 얻는 것이 아니요 결혼에 의하여 연애를 잃어버리는 것이다.

◇

얼마나 수많은 젊은 마음이 '연애의 무덤'에 장사지냈고 얼마나 수많은 팔팔한 청춘들이 '결혼의 무덤' 속에 시들어 생으로 파묻혔을 것이랴! 인류는 대대로 이 무덤에 그 자신을 파묻고 파묻고 있는 중이다.

◇

연애는 유동이다. 결혼은 정체다. 연애는 그로 인하여 항상 자유롭고 결혼은 그로 인하여 항상 부자유하다.

◇

"예루살렘의 자녀들이여. 내가 너희들에게 노루[獐]와 사슴과 함께 맹서하고 이르노니 사랑이 스스로 일어날 때까지 억지로 불러일으키지도 말며 또한 깨[醒]지도 말지어다" 사랑은 스스로 일어나는 것이다. 그러기에 그것은 제약할 수 없는 것이다. 그것은 불러일으키고자 하여 불러일으킬 수 없는 것과 같이 또한 제약하고자 하여 제약할 수 있는 것이 아니다.

◇

연애는 발작적이요 결혼은 타산적이다. Whoever lov'd, that lov'd, not first sight — 셰익스피어의 말한 것과 같이 연애는 최초의 별견(瞥見)에 의하여 성립되는 것이다. 결혼은 이에 대하여 검색(檢索)이다. 조사(調査)는 타산이다 여기에 결혼은 속박성이 있는 것이다. 존재한 것을 가지고 생장하는 것을 규정하고 과거의 위력을 가지고 미래에 한없이 뻗쳐나가는 생명을 제약하고 객관을 가지고 주관을 압박하며 이지(理智)를 가지고 직각(直覺)을 지배하며 이해(利害)로 본능을 얽어매려는 곳에 결혼의 필요가 있는 것이다. 결합하고자 하는 것이 아니라 억지로 격리시키려고 하는 제도다. 이것은 알티바세프가 한 말이다.

◇

남녀의 양성을 서로 결합시킨 것은 결혼이 아니요 연애다. 연애와 결혼을 구별하라. 전자는 구할 수 없는 병이요 후자는 항상 젊고 항상 유혹적이요 그리고 끊임없이 소생하는 생명이다. 결혼한 사람은 항상 늙은 사람이다. 그들이 새파랗게 젊다 하더라도 예(例)를 볼 수 없는 노인이다. 결혼한 남녀의 평범한 단조로운 항상 흡족치 못한 듯한 빛을 잃어버린 죽은 듯한 얼굴을 보라. 또 그들의 타산적이요 이지적이요 유쾌하고 상식적인 생활을 보라. 그들은 무엇을 하고자 이 세상에서 생활하는지 알 수가 없다. 아해를 낳으려고 사는 것이라 하려는가? 어린애가 하나이 나고 둘이 나서 그 자녀들의 천진한 가운데 그들의 반생이 즐겁게 끝난다 한다. 그러나 그것은 그들 자신의 기쁨이 아니요 자녀들의 기쁨이다. 그들의 자신은 죽고 어린 아해가 출생한 것이다. 그들의 생활 끝이 나고 자녀들의 생활이 시작된 것이다.

◇

그러나 연애하는 사람은 그 자신이 어린 아해다. 영구한 아동이다. 연애가 청춘과 같이 있는 것이 아니요 청춘이 연애와 같이 있는 것이다. 그 고조된 빛 빛나는 눈 탄력 있는 걸음 살아있는 두뇌 민첩한 반응 기쁨에 넘치는 용모를 보라 연애가 있는 곳에 생명이 있다. 빛이 있다. 미래가 있다. 영원이 있다. 피와 영이 있다.

◇

연애에서 육욕을 떼어놓으라고 내가 말하는 것은 물론 아니다. 육과 사랑을 떼어놓은 것은 예수교가 준 죄악이다. 예수교는 그로 인하여 인생을 위선으로 이끌었다. 그러나 이것이 예수교의 참정신이라고 믿을 수는 없으니 예수는 '죄 있는 여인'도 용서하였다. 죄 있는 여인이 그의 발에 입 맞추는 것을 너그러이 받았다. 그러면 "너희는 여인에게 부딪치지 말라" 한 것은 예수 그 사람이 아니요 에피고넨이다. 교회다. 교회야말로 타락한 것이다. 예수는 상승하였고 교회는 하강하였다. 교회 때문에 진실한 종교적 정신은 소멸되고 그리고 예수교 그것이 멸망한 것이다. 연애와 육욕과는 물론 이론상으로 구별할 수는 있을 것이다. 그러나 그것은 관념적 유희일 뿐 아니라 가장 위선적 유희다. 유희라고 하느니보다는 인생이 발명한 가장 어리석은 위선이다. 그것을 숨길 수는 있다. 그러나 그것을 무시하고 참을 수는 없는 사실이다. 인생의 마음에 가장 아름다운 것의 하나라고 생각하면서 입으로만 가장 추악한 행동이라고 하는 것이 과연 얼마나 큰 모순이냐.

◇

연애는 일종의 예술이다. 가장 순수한 예술이다. 창조의 기쁨이 항상 거기에 움직이고 생명이 거기에서 뛰며 영적인 것이 거기에 지배된다. 그들은 시인이요 또한 종교다. 미(美)의 창조가 그들을 지배할 뿐만 아니라고 경건한 그 무엇이 그들의 마음을 지배한다. 쇼펜하우어의 말과 같이 인생의 의지는 이 경과에 그 최고의 능력에 달하는 것이다.

◇

나는 결혼이 연애의 무덤이라고 하였다. 그러나 결혼은 연애의 무덤이 아니다. 현대의 모순된 제도와 습관으로 말미암은 결혼은 연애의 무덤이 되고 만다는 말이다.

◇

금일의 결혼은 소유의 원리 위에 섰다. 결혼하고자 하는 욕망은 소유하고자 하는 욕망이다. 금일의 결혼이 파괴적이요 생맥(生脈)이 뛰는 사람을 '산송장'을 만들고자 하는 가장 어리석은 노력이다. 소유하고자 하는 순간에 연애는 사멸하야 금일의 소위 결혼이라고 하는 것이니 연애의 무덤이 되고만 것은 이 까닭이다.

◇

연애의 자유를 말하는 자는 연애를 그 무덤에서 구해내야 하겠다. 즉 연애로 하여금 무대를 주어야 하겠다. 새로운 무대를 주어야 하겠다. 모든 연애론보다도 모든 연애를 읊조린 시가보다도 참으로 필요한 것은 연애를 위하야 새로운 무대를 준비하여야 할 것이다.

◇

새로운 무대라는 것은 결혼을 예술화한다는 것 외에 아무 것도 아니다. 연애가 일종의 예술인 동시에 그 실현도 또한 예술적이 되지 않으면 안 된다. 예술로서의 결혼이라고 내가 말하는 것이 즉 이것이다. 예술로서의 결혼은 소유의 결혼과 상대한 것이니 소유에 대신한 창조다. 정체에 대한 유동이다. 물질적 관계로 연애를 제약하는 대신에 연애로 육체를 제약하는 것이나 성욕과 연애를 분리시키는 대신에 그 일치다. 영(靈)과 육(肉)과의 일치다.

◇

연애는 다만 입부리로 지껄일 것이 아니라 행할 것이다. 연애가 있는 곳에 결합이 있고 연애가 없는 곳에 분리가 있다. 사랑이 있는 자는 합하고 사랑이 없는 자는 사라진다. 유동의 연애를 따라 유동의 결혼이 있고 창조의 의지가 있는 곳에 창조를 시키는 것이 있다. 모든 제약으로 받지 않는 자의 성적(性的) 생활은 마땅히 이러할 것이다.

◇

여기에 사람들은 끊임없이 연애하는 사람이다. 여기에 사람들은 창조하려는 의사(意思)다. 여기에 사람들은 항상 종교다. 세계는 이에 미화하고 인생은 이에 생명화하고 창조로부터 창조에 로맨틱한 인생의 혼이 끊임없는 기쁨 가운데에 생활을 계속할 수 있는 것이다.

◇

연애를 하여 인생의 심오(心奧)에 관철하라. 이지를 버리고 사랑으로 이해를 버리고 미적으로 과학적인 것을 대신하여 종교적인 것이 끊임없이 끝까지 인생으로 하여금 '높은 능력'을 발휘케 할 것이다.

室伏 씨의 논문을 기초로 함

《동아일보》, 1925.01.26.

몽유병자의 일기 : 병상잡조(病床雜俎)

—어느 날 일기에서—

새벽 4시—소스라쳐서 뒤숭숭한 꿈을 깨었다. 눈을 멀거니 뜨고 늘어졌으려니까 갖은 환상이 스러진 꿈의 꼬리를 붙들고 천정에다가 가지각색의 파문을 그렸다 지웠다 하는 동안에 동이 트고 날이 새었다.

나는 아직도 어머니의 품에 머리를 파묻고 『콩쥐팥쥐』 이야기를 듣던 때나, 금시로 대통령이 되고 내일쯤은 대문호가 될 듯이 믿어지던 소년 시대에 꾸던 꿈과 그려보던 주책없는 공상이 피곤한 머릿속을 휘저어놓을 때가 많다.

가슴과 다리에 네 군데나 수술을 받고 미이라 모양으로 반듯이 누워 호흡만 겨우 할딱할딱 할 때에는 동공이 광선과 마주치기만 해도 신경이 항분(亢奮)해서 가슴이 두근거리면서도 이름 지을 수 없는 희멀건 그 무엇만이 나의 전부를 차지할 적이 있다. 그것은 제법 무슨 훌륭한 유토피아를 그려보는 것도 아니요, 불길이 활활 붙어 오르는 가슴 속에다가 불시에 냉수를 끼얹고는 눈물과 정열을 아울러 빼앗은 뒤에 영영 내 마음을 떠나가 버린, 옛날에 소위 애인이라고 부르던 사람들이 애매한 죽음을 한 소녀의 원혼 모양으로 옛 보금자리로 기어들어 '지노귀새남'을 한바탕 하는 것도 아니다. 다만 대지를 뒤덮은 하늘가에 현란한 색채만이 아물거리다가는 꺼지고, 가로질렀다가는 세로 얼크러져서 무생물도 그

형체를 드러내지 못했던 원시시대의 공백과 같다고나 할까, 그러한 그림자만 어른거리는 일종의 환영이요 환상이었다. 그럴 때에는 눈을 떴건만 사람이 보이지 않고 아무런 음향이 와도 부딪치지를 않는다.

입원을 한 지 만 삼 개월이 거의 되어가는 오늘까지도 간신히 병마의 손에 뒷덜미를 잡혀가지는 않았지만 몸이 조금씩 자유롭게 추슬러짐을 따라 환상(幻想)이 변하여 공상(空想)으로, 갖은 몽상(夢想), 명상(瞑想), 망상(妄想)이 차츰 범위를 넓혀서 그것을 식량 삼고 늦은 봄부터 입추 가까운 오늘까지 이 몽유병 환자는 생명을 부지해 온 것이다.

　　　*

아침 10시—오늘은 심을 갈아 박기에 그다지 아프지는 않았지만 꽁무니와 넓적다리에는 요도호름 가제가 약 세 치 길이나 들어간다. 언제나 새 살이 솟아 나올는지? 요새는 제 정신이 돌아오니까 병이 더 지루한 것 같고 날은 사뭇 푹푹 삶는데 생으로 짜증만 더럭더럭 난다.

'병구유선정전구(病久唯羨庭前拘)'라더니 갑갑증이 치밀어서 툇마루 끝으로 엉금엉금 기어나가 쭈그리고 앉았으려니까 하얀 토끼란 놈이 두 귀를 쫑긋거리며 앞마당의 새파란 풀잎사귀를 냠냠거리며 뜯다가 제 동무끼리 머리를 한데 모으고 짧은 앞다리로 깡충깡충 뛰어다니는 것이 무척 귀엽기도 하고 여간 부러운 것이 아니다.

내 몸이 완쾌해져서 마음대로 휘적거리고 돌아다닌다 해도 쥐뿔만큼도 시원한 꼬락서니를 볼 것이 있을 리 없고 일순간이라도 마음속으로 웃어볼 일이 없을 줄 번연히 알건만 그래도 생(生)의 집착은 몸이 쇠약해질수록 떨어지려 들지 않는다.

*

　문자는 창제된 뒤로부터 사람의 자손에게 대대로 무거운 고뇌만을 첩첩히 쌓아주고 길로 쌓인 역사는 처음부터 끝까지 실패한 인간의 비극만을 기록했음에 지나지 못할 뿐만 아니라 지식이란 결국 니힐리즘을 낳고 마는 것이다. 그러나 생활은 어디까지든지 맹목적으로 우리의 본능을 채찍질한다. 연자매를 돌리는 눈 가린 당나귀 모양으로 허구한 날 고생바퀴를 뻥뻥 돌리다가 한 줌의 흙을 뒤집어쓰고 끝장을 내건만 그래도 살고 싶다! 성하게 튼튼하게 살고 싶다! 어쨌든 덮어놓고 오래 살아보고 싶다! 이 심경에 비관도 낙관도 용납될 수가 있으랴? 맹목은 어디까지든지 맹목일 뿐이요 이론을 붙여볼 수 없지 않은가.

*

　더구나 근육염이나 종기쯤으로 내가 죽는다면 그것은 개죽음도 못되고 쥐죽음이다. 본때 없는 죽음이요 아무 의미도 가치도 찾을 수 없는 죽음이다. 사람이란 죽어 없어지는 마당에까지도 허영심이 따라가는 모양이나 그렇다고 반드시 남녀가 부둥켜안고 정사를 해서 신문 장에도 올라보고 염사(艶史)를 천추에 전해야만 맛이 아니요 도스토예프스키의 작품에 나오는 어느 작가 모양으로 목을 매어 자살을 하려는데 목을 맬 노끈이 깔끄러워서 살에 닿으면 아플 듯하니까 기름칠을 살짝 하듯이 구태여 그 따위 방법으로 자살을 해서 무엇하랴.

　그렇지만 우리 큰형 말마따나 사내자식이 댕구알에 ○알이 터져서 죽을지언정 안방 아랫목에서 골골 콜록콜록하다가 턱을 까불고 싶지는 않다.

*

누가 나더러 너는 어떤 모양으로 죽었으면 만족하겠느냐고 묻는다면 서슴지 않고 꼭 세 가지 방법을 말하고 싶다.

1. 병으로 죽을 팔자면 폐결핵이 만기된 여자와 (얌전하다는 여성은 대부분 선천적으로 허위의 화신이니까) 그 미(美)에나 취해서 지독한 연애를 하다가 먼저 치맛자락에 피를 토하고 죽거나

2. 죽은 카루소의 성대를 빌릴 수 있다면 긴 영탄조를 정열을 쏟아서 창자 끝이 묻어나도록 뽑다가 기진역진해서 그 자리에서 거꾸러지든지

3. 아무리 생각해보아도 이대로 내버려두고 방관만 할 수 없는 이놈의 환경에 처해서 현실의 고통을 뼈끝마다 절절히 느끼다가 어느 행동의 힘만 붙잡을 것 같으면 아스팔트 바닥에다가 울분에 뛰는 심장을 터뜨려버릴 따름이다.

*

소위 온건한 사상을 파지(把持)하고 진지한 태도와 심오한 사색으로 인생의 길을 밟는 다는 양반들이 얼마만한 법열을 시시로 느껴보며 얼마나 딴딴하게 천당 지경을 닦고 있는지는 모르거니와 마지막으로 막다른 골목에 다닥쳐 전후를 보살필 여유를 갖지 못한 우리는 다만 한 가지 취할 길밖에 없는 것이다!

영원히 방황하는 것이 본시 인생의 정체라 하여 언제까지나 미적지근한 눈물만 흘리고 자빠질 것이랴?

절망과 자기(自棄)하는 끝에 모든 것을 도외시하고 알코올에다가 익은 고깃덩어리를 담가나 버릴까? 그러나 방금 분통이 터지려고 벌룽거리는 판에 눈물을 흘릴 겨를이 있을 수 없고 불가사리에게 어린애 코 묻은 고

린전 한 푼까지도 돌돌 말리고 보니 온종일 돌아다니며 친구의 주머니를 뒤져도 5전 10전의 막걸리 한 잔 빨아볼 자금조차 변통해볼 도리가 없다.

그렇다. 우리에게는 한 가지 길밖에 없는 것이다. 두개골이 산산 조각이 날 때까지 들부딪쳐 볼 뿐이다!

예술이란 다 무엇 말라 뒈진 것이며 이 판국에서 무슨 사업을 한다고 떠드니 이게 무슨 도깨비장난이냐? 시대양심은 나에게 한 방울의 따끈한 피를 부절히 욕구한다! 나는 그것을 잘 알고 잇다. 그러나 모든 평계와 타협으로 앙탈을 하며 달려들며 운명을 회피하려고 바둥바둥 애를 쓴다.

오, 나에게 강철과 같은 의지의 힘을 달라!

그렇지 못하면 차라리 자살할 용기를 달라!

그러니 어쩌면 좋단 말인가? 기도라도 할 마음은 간절하나 나는 신앙의 대상을 찾을 수 없다.

오정 때—어머니가 오셨다. 며칠 동안 벼르고 오신 듯이 온갖 푸념과 갖은 넋두리가 걷잡을 수 없이 쏟아져 나온다. 맞장구를 칠 수도 없으니 나는 예(例)에 의해서 입을 다물어 버릴 밖에. 근 20명 식구가 그나마 조상 덕택으로 몇 섬지기에서 긁어오는 것에다가 목줄을 매달고 파먹기만 하는데 생산하는 자는 그 중에 한 사람도 없다. 아버지와 어머니는 문지방 하나를 격해서 성벽을 쌓고 사랑이 없는 남편과 아내는 그 육체만도 함께 뒹굴지 못하여 자녀는 가정을 감방시(監房視)하고 벗어날 구멍만 찾느라고 허비적거리나 배가 고프니 한술의 찬밥을 바라고 기어들지 않을 수 없다. 가족끼리 서로 얼굴을 대하기가 창피하고 제각기 풀어보지 못할 불평을 품고 있으니 서로 심성까지 악화해 갈 뿐이요 골육의 정이나마 보존하기가 대단히 어렵다.

가정을 꾸밀 생의(生意)도 하지 말라! 조그마한 지옥 하나가 네 손으로 건설될 것이요 자식을 내지르지 마라! 그것은 확실히 죄악일 뿐 미구에 네 자신이 저주의 과녁이 되리라— 나는 나에게 이런 훈계를 하기에 게으를 수 없다.

*

C·K·L·H··· 등 거의 수십 명의 친구네가 번갈아 문병을 와서 한참 떠들다가는 뿔뿔이 빠져가고 나 혼자 동그마니 남아 졸지에 신변이 고요해진다. 나는 그들에게 많은 위안을 받고 살아온 것을 생각하면 끝까지 버려주지 않는 우정을 자릿자릿하게 느낄 때가 많고 새삼스러이 감사한 마음이 가슴에 가득해진다. 그 중에는 사람 없는 틈을 엿보아 발소리를 죽이고 와서 화병의 꽃을 갈아주고는 말없이 돌아서는 이성의 벗도 있고, 밤중만 하여 전화로 가만히 병세를 물어주는 친절한 ○○도 있지만 그것은 극비에 붙여두는 일이니 인기(人機)를 누설할 자유가 없다고나 해둘까. 그러나 주위가 번거로울수록 내심은 더욱 고적을 파고들 뿐, 모든 뒤떠도는 것은 일시에 그칠 따름이요 고독에 떠는 마음만이 끝까지 내차지요 유일한 내 밑천이다. 그림자와 같이 따라다니는 이 마음을 내 손으로 애무해 주어야겠다. 젖 떨어진 어린애처럼 주야로 보채는 내 마음의 고독을 달래고 타이르고 눈물로 어루만지면서 사는 날까지 살아볼 수밖에 없는 노릇이다.

*

오후 6시—석간이 왔다.

사회면을 펴들었다. 금자문자(金子文子)가 옥창(獄窓)의 아침 햇발을 받으며 목을 매고 조용히 자살을 하였다 한다!

송학선(宋學先)에게 사형언도! 충남지방 대홍수로 도궤(倒潰)와 유실된 가옥이 수백에 익사자가 4, 50명—○○사건으로 서울에 이감되는 R군의 자동차 위에 수갑 차고 앉은 사진, 그 해쓱한 얼굴에 떠도는 기막힌 미소 —기생의 음독—여학생이 낙태를 시켜 불려다니고… 별안간 전신의 피가 머릿속으로 끓어오른다. 두통이 심해서 터질 것 같다. 조금 있다가 팔봉(八峰) 형이 와서, 우리와 한 자리에서 일을 하던 P군이 붙잡혀간 지 불과 수일에 소같이 튼튼하던 사람이 다 죽게 되어서 입원을 하였다는 소식을 전한다. 위복염으로 수술을 하였다 하나 ○가 지키고 서서 수술한 자리는 절대로 보지를 못하게 하는데 말도 못하고 송장이 다 되어 늘어져 있는 그 모양은 차마 볼 수 없더라고 눈물이 글썽글썽해진다. 나는 입술을 악물었다.

밤이 들어 조금 서늘한 바람이 머리를 식혀주나 죽을 먹어도 소화가 잘 되지 않아서 꽤 괴롭다. 아홉 시가 넘어서 장발객(長髮客) 군이 왔다. 그와 그의 동지끼리 발기하였다는 우주정복주식회사 이야기가 나서 내게도 한 주를 권하는데 취지는 이름과 같이 우주를 정복하는 것이 목적이나 우선 사람의 새끼부터 절종(絶種)을 시킬 계획이라 한다. 그 이유는 사람이 미워서 죽이는 것이 아니라 인류를 사랑하는 마음이 지나쳐 그들의 현세생활이 너무나 비참하고 그 꼴이 가엾어서 차마 보고만 있을 수 없으니까 차라리 깡그리 몰살을 시켜서 사바의 고뇌를 잊어버리게 하자는 일종의 자선사업이라고 기염을 토한다. 끝으로 내가 그 실행방법을 물으니까 멍하니 대답을 못하고 입을 봉해버린다.

  *

자정이 넘어서 장발객은 어디론지 하룻밤 드샐 곳을 찾아가고 길거리에서는 아까부터 횡적(橫笛)을 부는 사람이 있다.

머리가 몹시 피곤하여 화서(華胥)의 나라에서나 이 몽유병자의 머리를
받아 편안히 쉬게 해줄는지?

⊙ ≪문예시대≫, 1927.01. [『심훈문학전집 (3)』(탐구당, 1966) pp.513~516을 재수록함.]

남가일몽(南柯一夢)

…그리하여서 우리에게도 아주 자유로운 날이 왔습니다. 이날이란 이 날은 두메 구석이나 산골 궁벽한 마을까지 방방곡곡이 봉화가 하늘을 끄 스를 듯이 오르고 백성들의 환호하는 소리에 산신령까지도 기쁨에 겨워 사시나무 떨듯 합니다.

서울 장안에는 집집마다 오래간만에 새로운 깃발을 추녀 위에 펄펄 날 리고 수만의 어린이들은 울긋불긋하게 새 옷을 갈아입고 기(旗)행렬 제 등(提燈)행렬을 하느라고 큰길은 온통 꽃밭을 이루었습니다. 할아버지와 할머니는 고생스러웠던 옛날을 조상(弔喪)하는 마지막 눈물이 주름살 잡 힌 얼굴에 어리었고 새파란 젊은이들은 백주에 부끄러운 줄 모르고 사랑 하는 사람을 하나씩 끌고나와 제가끔 얼싸안고는 길바닥에서 무용회를 열었습니다. 세로 뛰고— 가로 뛰고— 큰 바다로 벗어져 나온 생선처럼 뜁니다 뜁니다.

해는 벙그레 웃으며 더럽힌 역사의 때를 씻고자 서해 속으로 목욕을 하러 들어가고 달은 둥근 얼굴을 벙긋거리며 솟아올라 기쁨과 행복으로 가득 찬 이 땅위를 오렌지 빛으로 어루만져 줍니다.

나는 지금 일을 같이해 온 동지들과 높직한 노대(露臺) 위에 올라앉아 서 평생에 좋아하는 맥주잔을 맞대고 어울러져서 ○○노래를 우렁찬 목 소리로 부르고 있습니다.

한 병, 두 병, 어쩌나 통쾌한지 한꺼번에 열두 병, 스물네 병, 폭식, 경음(鯨飮), 통쾌! 막 나팔을 불었습니다.

어쩌나 취했는지 땅덩이가 팽팽 돌고 하늘이 돈짝만해서 정신이 대단히 몽롱한지라. 도모지 꿈인지 생신—지 분간을 할 수 없습니다. 그래서 아리송아리송한 환혹(幻惑)의 세계로 찾아들어가는 중입니다.

×   ×

모기 빈대와 격투를 해가며 종야불매(終夜不昧), 전전반측(輾轉反側), 꿈꿈 생각에 부지하사(不知何事)를 위지통쾌(謂之痛快)외다. 그래서 가끔 찾아오는 조그만 꿈의 일절을 벗겨놓습니다.

《별건곤》, 1927.08. p.51. [필명은 '沈熏'. 이 글은 '義憤公憤心膽俱爽痛快!! 가장 痛快하였던 일'이라는 기획에 羅龍煥, 崔南善, 韓龍雲, 權悳奎, 朴昌薰, 金炳魯, 朴八陽, 柳光烈, 金基鎭, 朴英熙, 金永八, 劉洪鍾 등과 함께 참여하여 쓴 것임.]

춘소산필(春宵散筆)

① 춘색뇌인면부득(春色惱人眠不得)

야반(夜半)에 비 듣는 소리 파창(破窓)을 두드린다. 문풍지를 떨며 스며 드는 실바람이 홀로 누운 베갯머리에 봄 내음새를 머금어다가 가만히 풍겨 준다.

봄은 오려는가? 그러나 어디로부터 누구를 찾아서 오려는고?

계화(桂花)가 버들가지[柳絮]같이 흩날리는 전당호반(錢塘湖畔)에 피어오르는 신록(新綠) 연둣빛 아지랑이를 마시고 아찔하고 취해도 보았고 5월의 기원(祇園)[경도(京都)의 환락경(歡樂境)] 밤은 비에 젖어서 예기(藝妓)가 뜯는 삼미선(三味線) 소리조차 느즈러질 때 부질없는 향수에 온 밤을 하얗게 밝혀도 보았다.

오— 그러나 이 몸을 낳아 준 근역(槿域)의 봄은 낙지(落地) 이후에 한 번도 느껴본 적이 없다. 경칩이 지나면 '두더지'도 움직여 나오고 누항(陋巷)에서도 해동(孩童)들의 피리소리나마 들리겠거늘 내 마음 속은 구석구석이 뒤져보아도 봄은 한 번도 찾아와 준 기억조차 없다.

전전(剪剪)한 바람소리 섬돌에 오열하는 저 빗소리 다 쓰러진 초가집 지붕 위에도 봄비는 몇 번이나 뿌렸을 것이다. 그러나 성냥 한 가지를 그 어대어도 타버릴 만큼 메마른 내 마음은 단 한 차례도 촉촉하고 부드러운 봄비에 포근히 젖어본 적이 없었다. 오— 봄의 내음새, 질식하려는 심령의 호흡이여!

◇

그래도 뚫어진 미닫이 틈을 부비고 봄은 기어코 오겠다는 선문(先聞)을 전한다. 지금은 소식조차 알 길 없는 상화(相和)씨의 시구를 생각하며

"××한 이 땅에도 봄은 오려나"

하고 애상의 장태식(長太息)이나 뿜고 있어야 옳을 것인가?

"질척질척한 땅속에 파묻힌 시체로 모여드는 버러지에게 내 뼈의 마디를 빨리려노라. 오오 그래도 오히려 이 몸의 고통이 남아 있을 것인가?"

하고 아편을 빨던 보들레르의 원혼이나 불러 주었으면 어심(於心)에 조그마한 위자(慰藉)나마 받을 수 있을 것인가?

×

천정으로부터 엄숙한 소리 있어 내 마음을 꾸짖는다.

—감각의 들창을 닫쳐라! 오관(五官)의 구멍을 봉쇄해 버려라! 자연은 얼음장같이 찬 것, 그 곁으로 스치고 지나가는 봄의 자취를 붙잡으려는 하염없는 노력을 가엾은 마음아 꿈도 꾸지 마라. 너는 혀를 깨물고 황소걸음을 본떠서 묵묵히 걸어 나가려무나. 앞만 보고 오직 앞길만 바라보고… 다닥치는 곳은 도살장이든 단두대이든 지옥이든 또한 천국이든 일개의 동물인 네 자신이 점쳐 알 바 아니다—

그러나 간드러진 봄바람은 요사스러운 계집같이도 한쪽 귀에 속살거린다.

—나는 어린애 머리카락처럼 하느적거리는 수양 가지에도 불고요 팔구십 먹은 노인네 은실 같은 백발도 날릴 줄 안답니다. 그러고요 똑같은 바람이 꼭 한 때에 부는 법이라나요—라고

◇

유리 조각 풍경(風磬)도 추녀 끝에 잠이 들고 야키이모 장사의 애처로운 외침도 골목 안에서 죽은 지 오래다. 밤은 새로 세 시. 뒤집어 벤 베개가 어느 틈에 또 젖어간다.

교통차단(交通遮斷)

다섯 살 먹은 조카 놈이 급성 성홍열에 걸려 집안이 발끈 뒤집히고 교통차단을 당해서 경리(警吏)가 두 명씩이나 파수를 보고 서있으니 요새같이 청낭(清朗)한 봄날을 침침한 방 한구석에서 감금이 된 채 여러 날이 지났다.

하도 무료하기에 묵은 책권(冊卷)이나 뒤지고 누워있으려니까 하목수석(夏目漱石)의 『고양이』에서 이러한 의미의 한 구절을 읽었던 기억이 어렴풋이 난다.

"…사람의 새끼들은 땅덩어리 몇 조각을 쪼개내 가지고 요것이 내 땅이니 이것은 네 영토니 하고 몇 천 년을 두고 싸움질을 하고 있다. 게[蟹]딱지만한 집과 집 사이에도 담을 쌓고 철망을 차고 하다가 나중에는 공간까지도 갈라내는 꾀를 내어가지고 저것은 네 공기다 이놈아 이것은 내게로 불어오는 바람이다 하고 억지를 쓰며 서로 꼬집고 쥐어뜯을 날이 오고야 말았다…"

어지간히 신랄한 풍자다. 그러나 가만히 생각해보니 앞뒤 인간을 꼭 봉해버린 한 가정이란 궤짝 속에도 자그락거리는 싸움이 그칠 사이가 없고 가족끼리도 서로 교통이 차단된 지 벌써 오래다.

1회, 1928.03.14.

② 사랑과 안방과의 교통이 안방과 건넌방과 아랫방과 그리고 행랑방과의 교섭이 두절(杜絶)되어 있다.

오십 년이나 동서(同棲)해 왔고 또 동혈(同穴)할 남편과 아내이련만 정의(情誼)의 내왕이 끊기고 어버이와 자녀 사이에는 의사의 소통이 막히고 형과 아우며 시어머니와 며느리는 제각기 별다른 감정의 세계에서 내려다보고 쳐다보며 속눈을 흘기고 주인과 사환은 중문간 문지방 하나를 격해서 계급의 성벽이 가로막혀 있다.

그러면 서로 교통되는 것이 하나도 없단 말이냐? 구태여 예를 들자면 사당방(祠堂房) 시렁 위에 분칠해 놓은 밤나무 토막이 '광' 속에서 구르는 장작개비와 그 본질이 나무[木]인 점에 있어서 가깝다 하겠고 주방과 변소와의 교통이 하루 한번쯤은 간접으로 있을 것이다.

◇

가장 가까운 직계(直系)의 접근할 관계가 있으니까 어머니가 자기 배 속으로 낳아놓은 자식의 마음을 핏줄이 서로 당겨서라도 알 수 있으리라 한다. 그러나 밤새도록 울며 보채는 젖먹이의 심사를 그 자모(慈母)가 들여다보지 못하지 않는가?

혹자의 금언(金言)을 들면 연애가 삼매지경에 들어가면은 두 개 이성의 마음이 혼연히 합치됨으로 상대자에게서 자아의 그림자를 찾을 수 있다한다. 그러나 키스는 불같이 뜨거워도 한 조각 살점과 살점의 찰나적 감촉에 지나지 못하고 늑골이 우그러들도록 포옹을 한다기로서니 새빨간 염통과 염통이 가락지를 끼고 두 덩어리가 하나로 녹아 들어가 본 체험을 해본 사람이 있다 하던가? 연애의 행위 가운데에는 고문이나 또는 외과수술과 유사한 맛이 있을 뿐이 아닌가?

우리네 시조 할아버지 원후공(猿猴公) 당시로부터 도당유우(陶唐有虞) 몇 만 년에 다만 몇 초 동안이나 사람의 영과 혼이 '새끼'를 꼬아본 적이 있다고 뉘 있어 증좌(證佐)하려는고?

◇

세기와 세기가, 시대와 시대가, 자연과 인생이, 국경과 국경이, 인간과 인간이, 교도와 신앙의 대상이, 동지와 동지가, 놈과 년이 그리고 일 분자(分子)와 일 전자(電子)까지 그 핵심이 반죽이 되고 서로 호리(毫釐)의 차(差)가 없이 얼크러져 본 적이 있는가?

근처만 가도 급살을 맞는 흑사병균이나 붙은 것처럼 격리하고자 애를 쓰고 피 한 방울만 섞여도 전염이 되는 문둥이[癩病患者]나 만난 듯이 도피하려고만 들지 않았는가.

◇

유폐다—차단이다—단절이다—모든 것이 모든 것이 꼭꼭 봉쇄를 당하고 있는 것이다!

돌(咄)! 못생긴 마음아 그래도 고적하다고 밤중마다 보채일 터이냐? 네 간(肝)을 네 스스로 들볶을 터이냐? 그다지도 못 견디겠거든 잠깐만 참아라. 털지 않아서 너의 뇌수가 사직원을 제출하고 흙덩이와 결혼만 하는 날이면 땅버러지들은 네 콧구멍 속으로 빈번히 내통을 할 것이요 고총(古塚)을 파헤치는 여우의 뾰족한 혓바닥이 너의 이마[額]를 다정스러이 핥아 주리라.

이 어리석고도 가엾은 조그마한 넋[魂]아!

😀 2회, 1928.03.15.

😀 《조선일보》, 1928.03.14~15. [필자명은 '沈熏'. 이 글은 '신춘수상(新春隨想)'란에 유완희, 이경손 등과 함께 참여하여 작성한 것임.]

하야단상(夏夜短想)

1 모기군(軍)의 맹습으로 애꿎은 이 뺨 저 뺨만 번갈아 후려갈기며 격전 수십 합에 오히려 승부를 결(決)치 못하다가 새로 2시가 지나서 억지로 잠을 청하니 이번에는 오라는 잠은 아니 오고 5만 가지 잡념이 피곤한 머리를 포위하고 옥죄어든다. 벌떡 일어나 책상머리에 흐트러진 잡지권을 뒤적거리다가 신문 쪽을 오려두는 스크랩북 속에서 써 놓고 부치지 못한 편지 한 장을 발견하였다.

그 피봉(皮封)에는

목포부 북교동

김우진(金祐鎭) 씨 친계(親啓)

라고 쓰여 있다.

우리들은 너나 할 것 없이 모조리 건망증에 걸려서 더구나 죽은 사람의 일쯤은 기억조차 몽롱하나 이 편지는 3년 전에 몇몇 동지와 극문회(劇文會)를 조직해 가지고 제1회 공연을 준비할 때에 찬조와 후원을 청하느라고 생전의 우진 씨에게 써 놓았던 것인데 어찌하여 부치지를 못하였던지 속은 어디로 빠져 달아나고 겉봉만이 그저 남아 있다.

이 편지를 지금 부친다면 수신인은 어느 나라에서 받아볼 것인고? 휴지 한 조각이 자못 깊은 감회를 불러일으킨다.

×

그가 지상을 버린 지 이미 만 2년이 되었다. 내가 누워있던 병실에서 뜻밖에 부음을 듣고 승일(承一), 한승(漢承) 양 군과 맞붙잡고 울던 때가 벌써 어제 같은데 참으로 일월(日月)이 불거(不居)하여 어사(於焉) 대□(大□)도 없지 않았다.

그동안에 살아남은 우리들은 무엇을 하여 왔는고? 우리가 이렇게 눈을 멀거니 뜨고 하루 이틀을 잡어 먹다가 이 모양대로 그를 명부(冥府)로 찾게 된다면 무슨 낯을 쳐들고 불우하였던 선배의 얼굴을 대하려는가?

당시의 동지들은 몽매간에도 잊지 못하던 신극운동에 어느덧 환멸을 느끼고 동서로 흩어져 버렸고 나머지 사람들은 실연(實演)도 한 번 해보지 못한 채 조석으로 □□□를 짓누르는 생활고로 마음에도 없는 일을 해 가며 그날그날의 호구에 급급하여 여념이 없다.

우리들 중에는 수산(水山)과 연명으로 「우리 신극운동의 첫길」이란 논문을 발표하였던 홍해성(洪海星) 씨 한 분이 홀로 축지소극장(築地小劇場)에 남아 있어서 상당한 지위를 지키고 부절한 노력을 쌓아갈 뿐……

무대 위에서 피를 토하고 쓰러지면 본망(本望)을 다한 것이라고 기염을 뿜던 동지들! 호떡을 씹어가며 각본을 쓰고 등사를 하느라고 날밤을 밝혀도 피곤을 느끼지 않던 당년(當年)의 정열!

😊 1회, 1928.06.28.

② 나 자신부터도 변전(變前)을 하여 영화계로 달린 후 우금(于今) 이□(二□)에 이야깃거리도 되지 못하는 것을 작품이라고 겨우 하나를 내어 놓고 이후 1년 동안이나 거의 침체에 빠져 있다. 밑천이 짤르고 의지가

박약한 탓이겠지만 근본조건을 타산하지 말고 맹목적으로 달려드는 용기가 다시 나기 전에는 영화의 실제제작을 단념까지 하기에 이를는지도 모르겠다. 지금 나의 신변을 핍박하는 것은 무엇보다도 생활문제요 이제까지 속을 모멸하는 생각을 가지고 있던 이른바 생활제일주의를 신봉하는 무리 속으로 기어들어 예술이란 사치품을 만드는 한가한 장난쯤은 아주 □각(□卻)해 버리는 지경에 다다를는지 또한 보증할 수 없는 노릇이다.

그러나 이것은 정신상 타락이다. 생명의 연기가 꺼지고 재만 남을 때에 타락의 심연은 큰 입을 벌리고 우리를 기다리고 있는 것이다!

사나이 자식이 오장(五臟)의 생활만에 급급할 때에—한 번 단단히 먹었던 초지(初志)를 관철치 못할 때에 생명의 약동이 끊친 더러운 육괴(肉塊)만을 남의 눈앞에 드러내는 것보다는 차라리 드는 칼로 폭 찌르고 시푸른 바다 한복판에 풍덩 빠져나 버리는 것이 도리어 쾌(快)하고 시원스러울 것이다.

김 씨의 자살을 보고 팔봉(八峰) 형은 그를 모욕해 버리고 싶다고까지 한 것을 나는 기억한다. 그를 기대함이 너무 컸기 때문에 그의 변사(變死)를 애석히 여기는 나머지에 반동적 감정으로 이런 모진 말을 하였겠지만… 또는 그의 사인(死因)이 반생을 두고 너무나 저독(沮篤)히 생각하던 연극운동에 조선의 현실로는 도저히 실현할 수 없음을 절망한 이외에 남모르는 이유도 있었겠지만… 그 후에 몇 해가 바뀌도록 희곡 한 편도 똑똑한 것을 나아놓지 못하고 사막을 걷는 민중에게 좋은 무대 한 번을 보여주지 못한 채 이대로 찌들고 생(生)으로 말라가는 우리들의 꼬락서니도 결코 보기에 아름다운 것이 아니다.

오오 우리의 힘이 너무나 미약함이여! 저주의 불길에 타버리라 이놈의 환경이여!

×

김 씨의 죽음의 길을 반려한 윤심덕(尹心悳)은 정사에 절창을 레코드에 불어넣어 유성기 장사의 주머니나 불려주었지만 김 씨가 끼치고 간 것은 거의 없다고 할 수가 있다. 발표된 것으로는 ≪시대일보≫에 구미의 극작가를 소개한 것과 논문 몇 장(章)과 <산돼지> 등 희곡 2, 3편이 남아 있을 뿐.

그러나 폭풍우 전의 정숙한 대지와 같이 학창시대로부터 큰 포부를 붙안고 찬찬히 □□을 쌓아왔을 뿐이니 □□한 후에 학자□(學者□)이요 가장 어려운 실험의 첫길을 내어디디려고 주도(周到)한 준비를 하던 도중에 두려운 죽음의 유혹을 받고 말았던 것이다.

어느 시대에 있어서든지 선구자의 발자취가 험난치 않았음이 아니겠지만 그에게 있어서 그 숙명이 너무나 야속하였다.

우리들 중에는 가장 높은 교양을 받았고 명석한 두뇌와 예리한 비판의 눈과 식을 줄 모르는 정열이 아울러 그의 위를 덮을 사람이 없었던 것만은 누구나 수긍할 것이 박행(薄倖)한 선배의 2주기를 당하는 오늘에 그의 요절을 애통히 여기는 새삼스러운 정회가 실로 금키 어렵다.

×

내가 이 무잡한 글을 초(草)하고 있는 이때에 사연 없는 편지의 수신인은 어복(魚腹)에서 어복으로 옮겨 다니다가 백골이나마 남아 있어 흩어진 마디마디가 천 길이나 깊은 대양의 밑바닥을 해초와 벗 삼아 구르고나 있을 것인가?

그러나 그의 영혼이여 우리가 올리는 위안의 말을 들어라! 증□(蒸□)
한 여름밤에 잘 얻어먹지도 못한 몸이 모기 빈대에 들볶이면서도 살려고
억지를 쓰는 우리와 같은 추태를 보이지 않고 영원히 시원한 벽해(碧海)
속에 안주하는 그대야말로 행복치 않은가?

그러나 아직도 □□에 남은 정(情)이 있거든 동지여 눈을 감으라!

우리도 언제까지나 구더기 같은 생활에만 짓눌려 있을 것이 아니요 이
놈의 현실도 벌컥… 해버릴 날이 있을 것이다.

어쨌든 우리는 살아 있지 않은가? 그리고 우리의 나이는 겨우 약관(弱
冠)을 넘지 않았는가?

28.6.15

2회, 1928.06.29.

≪중외일보≫, 1928.6.28~29. [필자명은 '沈熏']

수상록(隨想錄)

나는 알몸뚱이로 땅에 떨어졌다. 남루(襤褸)의 한 조각도 몸에 걸치지 못하고 논 한 뙈기도 팔자에 타고 나오지를 못하였다.

아침부터 저녁까지 헐떡거리고 돌아다녀도 나 한 몸의 생활을 지탱하지 못한다— 그러니 내게도 무산자— 프롤레타리아라는 관사가 붙을 것이다.

◇

옴치고 뛰지도 못하게 된 이 환경 속에서 가쁜 숨을 몰고 있는 무리로써 다소간이라도 계급의식을 갖지 못하고 [中略] 밟히면 꿈지럭거리는 '굼벵이'만도 못한 고깃덩어리다. 십 년 가뭄에 잡아도 먹지 못할 인육의 뭉치다.

눈이 멀지 않은 인간인지라 시대를 관조하고 역사적 사실을 구명하는 것쯤은 자랑도 되지 못하려니와 신경이 아주 마비되어 버리지 않은 표시나 될까, 그밖에는 신통할 것이 없다.

나는 몇 번이나 프롤레타리아라는 숙어를 글로 쓰고 입으로 불러 왔다. 같은 계급에 처한 사람들을 동지라고 불러 왔다. 그러나 나 자신이 과연 프롤레타리아의 생활은 하여 왔는가? 우리의 운동을 위하여 털끝만한 실제적 노력이라도 하여오고 있는가?

부끄럽다! 의분(義憤)의 발로란 전차 속에서 내 발등을 밟은 사람을 대할 때에 일어나는 감정이요 자기희생이란 손톱눈 하나라도 뽑아가는 사람에게 대한 인색일 것이다. 지금 내 양심은 내 육신을 형틀 위에 거꾸로 매어달고 고문의 채찍을 든다. 나는 모든 것을 자백치 않고는 견딜 수 없는 때에 다다른 것이다.

◇

산 입에 거미줄을 치지 못하여 생사람이 '부황'이 나고, 공복을 견디지 못하여 '지푸라기'를 끓여 먹다가 대변을 통치 못하는 동포가 몇 만 명이나 된다는 기사를 내 손가락으로 쓰면서도 누구에게 배운 버릇인지 밥상에 '짠지'쪽밖에 오르지 못하면 젓가락을 내던진다. 베옷 쪼가리로 겨우 앞을 가리고 찬밥 한술을 빌러 온 여인이 선 문전으로는 넥타이를 갈아매고 양복바지에 금을 내 입지 못하면 무슨 수치이나 당하는 듯해서 길거리에 나서기를 머뭇거린다—

—하루 한 끼라도 양식 접시를 핥지 못하고는 소화가 안 된다는 박래품(舶來品)들이 농촌운동을 부르짖는 것을 비웃고 조그만 지위를 다투기위해서는 동지를 삶아먹는 것을 예사로 아는 자들의 목덜미에 침을 뱉으면서도 나는 옥중에 있는 친구에게 따뜻한 밥 한 그릇의 차입조차 해주지 못하였다— 못한 것이 아니라 그만 돈이 수중에 들었을 때에는 '알코올' 한 모금을 빨기에 급급하였고 또 돈이 많았더라도 주사(酒肆)의 문지방만 닳았을 것이다.

◇

유곽 계집도 하루 저녁 사지 못하는 주제거늘 이맛녘 몇 만□의 정찰

(正札)이 붙은 모던 걸을 몽상하고 생홀아비의 노—란 탄식으로 밤을 밝힌다. 제 생명과 청춘을 제 이빨로 좀 슬고 있는 세상에 둘도 없는 어리석은 놈이다. 그런데 그놈은 A도 아니오. B도 아니다. 이따위 무잡(蕪雜)한 붓을 달리고 앉은 나 자신인 것이다. 이름이 좋아서 '한울타리'요, 행세하기 편해서 프롤레타리아다.

자기의 의식은 부모의 '등골'로 대신하며 사랑놀음, 친구 추렴적으로 입부리 붓끝만을 놀리되 홍모만큼도 자괴할 줄 모르는 철면피의 이론가를 본다. 낮에는 그놈들의 주구(走狗) 내지 방조(幇助) 역 노릇을 터놓고 하면서 밤이면 숨바꼭질을 하듯이 운동을 논란하고 투사로서 자처하는 사람을 눈앞에 보면 증오의 염(念)까지 일으켜진다. 그러나 돌이켜 생각하면 그네가 별개의 인간이 아니라 또한 나 자신의 내부에도 위선자의 소질이 다분으로 배태되어 있는 것이 자진(自診)되는 것이다.

이상과 생활의 현격—신념과 행동의 배치—그 중간에 끼어서 톨스토이라는 간 큼직한 인간의 영혼은 한 세기 동안이나 신음하였다. 고뇌하다 못해서 눈벌판에 그 노구(老軀)를 내어버렸다. 나라는 개자(芥子)씨만도 못한 인간도 근 십 년 동안이나 이 전율할만한 모순과 당착 가운데에 부대껴서 조그만 넋이 헤매었다. 마음속을 꼬집고 꾸짖어 왔다….

나와 같은 백면(白面)의 인간이 가두에 나서고 농촌으로 들어가는 그 때를 상상해 본다. 프롤레타리아의 '프'자도 모르는 참 정말 프롤레타리아인 농민이나 노동자들은 손에 '못' 하나 박히지 못하고 빤빤한 얼굴에 가장 동정이나 하는 듯한 표정을 읽을 것 같으면 ×욕밖에는 일으킬 것이 없을 것이다.

오오 나에게 강철과 같은 의지의 힘을 달라!

발가벗고 종로 한복판에 나설만한 용기를 빌리라!

이것이 나의 최대의 고통이요 또한 내 양심의 최후의 비명이다!

29.4.25일

≪조선일보≫, 1929.04.28. [필자명은 '沈熏']

연애와 결혼의 측면관

정열에 날뛰는 순간이 지나 식은땀을 씻고 돌아누워서 생각할 양이면 누구인가 말한 바와 같이 연애란 확실히 말라리아의 일종인 것을 부인치 못할 것이다.

사람으로 태어나서는 남녀를 막론하고 학질이란 숙명적인 열병에 걸려보지 않은 사람이 없고 한 번 걸리기만 하면 40도나 되는 신열이 올라 한바탕 정신없이 떨다가는 금세로 몸이 식어버리지 않는 사람이 또한 없는 것이다. 입술을 주어 뜯겨서 열이 지나간 흔적과 전신을 해면(海綿)과 같이 풀어놓는 피곤이 남을 뿐… 각 개인의 체질에 따라서 이틀거리를 한두 직 앓아보는 사람이 있고 축일학(逐日瘧)을 한평생 두고두고 앓는 사람도 있는데 극히 드문 예로는 한 번도 병마에 붙들려 보지 못한 채 뗏장을 뒤집어쓰는 백혈구 과다성의 냉혈동물도 없지 않은 것이다.

기나긴 가을밤을 묵이 쉬도록 이성(異性)을 부르느라고 울며 애를 태우다가 요행으로 제 짝을 만나서 한 번 교미를 한 뒤에는 섬돌 위에 쌍으로 늘어진 곤충의 순정한 시체를 발견케 한다. 누에[蠶]는 나비로 화하야 알이나 깔기고 죽어서 그 씨를 만대에 전하지마는 유자생녀(有子生女)도 못해 보고 나중에는 이성에게 그 몸뚱이까지 뜯어 먹혀서 용감히 살신성연(殺身成戀)을 하는 버러지도 인생도 있는 것이다.

어쨌든 연애공포병에 붙들린 자, 연애걸신병 환자, 도쓰가핀 애용가,

연애절절도(戀愛窃竊盜) 상습범, 정사(情死) 예찬자, 플라토닉 러브로 종신하는 자 류가 통틀어 말하면 인생의 상궤를 밟는 자는 아니다. 그러나 동시에 싸고 돌 수 없는 인생의 일면상이요 복잡하고 어수선 산란하나마 이러한 애욕의 갈등이 있기 때문에 인생이 적막치 아니하고 별의별 분장으로 등장하는 배우들이 끊임없이 희극과 비극을 버르집어 놓는 곳이 즉 인류의 본무대다. 인생이란 깜아 아득한 초동물적 존재가 아니라 이 지정해 논 무대 우에서 금세로 울다가 웃어 보이다가 하는 '어릿광대'에 지나지 못하는 것이다.

행복이란 언제든지 창 밖에서 그림자만 얼씬거리며 우리를 꾀여내려고 할 뿐이지 그 정체를 붙잡아 본 사람은 없다.

꿀벌처럼 이성의 화판을 버르집고 잠시 그 달큼한 향기에 취해 본 사람은 있을 법하나 살아서 벌룽거리는 새빨간 하트와 하트가 서로 가락지를 낀 채로 해로동혈(偕老同穴)하는 사람이 유우도당(有禹陶唐) 그 어느 때에 있었으며 내세만년(來世萬年)에 어느 호랑이 담배 먹을 시절이랴? 진정한 연애란 도대체 무엇이냐?… 하는 숙제를 걸어놓고 불식불매(不食不寐)해 가며 사색해 보려는 사람은 먼저 길거리로 나아가서 아편중독자를 붙잡고 물어보라.

"그대는 몸에 해로운 줄 번연히 알면서도 왜 모르핀 침을 맞는가?" 하고… 만일 그 자의 대답이 없거든 연애의 진수를 설법할 자도 아직은 생겨나지도 않은 것을 깨달을 것이다.

상대자를 바라다보기만 하여도 가속에서 두방망이질을 하고 얼굴 가죽이 능금빛으로 타서 발끈발끈 상혈(上血)이 되고 살이 스치기만 하여도 감전이나 된 것처럼 자릿자릿하게 신경을 떠는 그러한 상태로 일 년 이태 지나갈 양이면 첫째 생사람의 수(壽)가 줄어들 노릇이다.

분화구같이 터져 나올 듯한 흥분을 일국(一掬)의 냉수나마 끼얹어 잠시라도 식혀보는 묘방이 성×요 젊은 남녀로 하여금 달뜬 궁둥이를 주저앉혀서 길거리에서나 나무 숲 속 같은 데서 저급동물적 추태 연출치 못하도록 예방을 하기 위하야 규방(閨房)이란 상스럽지 않은 명칭을 붙여 가지고 성×의 장소를 제한해서 열정 덩어리에 결을 삭히고 숨을 죽이게 하는 인위적 의식적 결박이 즉 결혼이다.

애욕의 '귀양살이'를 하는 곳이 가정이요 서로 하나씩 제 아람치를 차지해 가지고 닳든 쓰든 간에 남의 집 담[牆] 안을 넘겨다보지 말자는 약속이 결혼이다.

생물학적 원리를 체현하기 위하여 자녀를 생식하고 그 종자를 대대손손 이어 나아가기 위한 목적으로써 결혼을 한다는 것은 말짱한 거짓말이다. 틀린 수작이다. 부부생활의 결과만을 보아서는 그럴는지 모르나 결혼 본래의 동기를 볼 것 같으면 성애의 행동을 임의로 행사하고 때맞추어 조절시키려고 함에 있다. 자식을 낳아서 ××군(軍)을 만들고 사회의 기초를 튼튼하게 세우기 위하야 장가를 들고 시집을 온다고 할 것 같으면 반드시 '결혼봉사' 하든지 '결혼보족! 보국!'이라는 새로운 숙어가 생겨야 옳을 것이 아닌가.

남성과 여성은 그 본질에 있어서 빙탄이 상용치 못하는 정도까지는 아니라 할지라도 정신으로나 육체로나 완전히 합치될 수가 있으리라고는 상상할 수가 없다.

나무 조각과 나무 조각은 그 질이 같으면서도 아교풀이 아니면 붙지를 않는다. 쇠[鐵]와 쇠를 맞붙일 때면 납[鉛]과 청강수가 필요하다. 지리하고 평범하여 어근버근해지기 쉬운 부부생활에 있어서 아교풀의 작용을 하는 것은 또한 성×요 물이 새는 그릇을 때우기 위하여서는 연애시대를 추억하고 반추하는 것이다.

생활을 경제적으로 의뢰하게 되니까 좀체로 떨어지지를 못하고 도덕이란 전통적 습관을 벗어날 용기가 없어서 한 번 얽어 맺은 줄을 풀지 못하는 것이요 둘이서 합력하여 창작한 이른바 사랑의 결정체가 핏줄을 두 손에 갈라 쥐고 매어달리는 까닭에 그럭저럭 터덕치덕하다가 저도 모르는 겨를에 칠성판 위에다가 두 다리를 뻗는 것이 결혼의 최후요 인생의 종말이다.

《삼천리》, 1929.11. pp.33~34. [필자명은 '沈熏']

괴기비밀결사 상해 청홍방(靑紅綁)

— 장개석(蔣介石)이도 두령의 집에 잠복하였고
경찰관도 벌벌 떠는 그네들 비밀결사, 신출귀몰적 행동!

선잠 깬 사자가 아직도 하품하고 있는 나라, '수수께끼'와 같은 백주망
량(百晝魍魎)의 발호가 아직도 그 형적을 감추지 않은 우리의 인방(隣邦)
중국에는 제 눈으로 보지 못하고 제 귀로 듣지 아니하고는 믿어지지 못
할 만한 암흑면이 있다. 상해(上海), 천진(天津), 북경(北京)과 같은 대도시
의 화류항(花柳巷)을 중심으로 일어나는 기상천외의 괴상스러운 연극도
형용하여 손꼽아 헤일 수도 없지만은 정부의 위엄으로도 경찰이 독수리
같은 눈을 밝혀도 감히 손을 대이지 못하고 도리어 그 존재를 공공연하
게 인정하며 때로는 도리어 그네들에게 국궁하고 보비위(補脾胃)를 하지
않고는 경찰행정에 큰 지장을 일으키게까지 되는 유령단체가 있으니 그
저 유명한 청방과 홍방이 그것이다.

○

청방, 홍방이란 그 성질이 옛날 조선의 '부대', '설이' 혹은 활빈당(活貧
黨)과 비슷한 것이니 그 목적은 공갈, 협박, 강도, 살인을 자행하는 것이
요 또는 정치의 변동을 따라 승기(乘機)만 하면 정권에 참여하여 한바탕
휘두르는 잠세력(潛勢力)을 짓기도 하는 단체이니 같은 녹림(綠林)단체로
는 상해의 청홍방, 호남(湖南)의 홍창회(紅槍會)(馮玉祥이가 그 우이를 잡

고 있다고도 한다) 산동(山東)의 대도회(大刀會), 복주(福州)의 해적, 만주(滿洲)의 마적과 유사한 것이라 형제관계가 없다고도 할 수 없을 것이다.

그 청홍방의 연혁은 중국의 유명한 소설인 수호지(水滸誌)의 영향을 받았음인지 호협(豪俠) 잔학(殘虐)함과 또는 말하자면 황당무계한 내용을 본받아 이제로부터 약 300여 년 전 명조 시대부터 생겨난 것이니 그 역사가 깊으니 만치 그 조직이 자못 공고한 것이다.

처음에는 청건(靑巾)을 쓴 파와 홍건(紅巾)을 쓴 파가 분위(分立)되어 있었으나 근년에 와서 합동을 한 것으로 그 조직은 대두목을 대자배(大字輩)라 일컫고, 중간부급을 통자배(通字輩)라고 하는데 그 밑으로도 7, 8계급이 있어서 대단히 복잡하며 그 조직은 중국인의 본색을 발휘하여서 음모적이요 극히 교묘하여 두목은 부하와 그 수효를 알고 있으나 부하되는 자(즉 流氓이라 칭함)는 두목과 간부가 과연 수모(誰某)인지를 알 수 없도록 꾸며놓은 것이다. 듣는 바에 의하여 현재의 총두령은 상해 불조계(佛租界)에 거주하며 불란서 공부국 정탐부장이요 겸하여 공동조계의 참사원이요 이백만 원이나 되는 큰 재산가인 황금영(黃金榮)이란 자로 나는 새도 떨어뜨릴 만한 전 중국의 세력을 한손에 쥐고 있는 장개석(蔣介石)이가 일차 하야통전(下野通電)을 발하자 각각으로 신변이 위험하여 도저히 암살을 모면할 수가 없는 처지에 빠졌을 때에 부득이 불란서조계 하이로(霞利路)에 있는 황금영의 집에 수일간 잠복하야여 생명을 구하였다고 한다. 그뿐 아니라 각 사장과 군장(軍長)들도 직접 혹은 간접으로 유맹패에 가담치 않고는 견디내지 못하는 형세에 있다고 한다.

　　　○

처음에 이 청홍방들은 청홍의 두건을 쓰고 기를 날리고 북[鼓]을 뚜드리며 큰길로 횡행을 하였으나 근년에 와서 경찰이 좀 밝아진 뒤로는 음흉한 잠행운동으로 변하였으나 산간벽지에서는 여전히 관군도 손을 대어볼 염두도 두지 못할 만한 집단적 세력을 잡고 있을 뿐 아니라 납세도 하지 않는다 한다.

이 청홍방의 단원인 표적은 흰 비단신을 신고 유난히 넓은 비단 '대님'을 칭칭 감은 것인데 수시로 임기응변을 함으로 종작을 할 수 없으며 단원끼리는 아무도 알아들을 수 없을 만한 특수한 '변'을 쓰는데 (조선의 '판수'들이 저이 동내)에서만 암호 비슷한 '변'을 쓰듯이 일본에도 コロシキ는 그러한 '변'을 쓴다) 이 청홍방에 입단을 하는 것을 '입호문(入虎門)'이라 하니 호랑이의 입 속으로 들어가는 것과 같이 일신의 안위를 돈연히 생각지마는 각오를 가져야한다는 의미일 것이다. 한 번 입당만 하면 상부의 명령에 절대로 복종해야 하고 만일 거역을 하는 경우이면 '파리' 목숨과 같이 어느 때에든지 반드시 그 목이 달아나고야 만다고 한다. 또는 입단만 하면은 상부의 지휘에 따라서 어느 날 칼질을 하고 불을 놓고 사람을 죽일는지 알 수가 없는 것이다.

○

대자배(大字輩)나 통자련(通字輦) 가는 두령들은 흔히 일류 요정인 일품향(一品香), 선시(先施) 영안(永安) 같은 유명한 다루(茶樓)에 모여서 음모를 하고 단의 사무를 총괄하며 그밖에 하류배들은 저급 다루(茶樓)에 모여서 차를 마셔 가면서 피차의 연락을 취한다고 한다. 단체의 경비는 어떻게 써가는고 하니 예를 들면 백만장자의 아무개가 어느 때 모처를 통과한다고 통첩이 올 것 같으면 단원의 누구누구는 선발대로 모모는 별동대로 뽑아가지고 어떠한 방침으로 그 자를 납치할까 하는 것을 입안을 한 뒤에 착수를 하는데 탈취하라는 금액이 십만 원이라고 할 것 같으면 오만 원을 더 빼앗아서 십오만 원으로 채인 뒤에 그 중 십만 원은 본부에 바치고 나머지 오만 원은 부하들이 나눠먹는 것이다.

4, 5년 전에도 상해의 거부인 생사(生絲) 매판(買辦)의 풍모(馮某)라는 사람이 한 이백만 원 가량의 재산을 가졌는데 돌연히 청홍방에서 이십만 원을 내놓으라는 '방표'를 붙였다. 그러나 풍 씨는 이십만 원 템이나 낼 수가 없다고 공부국에다가 진정을 하였으므로 공부 당국에서 중재를 하여 십만 원만 내게 하기로 타협을 시켰다는 사실까지도 있었던 것이다. 또는 인질로 사람을 붙잡아간 경우에는 대담하게도 신문지상에 광고를 내어가지고 피차의 신대(身代)를 승강(昇降)시키는 것쯤은 다반사로 아는 것이다.

또 한 가지 실례를 들면 1917년에 상해의 대오락물인 '대세계(大世界)'가 졸지에 대포알만한 폭탄의 세례를 받아서 그 큰 건물이 폭삭 주저앉아 전 시를 전전긍긍케 한 일이 있었는데 그 사건의 배후에는 역시 청홍방 활동이 있었던 것이다.

또 한 가지 아직도 기억에 남는 것은 거금 4, 5년 전 진포철도(津浦鐵道)의 급행열차를 습격하야 서양인 8명을 납거(拉去)하고 금품을 깡그리 탈취한 사실이 있었는데 그것도 추후에 산동 대도회(즉 청홍방의 지회)의 거개인 것이 탄로되었던 것이다.

×

그러므로 상해에도 가장 대표적 거상인 선시(先施), 영안(永安), 신신(新新), 여화(麗華) 같은 큰 백화점이나 신세계(新世界), 대세계(大世界)와 같은 큰 오락기관에서는 생명보험을 드는 것과 같은 성질의 일정한 세금을 청

279

홍방 본부에다가 바치고야 안심하고 장사를 하며 신상(紳商)들의 생명을 보장하고 지내는 것이다. 만일 그렇지 않으면 과연 어느 때에 그 무서운 복수의 마수가 뻗쳐 와서 사형의 집행을 당할는지 예측할 수 없는 까닭이다.

그 세력이 이와 같이 놀라우므로 관헌도 추파를 보내지 않을 수가 없고 동시에 청홍방에서는 또한 그 세력을 전국에 펴기 위하여 각지로 출장원을 파견하며 언제든지 암중비약을 하고 생각하는 것인데 그 중에도 우심한 지방은 강소(江蘇), 절강(浙江), 복건(福建) 등지로 조금 궁벽한 곳에서는 가끔 일촌락이 여지없이 인명과 금품을 아울러 약탈을 당하는 일이 빈빈히 나타나는 것이다.

그리하여 이 청홍방은 전기(前記)와 같은 전율할만한 수단과 정부의 강압으로도 눈도 꿈쩍하지 아니하는 잠세력(潛勢力)을 가지고 있고 대개는 도시 부르주아를 상대로 행동을 함으로 권력계급과 식자계급에도 상당히 다수의 청홍방 분자가 잠입하고 있다는 것도 억측이 아닌 사실일 것이다.

《삼천리》, 1930.01. pp.32~35. [필자명은 '沈熏']

새해의 선언

동무여

인생이 덧없다하여 새삼스러이 탄식하지 말라.

지금의 우리는 무심한 천체의 운행까지 참견할 겨를을 갖지 못하였나니 땅이 꺼지도록 한숨을 내뿜는다고 말라붙은 풀 한 포기나마 피어날 줄 아는가?

눈물을 천만 줄기나, 이 땅 위에 퍼붓기로서니 짓밟힌 생명의 단 한 줄기[芽]될 줄 아는가? 달리는 세월에는 오직 '망각'의 돛[帆]을 달아 흘려 버리라. 영구(永久)의 공간으로—

동무여!

새해가 왔다고 지나치는 희망에 가슴의 고동을 헛되이 돋우지도 말라. 꿈은 꾸어도 꿈에 지나지 못하나니 북쪽나라에서나 태평양을 건너서나 우리의 행복이 꽃수레를 타고 저절로 굴러들 줄 아는가?

동무여!

진흙구렁에 틀어박힌 머리를 쳐들고 우리의 현실을 응시하자!

절망하는 자는 절망하려무나. 자살하고 싶은 자는 독약을 삼키고 쥐 죽음이라도 해버리려무나.

그러나 동무여! 손길을 펴서 그대의 심장에 대어보라. 우리의 모터가 끊임없이 '방아'를 찧고 있지 않는가? 동맥의 붉은 피가 꿈틀거리며 전신을 달리고 있지 아니하는가?

　　　○

살아있는 사람은 움직이는 것이 권리다.

'연자매'를 돌리는 호마(胡馬)처럼 걸어 나아가는 것이 우리의 의무다.

나아가다가 다닥치는 곳이야 북망산이든 키로친이든 구태여 생각할 것이 무엇이냐?

사람은 인생의 길을 밟아 넘기면 그만이다. 이 땅의 흙냄새를 맡고 자라난 젊은이는 조선 사람이 마땅히 걸어야할 그 길을 줄기차게 걸어만 가면 그만이다.

형극을 뚫고, 헤치고 저벅저벅 발을 맞추어 나아가는 행진이 곧 우리의 생명이 약동하는 표상이다.

　　　○

세기는 바뀐 지 삼십 년이다.

어느덧 해는 갈리어 저회(低廻)하는 구름을 뚫고 원단(元旦)의 햇발이 이 땅 위에 퍼진다.

동무여 우리는 저 태양을
하나씩 우리의 가슴에 품고서 살자!
줄기차게 걸어가는 저 큰 불덩어리를—
오오 나의 사랑하는 동무여!

　　　　　　　　　　　　　　　경오(庚午) 원단(元旦)

────────────

《조선일보》, 1930.01.03. [필자명은 '沈熏']

미인의 절종(絶種)

생(生)은 염복(艶福)은커녕 안복(眼福)조차 없는 사람이라 생시에는 말할 나위도 업거니와 꿈속에라도 온갖 조건을 구비한 미인을 맛나 본 적이 없습니다. 천상천하 동서고금에 미하(微瑕) 하나이 박히지 않고 귀 한 쪽 떨어지지 아니한 보옥(寶玉) 같은 절세미인이 있었을 것 같지도 않고 있을 이치 만무하리라고 생각합니다.

그것도 사람마다 그 연기에 따라 다른 것이니 사춘기에는 여자면 온통 미인으로 보이는 법이요 노후에는 아무리 절색이라도 깡그리 소용없는 물건으로밖에 보이지 않을 것입니다. 철없이 날뛸 때에는 그 용모나 육체의 미에만 탐닉하는 모양이지만 제 지각이 난 뒤에는 무엇보다도 믿음성 있고 현숙한 '마음'의 미를 요구하는 모양입니다. 이 '미(美)'라는 것이 연애 많이 해본 시인 괴테로 하여금 "여성은 영원히 인류를 이끌고 나아간다" 한 것이겠지요.

≪삼천리≫, 1930.04. p.45. [이 글은 '現代美人觀'이라는 기획에 염상섭의 「문학과 미인」과 함께 수록된 것임.]

도망을 하지 말고 사실주의로 나가라
— 문인으로서 영화계에 진출한 영화제작 계획 중의 심훈 씨

"두 분을 세상이 일컬어 발렌티노와 엘마 방키라 하던데요, 두 분을 뵈오니 그럴 듯도 합니다."

기자의 대탈선언이 말이 입으로 튀어나올 듯할 때에 말끝을 돌리니 씨는 언제나 쾌활한 웃음으로 웃어 보이며 입을 연다.

"영화에 있어서도 우리는 이제부터 모방을 떠나야 하겠습니다. 될 수 있는 대로 그 괴기한 표현방식을 옮겨놓지 말고 진실된 수법으로 말하자면 사실주의로 표현하는 게 좋을 줄 압니다. 그리고 검열문제로나 다른 문제로나 보아서 될 수 있는 대로 새로운 사상을 고취하는 영화를 만들어야 할 것입니다. 우리들은 가난합니다. 이렇게 된 그 알아내는 데까지 올라서 영화의 제재를 삼아야 될 것입니다. 나도 올 봄에 무엇을 하나 촬영해볼까? 하고 준비 중입니다마는 이번에는 내가 오랫동안 만들고 싶은 영화를 만들어 보려고 합니다.

조선 영화배우로는 주인규(朱仁奎) 강홍식(姜弘植) 윤봉춘(尹逢春) 제씨고 여배우로는 상해로 간 김일송(金一松) 씨가 스크린에 비친 중에 나은 듯하였습니다. 서양에 있어서는 침묵에 남자로는 채플린과 에이치·비 워너—이고 여자로는 <아스팔트>의 페티 아망이 좋을 것 같습니다" 한다.

《조선일보》, 1931.01.28. 이 글은 '극계·영화계의 新旧人의 面影'이라는 코너에 여섯 번째 인사로 인터뷰한 기사에서 심훈의 답변에 해당하는 부분만 발췌한 것임.

재옥중(在獄中) 성욕문제

: 원시적 본능과 청년수(靑年囚)

　도야지를 오래 가두어 두고 먹이기만 하면 비지만 붙듯이 사람도 오래 육신이 갇혀 있으면 영장으로서의 고숭(高尙)한 감정보다는 식욕, 색욕 같은 원시적 본능만이 충동하는 것과 같습디다. 감옥이 사바의 축도라면은 식욕, 색욕은 사람의 복잡한 본능을 동물적으로 축소시킨 것일 것입니다.

　생이 영어의 몸이 되었던 것도 벌써 옛날 같고 시일도 일 년을 넘지 못하였으니 기억조차 희미합니다마는 그 당시에는 불과 18세의 소년이라 춘기발동(春期發動)의 후기쯤 되니까 성욕에 그다지 들볶이지는 않았던 듯합니다. 그러나 국부적이 아니면서도 가공의 이성이 퍽 그리웠던 것만은 사실이었나 봅니다.

　같은 감방 속에서 다른 동고자(同苦者)들 사이에 부자연한 짓을 하는 것을 가끔 보고 고개를 돌렸던 생각이 납니다마는 애초에 그런 종류의 본능이 그 속에서는 만족시킬 수 없는 것으로 단념해 버리면 자제할 수도 있을 것입니다. 신앙의 대상자 앞에서 기도를 올리는 순간에 누정(漏精)하는 독신자(篤信者)가 있다는 말은 들은 법한데 자기가 파지(把持)한 주의와 열렬한 희망에 대하여 성욕까지를 승화시킨다면은 일하는 데 가장 큰 에네르기가 될 줄 압니다. 그러한 의미로 감옥 생활은 극기와 자제의 수양하는 좋은 기회를 우리에게 주는 것이라고 생각합니다.

≪삼천리≫, 1931. 03. p. 53. [필자명은 '沈薰'. 이 글은. '在獄中 性慾 問題'라는 기획란에 한 용운, 임원근과 함께 참여한 것임.]

천하의 절승(絕勝) 소항주유기(蘇杭州遊記)

항주(杭州)는 나의 제2의 고향이다. 미면약관(未免弱冠)의 가장 로맨틱하던 시절을 이개성상(二個星霜)이나 서자호(西子湖)와 전당강반(錢塘江畔)에서 소요(逍遙)하였다. 벌써 10년이 가까운 옛날이언만 그 명미(明媚)한 산천이 몽매간(夢寐間)에도 잊히지 않고 어려서 정들었던 그곳의 단려(端麗)한 풍물이 달콤한 애상과 함께 지금도 머릿속에 채를 잡고 있다. 더구나 그때에 고생을 같이하여 허심탄회(虛心坦懷)로 교유(交遊)하던 엄일파(嚴一波), 염온동(廉溫東), 류우상(劉禹相), 정진국(鄭鎭國) 등 제우(諸友)가 몹시 그립다. 유랑민의 신세 부유(浮蝣)와 같은지라 한 번 동서로 흩어진 뒤에는 안신(雁信)조차 바꾸지 못하니 면면(綿綿)한 정회가 계절을 따라 걷잡을 길 없다.

파인(巴人)이 이 글을 청한 뜻은 6월호지에 청량제로 이바지 하고자 함이겠으나 중원(中原)의 시인 중에도 이두(李杜)는 고사하고 항주자사(杭州刺史)로 역임하였던 소동파(蘇東坡), 백낙천(白樂天) 같은 분의 옥장가즙(玉章佳汁)을 인용하지 못하니 생색이 적고 필자의 비재(菲才)로는 고문(古文)을 섭렵한 바도 없으니 다만 추억의 실마리를 붙잡고 학창시대에 끄적여 두었던 묵은 수첩의 먼지를 털어볼 뿐이다. 이러한 종류의 글은 시조의 형식을 빌려 양념을 쳐야만 청보견분(靑褓犬糞)이나 되겠는데 사도(斯道)의 조예조차 없음을 새삼스러이 차탄(嗟嘆)할 다름이다.

287

서호월야(西湖月夜)

중천의 달빛은 호심(湖心)으로 녹아 흐르고
향수는 이슬 내리듯 온몸을 적시네
어린 물새 선잠 깨어 얼굴에 똥 누더라

牀前看月光 疑是地上霜
擧頭望山月 低頭思故鄕 (李白)

○

손바닥 부릍도록 뱃전을 뚜드리며
'동해물과 백두산' 떼지어 부르다 말고
그도 나도 달빛에 눈물을 깨물었네

삼천리 주위나 되는 넓은 호수, 한복판에 떠있는 조그만 섬 중의 수간모옥(數間
茅屋)이 호심정(湖心亭)이다. 유배나 당한 듯이 그곳에 무료히 두류(逗留)하시던
석오(石吾) 선생의 초췌하신 얼굴이 다시금 뵈옵는 듯하다.

○

아버님께 종아리 맞고 배우든 적벽부(赤壁賦)를
운양만리(雲羔萬里) 예 와서 천자(千字) 읽듯 외우단 말가
우화이(羽化而) 귀향하야 어버이 뵈옵과저

누외루(樓外樓)

술 마시고 싶어서 인호상이(引壺觴而) 자작(自酌)할까
젊은 가슴 타는 불을 꺼보려는 심사로다
취하야 난간에 기대서니 어울리지 않더라

누외루(樓外樓)는 주사(酒肆)의 이름, 대청에 큰 체경(體鏡)을 장치하야 수면을 반
조(反照)하니 화방(華舫)의 젊은 남녀, 한 쌍의 원앙인 듯 때로 통음(痛飮)하야 기

절한 친구도 있었다.

채련곡(採蓮曲)

1

이호(裏湖)로 일엽편주 소리 없이 저어드니

연잎이 뱃바닥을 간질이듯 어루만지네

품겨오는 향기에 사르르 잠이 들듯 하구나.

2

콧노래 부르며 연근(蓮根) 캐는 저 고낭(姑娘)

걷어붙인 팔뚝 보소 백어(白魚)같이 노니노나

연밥 한 톨 던졌더니 고개 갸웃 웃더라

'耶溪採蓮女　見客棹歌回

笑入荷花去　佯羞不出來'

3

누에(蠶)가 뽕잎 쏠 듯 세우성(細雨聲) 자자진 듯

연봉오리 푸시시 기지개켜는 소릴세

연붉은 그 입술에 키스한들 어떠리

남병만종(南屛晚鍾)

야마(野馬)를 채쭉하야 남병산(南屛山) 치달으니

만종(晚鍾)소리 잔물결에 주름살이 남실남실

고탑(古塔) 위의 까마귀 떼는 뉘 설음에 우느뇨

백제춘효(白堤春曉)

낙천(樂天)이 쌓은 백제(白堤) 사립(簑笠) 쓴 저 노옹(老翁)아

오월(吳越)은 어제런듯 그 양자(樣子)만 남았고나

죽장(竹杖)을 낚대 삼아 고기 낚고 늙더라

항성(杭城)의 밤

항성(杭城)의 밤저녁은 개 짖어 깊어가네

비단(緋緞) 짜는 오희(吳姬)는 어느 날 밤 새우려노

올올이 풀리는 근심 뉘라서 엮어주리

機中織錦秦川女 碧紗如煙隔窓語
停梭恨然憶遠人 獨宿空房淚如雨

악왕묘(岳王廟)

천년 묵은 송백(松柏)은 얼크러져 해를 덥고

만고정충(萬古精忠) 무목혼(武穆魂)은 길이길이 잠들었네

진회(秦檜)란 놈 쇠수갑 찬 채 남의 침만 받더라

전당(錢塘)의 황혼(黃昏)

얕은 하늘의 아기별들 어화(漁火)와 입 맞추고

임립(林立)한 돛대 위에 하현달이 눈 흘기네

포구에 돌아드는 사공의 뱃노래 처량코나

서호(西湖)서 산등성이 하나만 넘으면 곤곤히 흐르는 전당강(錢塘江)과 일망무제
(一望無際)한 평야가 눈앞에 깔린다. 중국 삼대강의 하나로 그 물이 청징(淸澄)하
고 호수로 더욱 유명하다.

목동(牧童)

수우(水牛)를 비껴 타고 초적(草笛) 부는 저 목동
병풍 속에 보던 그림 고대로 한 폭일세
죽순 캐던 어린 누이 시비(柴扉)에 마중터라

칠현금(七絃琴)

밤 깊어 벌레소리 숲속에 잠들 때면
곁방로인 홀로 깨어 졸며 졸며 거문고 타네
한 곡조 타다 멈추고 한숨 깊어 쉬더라

> 강반(江畔)에 솟은 지강대학(之江大學) 기숙사에 백발이 성성한 무의(無依)한 한
> 문 선생이 내 방을 격하야 독거하는데 명멸하는 촉(燭)불 밑에 밤마다 칠현금을
> 뜯으며 적멸의 지경(志境)을 자위한다. 그는 나에게 호(號)를 주어 백랑(白浪)이라
> 하였다.

부기―서호십경(西湖十景)만 하여도 열기(列記)할 수 없고 전당강안(錢
塘江岸)에도 '강남홍'(江南紅)의 로맨스며 육화탑(六和塔), 엄자릉(嚴自陵)의
조대(釣臺) 등 명소가 많으나 차례로 순례기를 쓰지 못함이 유감이다. 소
주(蘇州) 풍경은 차호(次號)로나 미룬다.

≪삼천리≫, 1931.06.01. pp.55~56. [필자명은 '沈薰'. 이 글은 '신흥 중국 전망'이라는 기획
아래 곽수고(郭沫苦)의 「문학과 혁명」, 좌익작가연맹 「선언」, 정진탁(鄭振鐸)의 시 「前進」,
오가추(吳可秋)의 「중국문단상황」 등과 함께 게재되었으며, 『심훈 시가집』(1932)에 「항주유
기」로 고쳐 수록됨.]

경도(京都)의 일활촬영소(日活撮影所)

나의 제2의 고향이라고 할 만한 중국 항주(杭州)의 봄은, 평생을 두고 잊히지 않을 것입니다. 그러나 그때의 추억은 다른 데 쓴 적이 있으니 되풀이 하지 않기로 하고 6년 전에 경도 일활촬영소에서 색다른 생활을 할 때에 지내던 봄이, 꽃필 때가 되면 언제런듯 생각이 납니다.

5월 초순의 어느 날 아침, '下の森'에서 20리쯤 되는 교외로 로케이션을 나갔습니다. 경도란 역사 깊은 옛 도읍은, 산천과 기후가 우리 서울과 비슷한데, 지명은 잊었어도 우리 일행이 나간 곳은, 아마 우이동(牛耳洞) 같은 데였나 봅니다. 나는 출연할 시간을 기다리는 동안에, 산곡(山谷)을 감도는 시냇가를 홀로 거닐었습니다. 날씨는 어쩌면 그렇게도 화창하고 청명한지, 여승의 송낙 같은 솔포기가 다부룩한 앞산에는 애청빛 아지랑이가 분무기를 뿜는 듯이 피어오르고, 그 아지랑이 망사 속에 점점이 붉은 것은 동백나무꽃이었습니다. 반나마 낙화가 되어서 소매를 스치는 한들바람에 조각조각 휘날리는 사쿠라꽃이 모자와 어깨 위에 내려앉건만 사쿠라를 그다지 좋아하지 않는 나는, 그것은 들여다볼 생각도 아니 하고, 그 탐스럽고 아담하고 간간하면서도 천하지 않은 동백나무꽃만 바라다보고 앉아 있었습니다. 그 꽃그늘도 곱게 단장을 한 여배우들이, 맨발에 '초리(草履)'를 신고, 둘씩 셋씩 어깨를 걸고 오락가락합니다. 그 중의 하늘하늘한 초록빛 하오리를 걸친 여자는, 물에 오른 비너스 모양으로 새

까만 머리를 수양버들처럼 풀어 내렸습니다.

"椿は 赤し 戀故に…" [동백꽃은 붉다 사랑 때문에]

하는 얼마 전에 촬영을 마친 <춘희(椿姬)>의 노래를 합창하면서…. 눈 아래 깔린 넓은 채전(茶田)에는 가지각색 화초가 오색이 진롱(珍瓏)하게 만발했는데 그 얕은 하늘에다가 붙들어 매달은 듯한 종달새가 하나둘 "비—리 비비리 종종종 종종종종" 하고 그 노래를 반주합니다.

깔리, 크르치의 목소리와 플루트 반주를 구별할 수 없는 것처럼, 소프라노와 종달새 소리는 얼른 분간해 들을 수가 없을 만치 저절로 교향이 됩니다.

갠지즈 강반(江畔)에 무릎을 세우고 앉아서, 인도의 황혼을 영탄하는 이방사람처럼 노곤하게 내려 쪼이는 5월의 태양 아래서 애달픈 향수에 온몸을 적시며 나는 언제까지나 냇가의 파—란 풀잎을 뜯고 앉아있었습니다. 무르익은 봄은, 향기 높은 최면제의 가루를 풍겨서 사람을 아찔하고 취하게 하는 듯 한참동안이나 깨어날 줄 몰랐습니다.

더구나 조그만 물고기떼의, 놀리는 꼬랑지와 지느러미까지 말갛게 들여다보이는 잔잔한 물 위에, 여자들이 빨간 고시마끼(腰卷)를 풀떡거리는 대로 하—얀 종아리가 드러났다 가리워졌다 하는 것이 비최입니다그려. 그 농염한 색채와 에로틱한 정경은, 나이 젊은 나그네가 아예 볼 것이 아니었습니다.

◇

꽃필 때뿐 아니라, 비오는 아침, 눈 내리는 밤에 생각나는 사람이 많습니다. 너무 많아서 이루 다 적을 수도 없고, 인신에 관계한 비밀도 없지 않아서 발표하기를 꺼립니다. 나는 워낙 감정의 분량이 넘쳐서 이지력으로 차고 딴딴하게 누르지를 못합니다. 더구나 친구 하나 없는 벽강궁촌에서 지내게 되니까, 믿던 사람도 그립고 정들었던 사람의 생각이 불현듯이 나면 홀로 누워 베개를 적실 때가 있습니다.

그 중에도 이성으로는 황포탄(黃浦灘) 그믐밤에 울며 잡은 소매를 뿌리치고, 해삼위(海蔘威)로 떠나간 '김류—다', 아버지가 국수주의자이기 때문에 피차에 영원히 추억만 안고 뒹굴게 된 'ㅇㅇれい子'—, 유일한 여성의 친구였던 O·Y·C·—, 그리고 다년(多年) 몽상의 스위트 하—트였던 누구누구 할 것 없이, 쥐가 쥐꼬리를 물 듯하고 머릿속에서 맴을 돕니다.

그네들은 지금 어디서 무엇을 하고 지내는지? 이런 부질없는 수다를 늘어놓다가, 지금 동서(同棲)하고 있는 브라우더가 이 잡문을 읽으면 옳다구나 하고 싸움거리를 장만할까 보아, 그만 각필하거니와 유리전변(流離轉變)이 실로 무상해서 그 꿀릴 바를 모르는 것이 인생이요, 어린애가 쌓아놓은 모래성처럼 쌓였다 허물어졌다 하는 것은 청춘의 꿈이외다.

나는 될 수 있는 대로 간석지(間潟地)의 제방처럼 흐르기만 하는 로맨티즘과 여린 정을 막고 교목과 같이 꿋꿋한 의지의 사람이 되기 위해서 수양을 해야겠습니다.

4월 1일

≪신동아≫, 1933.05. pp.135~136. [필자명은 '沈熏']

낙화

이왕 한 번은 떨어져야 할 숙명을 타고 피었기로 사쿠라처럼 하루아침에 활짝 피었다가 성미 조급하게 재[灰]처럼 날러버리는 것은 너무 매정스럽습니다. 그렇다고 들국화 무궁화같이 서리를 맞으면서도 시들새들 하도록 피어 있어 모질고 악세게 목숨을 보전하는 것도 꽃의 체면이 아니외다.

더구나 착상 위에 꺾어다 꽂은 '살구꽃'이나 '복숭아꽃' 모양으로 남몰래 가냘픈 향기를 놓다가 봉접도 한 번 영접해 보지 못한 채 잎잎이 시들어서는 열매를 맺을 가망도 없이 무참히 떨어지는 것은 보기에 너무나 가엾습니다.

무릇 하늘에 반짝이는 별과 같이 지구 위를 곱다랗게 장식하는 온갖 화초 중에 연꽃만치 깨끗하고 염려하면서도 감히 손을 대지 못하리만치 기품이 담아하게 그리고 향기까지 그윽한 꽃이 또 어디 있으리까. 하필 도연명(陶淵明)에게만 연꽃의 감정을 맡길 것이오리까? 연꽃은 떨어지기조차 곱게 합니다. 천재의 요절과 같이 그 꽃잎이 싱싱한 채로 떨어져서는 장난감 쪽배와 같이 연못의 잔잔한 물결 위로 바람을 따라 뒤뚱거리면서 떠돌아다닙니다. 즐거웠던 시절의 자취와 청춘의 꿈을 싣고 떠돌아다닙니다. 소리 없이 떠내려갑니다.

그 꽃잎은 이울기는 했을망정 낙화는 아닙니다. 아이들이 짓밟고 비로

쓸어 버려서 인생으로 하여금 허무를 느끼게 하는 꽃의 잔해는 아닙니다. 비록 속절없이 흩어지기는 했으나 옛날 번화롭던 색채와 고운 용모를 그대로 간직하고 유유자적하게 청청한 연잎 사이로 떠돌아다니는 것을 보고, 그 뉘라서 그것이 꽃이 아니라 하오리까?

나는 연꽃을 사랑합니다. 그 최후까지 성성하고 고요한 것을 더욱 사랑합니다.

나는 일직이 강남(江南), 항주(杭州)에 유학할 때 서자호반(西子湖畔)에 넋을 잃고 앉아서 황혼을 적시는 빗소리를 들으며 백련(白蓮), 홍련(紅蓮)의 무수한 낙화를 보았습니다. 인생도 조만간 한 번은 죽고야말 운명을 타고 났거든 저 연꽃과 같이 늙어 꼬부라지기 전에 죽을 것이라 하였습니다. 숭고한 감격에 싸여서 고요히 숨이 끊어졌으면 하였습니다. 몇 번이나 나의 운명 때를 생각해보았습니다.

1933.4.30.

🙂 《신가정》, 1933.06. pp.179~180. [필자명은 '沈熏'. '낙화수필집'이라는 특집에 심훈 외 6명의 글과 함께 수록되어있음.]

나의 아호(雅號)·나의 이명(異名)

'대섭(大燮)'이란 본명은 불러서 음향은 과히 나쁘지 않으나 '大'자는 3획인데 '燮'자는 19획이나 되어서 써놓아도 어울리지 않고 도장을 새겨도 중간이 허해서 보기에 흉하다. 더구나 중국 어느 군벌 내각의 외교총장을 지낸 '왕대섭(汪大燮)'이와 성까지 비슷하여서 자미가 적었다. 뿐만 아니라 나는 삼형제 중 말제(末弟)인데 내 이름에 큰 '大'가 떡 붙은 것이 약간 불손한 느낌도 없지 않았다.

그러나 거금 9년 전 ≪동아일보≫에 「탈춤」이라는 영화소설을 처음으로 발표하게 되었을 때 별다른 이유 없이 본명을 쓰기가 싫어서 덮어놓고 자전을 뒤지다가 '熏'자를 발견하였다. 이래 '沈熏'이란 이름을 본명과 같이 써왔다. 친우 중에도 '熏'을 '薰'으로 오기(誤記)하는 사람이 있으나 풀 향기 '薰'자가 아니요 고서(古書)에 '熏熏然'이라는 형용사로도 쓰는 더울 '熏'자다. '沈'은 본시 잠길 '침'이니 침착을 의미하고 '熏'은 정열과 혁명을 상징하는 듯도 한데 두 글자를 합하면 언뜻 보기에 '침중(沈重)'과도 방불하여 안존하고 치밀치 못한 나의 성격의 단처를 자잠(自箴)하는 의미가 내포되었다고도 볼 수가 있다. 이러한 이유답지 않은 이유로 써 온 것이 근래에는 '大燮'보다도 '熏'이라는 별명을 아는 사람이 많게 되었다.

소년시대에는 '금강샘'이니 '금호어초(琴湖漁樵)'니 하는 '아호(雅號)(?)'를 지어 사방에 낙서를 하였었으나 '금강샘'을 지금까지 기억하는 사람은 박월탄(朴月灘) 1인밖에 없고 혹시 '백랑(白浪)'이라고 익명처럼 쓰기도 하나 그것은 중국 유학 당시에 달밤에 뛰노는 전당강(錢塘江)의 물결을 보고 낭만적 기분으로 지은 것이다. 말하자면 '백랑'이 나의 별호(別號)다.

≪동아일보≫, 1934.04.06. [필자명은 '沈熏']

산도, 강도 바다도 다

산도 좋고 강도 좋고 바다도 또한 좋습니다. 초열(焦熱) 지옥 같은 삼복 중의 도회지를 떠나서 만년적설의 은령(銀嶺)을 정복하는 것은 여간 상쾌할 것이 아닙니다. 조선으로 치면 백두산 같은 데 올라가 천지반(天池畔)에 지팡이를 던지고 펄썩 주저앉아서 눈 아래로 삼산오악(三山五岳) 백동천학(百洞千壑)을 굽어보며

"백두산석(白頭山石)은 마도진(磨刀盡)이요 두만강파(豆滿江波)는 음마무(飮馬無)"를 하고 목청껏 불러보았으면 그 남성적 장쾌미(壯快味)가 비길 데 없을 것입니다. 그렇지 않으면 하늘이 아니 보이도록 울울창창한 송백림 속에 풍경 달린 추녀 끝이 보일 듯 말 듯 한 절간으로 찾아들어가 독경참선(讀經參禪)으로 위세(僞世)의 진연(塵烟)을 깨끗이 털고 오직 염불의 삼매경 속에서 인간의 백팔번뇌를 잊어 보는 것도 아무나 다 흉내 내기 어려운 노릇일 것입니다.

그러나 이것도 저것도 못할 처지인 사람에게 있어서는 개짐만 차고는 뛰어들 수 있는 강물의 유혹이나 받을 밖에 없겠지요. 친구와 더불어 보트 두어 척을 빌려 타고 옥스포드나 캠브리지 대학생의 놀음을 하다가 교각(橋脚)에 충돌 전복되어 물 되나 조이 켜보는 것도 약간 위험성은 있으나 여름다운 행락의 하나일 것이외다.

그렇지 않으면 주붕(酒朋)들과 작반하여 근교로 나가서 잠방이 바랑으

로 쟁이질로 단물고기를 잡으면서 천변의 버드나무의 매미 소리를 듣는 것도 낙조창홍(落照蒼紅)에 낚대를 드리우고 앉은 노옹(老翁)의 유한(悠閑)한 심경은 따르지 못할망정 천렵에도 비선비속(非仙非俗)의 아취가 없을 것은 아니외다. 더구나 끄리, 메기, 쏘가리 같은 펄펄 뛰는 물생선의 은린(銀鱗)을 주머니칼로 달아서 백사장에 냄비를 걸고 고추장에 지글지글 끓여 놓고 촌 주막에서 오지병에 막걸리를 받아다가 돌려가며 병나발을 부는 것도 흥취 없는 일이라고 할 수 없습니다.

그러나 청춘에게 있어서 여름 한철 살 곳은 바다라고 생각합니다. 내가 헤엄치기를 좋아하는 탓인지는 모르나 우리에게 건강을 주구 모험성적(冒險性的) 호연지기(浩然之氣)를 길러주는 것은 오직 바다입니다. 바다 중에는 물결 푸른 동해 그러나 원산(元山) 등지는 시끄럽고 도회취(都會臭) 에로취(臭)가 분분하여 자미 적고 내가 아는 범위 안에서는 홍원(洪原)의 송도(松島) 부근이 가장 좋을 듯합니다. 밤에는 바위 속에서 자면서 몽테크리스트 백작의 꿈을 꾸고, 배고프면 해변으로 달려 나가서 소라 전복 같은 것을 움켜다가 생념(生念)하며 로빈슨 탐험기를 실지로 체험해 보다가 백사장에 시커멓게 꺼른 육체를 굴리며

"東海の小島の磯の白沙に われ泣き濡れて 蟹さ戯る."

하고 탁목(啄木)의 명구(名句)도 읊어보면서 고요히 사색과 명상에 잠겨보는 것도 결코 해롭지 않습니다. 그리하여 등동고이서소(登東皋以舒嘯)하고 임청류이부시(臨淸流而賦詩)하는 것이 반드시 문인 묵객(墨客)만이 할 노릇이며 지로 하이네와 바이런만이 목구멍에 정열을 끓으며 읊을 시경(詩境)이리까.

저 자신이 묘창해지일속(渺滄海之一粟)이면서도 바다 저편에 떨어지는

태양이라도 삼킬 듯이 호호탕탕(浩浩蕩蕩)한 바다 한복판에 몸을 던져 수평선을 향하여 기운차게 헤엄을 쳐서 사지를 쭉쭉 뻗으며 나가는 통쾌미란 실로 비길 데가 없는 것이외다.

젊은이여 바다로 나가라! 그 가슴을 바다와 같이 열고 우주라도 껴안을 듯한 기개를 기르라!

대륙의 한 귀퉁이에 맹장과 같이 달라붙은 조그만 반도 속에서 서로 재그락거리지만 말고 이 땅의 젊은이여 모름지기 바다를 배우라!

34. 6월 1일

≪신동아≫, 1934.07. pp.171~172. [필명은 '沈熏'. 이 글은 '여름의 추억: 생각나는 곳, 좋아하는 곳'이라는 특집에 장덕조, 任貞爛, 朴謙淑, 李軒求, 李濟明, 박경호, 許然, 李應洙, 李大容, 金永義, 洪翼範 등과 함께 참여하여 쓴 것임.]

7월의 바다에서

1 흰 구름이 벽공에다 만물상을 초 잡는 그 하늘을 우러러 보아도 맥파만경(麥波萬頃)에 굼실거리는 청청한 들판을 내려다보아도 백주(白晝)의 우울을 참기 어려운 어느 날 오후였다. 나는 조그만 범선 한 척을 바다 위에 띄웠다. 붉은 돛을 달고 바다 한복판까지 와서는 노도 젓지 않고 키[舵]도 끊지 않았다. 다만 바람에 맡겨 떠내려가는 대로 내버려 두었다.

나는 뱃전에 턱을 괴고 앉아서 부유(蜉蝣)와 같은 인생의 운명을 생각하였다. 까닭 모르고 살아가는 내 몸에도 조만간 닥쳐올 죽음의 허무를 미리 다가 탄식하였다.

서녘 하늘로부터는 비를 머금은 구름이 몰려 들어온다. 그 검은 구름장은 시름없이 떨어뜨린 내 머리 위를 덮어 누르려 한다.

배는 아산만(牙山灣) 한가운데에 떠 있는 '가치내'라는 조그만 섬에 와 닿았다. 멀리서 보면 송아지가 누운 것만한 절해의 고도다.

나는 굴 껍데기가 닥지닥지 달라붙은 바위를 짚고 내렸다. 조수가 다녀나간 자취가 뚜렷한 백사장에는 새우를 말리느라고 멍석을 서너 닢이나 깔아 놓았다. 꼴뚜기와 밴댕이 같은 조그만 생선이 섞인 것을 헤쳐보려니 비릿한 냄새가 코를 찌른다.

'이 외로운 섬 속에도 사람이 사나 보다.'

나는 탐험이나 하듯이 길로 우거진 잡초를 헤치고 인가를 찾아 섬 가운데로 들어갔다.

넓고 넓은 바닷가에 오막살이 집 한 채
고기 잡는 아버지와 철모르는 딸 있다
내 사랑아 내 사랑아 나의 사랑 클레멘트
늙은 아비 홀로 두고 영영 어디 갔느냐

어려서 부르던 노래를 휘파람 섞어 부르며 뱀이 지나간 자국만치 꼬불
꼬불한 길을 따라 언덕으로 올라갔다.

과연 집이 있다! 하늘을 꿰뚫을 듯 열 길이나 까마아득하게 솟아 오른
백양목 그늘 속에서 게딱지 같은 오막살이 한 채를 발견하였다.

'저기서 사람이 살다니, 무얼 먹고 살까?'

나는 단장을 휘두르며 내려갔다. 추녀와 땅바닥이 마주 닿은 듯한 그
나마도 다 쓰러져가는 초가집 속에서 60도 넘어 보이는 노파가 나왔다.
쑥방석 같은 머리를 쓰다듬어 올리면서 맨발로 나오더니

"아 어디서 사시는 양반인데… 이 섬 구석엘 이렇게 찾아 오셨시유?"
하고 바로 이웃집에서 살던 사람이나 만난 듯 얼굴의 주름살을 펴면서
나를 반긴다.

"여기서 혼자 사우?"

나는 그 노파가 말을 잊어버리지 않은 것을 이상히 여길 지경이었다.

"아들허구 손주새끼허구 살어유."

"아들은 어디 갔소?"

"중선으로 준치 잡으러 갔슈."

노파는 흐릿한 눈으로 아득한 바다 저편을 건너다본다. 그 정기 없는 눈동자에는 무한한 고적에 속절없이 시들어가는 인생의 낙조가 비치지 않는가! 백양목 윗가지에는 바람이 씽씽 분다. 이름도 모를 물새가 흰 날개를 펼치고 그 위를 난다.

"쓸쓸해서 어떻게 사우?"

나는 저절로 한숨이 쉬어졌다.

"여북해야 인간 구경두 못 허구 사나유. 농사처가 떨어져서 죽지 못해 이리루 왔지유."

나는 차마 더 묻기 어려워 머리를 숙이고 돌아서는데 노파는 무슨 생각을 했는지 침침한 부엌 속으로 들어간다. 수숫대로 엮은 울타리 밖에는 마늘과 파를 심었다. 북채만한 팟종에는 씨가 앉아 알록달록한 나비가 쌍쌍이 날아다닌다. 조금 있자

"이거나 하나 맛보시유."

하는 소리가 등 뒤에서 들렸다. 돌아다보니 노파는 손바닥만한 꽃게 하나를 들고 나왔다. 내 어찌 이 불쌍한 노파의 친절을 물리치랴, 나는 마당 구석에 가 쭈그리고 앉아서 짭짤한 삶은 게 발을 맛있게 뜯었다. 그대로 돌아설 수가 없어 백동전 한 푼을 꺼내어 한사코 아니 받는 노파의 손에 쥐어주고 나왔다.

'아아, 인생의 쓸쓸한 자태여!'

나는 속으로 부르짖으며 그 집 모퉁이를 돌아 나오는데 등 뒤에서

"응아— 응아—."

어린애 우는 소리가 들렸다.

 1회, 1934.07.16.

② '어린애가 우는구나! 그 늙은이의 손주가 우나 보다.'

나는 발을 멈추었다. 불현듯 그 어린애의 얼굴이 보고 싶었다. 한 번 안아보고 싶은 충동을 억제할 수 없어 발을 돌렸다. 토굴 속 같은 방 속에서 어머니의 젖가슴에 달라붙어 젖을 빠는 것은 이 집의 옥동자였다. 그 침침한 흙방 속이 이 어린애의 흰 살빛으로 환하게 밝은 듯.

"나 좀 안아봅시다."

나는 손을 내밀었다. 살이 삐죽삐죽 나오는 베옷 한 벌로 앞을 가린 젊은 어머니는 부끄러워 머리를 들지 못한다. 노파는

"이 더러운 걸."

하며 손주를 젖에서 떼어다간 내 팔에 안겨준다.

어린 것은 젖살이 포동포동하게 오른 사지를 바둥거리며, 내 얼굴을 말끄러미 쳐다본다. 울지도 않고 낯도 가리지 않고 반가운 인사나 하는 듯 무어라고 옹알거린다. 고사리 같은 손으로 내 손가락을 제 힘껏 감아쥐고는 놓지를 않는다.

까만 눈동자의 별같이 영롱함이여! 조그만 코와 입 모습의 예쁨이여!

나는 가슴에 옮겨드는 어린 생명의 따스한 체온에서 떨어지기 어려웠다. 이 고도(孤島)의 어린 주인을 떼치고 차마 발길을 돌릴 수 없었다.

바다 위에는 저녁 바람이 일어 성낸 물결은 바윗돌에 철썩철썩 부딪친다. 내 얼굴에는 찬 빗발이 뿌리고 백양목은 더 한층 처창(悽愴)한 소리를 내며 회색빛 하늘을 비질한다.

내가 그 집에서 나오자, 어린애는 다시 울었다. 걸어오면서도 배를 타면서도, 등 뒤에서 "응아— 응아—" 하는 소리가 바람결을 따라 들렸다. 머리 위에서 어린 물새의 우는 소리조차, 그 어린애의 애처로운 울음소

리인 듯

◇

'그 어린애가 잘 자라는가.'

'그들은 그저 그 섬 속에서 사는가.'

그 뒤로 나는, 바람 부는 아침 눈 오는 밤에, 몇 번이나 베갯머리에서 이름도 모르는 그 어린아이가 병 없이 자라기를 빌어 주었다.

그 애처로운 울음소리가 언제까지나 내 귓바퀴를 돌며 사라지지 않았던 것이다.

그 뒤로 1년이란 세월이 꿈결같이 흘렀다. 며칠 전에 나는 마을의 젊은 친구들과 함께 숭어 잡는 구경을 하려고 나갔다가 '가치내' 섬으로 뱃머리를 돌렸다.

그 노파와 젊은 며느리는 전보다도 갑절이나 반가이 나를 맞아 주었다. 그들은 1년에 한두 번 사람 구경을 하는 것이 가장 큰 기쁨인 듯….

그러나 어린애는 눈에 뜨이지 않는다.

"어린애 잘 자라우?"

하고 묻는데 때 묻은 적삼 하나만 걸친 발가숭이가 토방으로 엉금엉금 기어 나오지 않는가. 작년에 내가 대접에 받은 꽃게 발을 뜯어 먹으며 두 눈을 깜박깜박하고 우리 일행을 쳐다본다.

"오오 네가 벌써 이렇게 컸구나!"

나는 그 어린애를 끌어안고 해변을 거닐었다. 어린애는 1년 동안에 몰라보도록 컸다. 오래 안아주기가 힘이 들만치나 무거웠다.

…그날은 바다 위에 일점풍(一點風)도 없었다. 성자(聖者)의 임종과 같이 수평선 너머로 고요히 넘어가는 태양을 바라보며 나는 석조(夕照)에

타는 허공에 막걸리 사발을 높이 들었다. 이 외로운 섬 속 쓰러져 가는 오막살이 속에서도 우리의 조그만 생명이 자라나고 있지 않은가. 그 어린 생명이 교목(喬木)과 같이 상록수와 같이 장성하는 것을 생각할 때 한없이 쓸쓸한 우리의 등 위가 든든해지는 것을 느껴지지 않는가!

34년 첫여름 당진(唐津)서

🤓 2회, 1934.07.18.

🤓 ≪조선중앙일보≫, 1934.07.16~18. [필자명은 '沈薰'. 이 글은 '散文詩' 란에 게재되었음.]

필경사잡기(筆耕舍雜記)

: 최근의 심경을 적어 K우(友)에게

"우리의 붓끝은 날마다
흰 종이 위를 갈[耕]며 나간다.
한 자루의 붓 그것은
우리의 장기[犁]요 유일한 연장이다.
거칠은 산기슭에 한 이랑[畝]의 화전(火田)을 일려면
들뿌리와 나무 등걸에 호미 끝이 부러지듯이
아아 우리의 꿋꿋한 붓대가
그 몇 번이나 꺾였었던고!"

이것은 3년 전에 출판을 하려 하던 [5자 부득이 略] 시집 원고 중 「필
경(筆耕)」이란 시의 제1연이다. '필경사'란 그 시의 제목을 떼어다가 이른
바 택호(宅號)를 삼는 것이다.

        ×

하늬바람 쌀쌀한 초겨울 아침부터 내리든 세우(細雨)에 젖은 흰 돛 붉
은 돛이 하나 둘 간조(干潮)된 아산만(牙山灣)의 울퉁불퉁하게 내민 섬들
사이를 아로새기며 꿈속같이 떠나려간다.

이것은 해변의 치송(稚松)이 에두른 언덕 위에 건좌손향(乾座巽向)으로

앉은 수간초려(數間草蘆). 그 중에도 나의 분방한 공상의 세계를 가두고 독서와 필경(筆耕)에 지친 몸을 쉬이는 서재의 동창(東窓)을 밀치고 내어다 본 1934년 11월 22일 오후의 경치다.

×

당진읍(唐津邑)에서도 40리나 되는 부곡리(富谷里)란 마을은 서울서 불과 200리라 하건만 전보가 이삼일 만에야 통상우편과 함께 배달되는 벽지의 궁촌이다.

▲ 住近溢江地低濕 黃蘆孤竹繞宅生

이 고장의 풍물이 백낙천(白樂天)의 적거(謫居)하던 심양강두(潯陽江頭)와 비슷하다고 할까. 깊은 밤 툇마루에 홀로 앉았으면 눈앞에 아물거리는 어둠과 함께 우주의 적막이 온통 나의 좁은 폐 속으로 숨어드는 듯 무서운 고독감에 온 몸이 떨릴 때가 있느니만치 모—든 도회의 소음과 온갖 문화의 시설과는 완전히 격리된 원시지대인 것이다.

▲ 其間朝暮聞何物 杜鵑啼血哀狂鳴

그러나 두견(杜鵑) 대신에 밤에도 산비둘기가 꾹꾹꾸루룩하고 청승스럽게 울고 원숭이는 없으나 닭의장을 노리는 여우와 삵아지가 횡행한다. 가두의 축음기점에서 흘러나오는 비속한 유행가와 라디오 스피커를 울려 나오는 전파의 잡음으로 안면(安眠)이 방해될 염려는 조금도 없는 일 테면 별유천지다.

×

참새도 깃들일 추녀 끝이 있는데 가의무일지(可依無一枝)의 생활에도 인제는 그만 넌덜머리가 났다. 그래서 일생일대의 결심을 하고 『직녀성』의 원고료로 (빚도 많이 졌지만) 엉터리를 잡어 가지고 풍우을 피할 보금자리를 얽어놓은 것이 위에 적은 자칭 '필경사'다.

칠 원짜리 셋방 속에서 어린 것과 지지고 볶고 그나마 몇 달씩 방세를 못 내서 툭하면 축출 명령을 받아가며 마음에 없는 직업에 노명(露命)을 이어갈 때보다는 맥반총탕(麥飯葱湯)일망정 남의 눈치 보지 않고 끓여먹고 저의 생명인 시간을 제 임의로 쓰고 티끌 하나 없는 공기를 마음껏 마시는 자유나마 누리게 되기를 벼르고 바란 지 무릇 몇 해였던가.

                ×

내 무슨 지사(志士)어니 국사를 위하여 발분하였는가. 시불리혜(時不利兮)하여 유사지적(幽師志的) 강개(慷慨)에 피눈물을 뿌리면 일신의 절조나마 지키고자 백골이 평안히 묻힐 곳을 찾아 이곳에 와 누운 것이면 그야말로 한운야학(閑雲野鶴)으로 벗을 삼을 마음의 여유나 있을 것이 아닌가.

동창이 밝았느냐 노고지리 우지진다
소 치는 아해놈은 상기 아니 일었느냐
재 넘어 사래 긴 밭을 언제 갈려 하느니.

내 무슨 태평성대의 일민(逸民)이어니 삼십에 겨우 귀가 달린 청춘의 몸으로 어느 새 남구만(南九萬) 옹의 심경을 본떠 보려 함인가. 이 피폐한 농촌을 음풍영월(吟風咏月)의 대상을 삼고저 일부러 당진 구석으로 귀양살이를 온 것일까.

내 무슨 은일군자(隱逸君子)어니 인생의 허함과 세사(世事)의 무상함을 활연대오(豁然大悟)하였던가. 매화로 아내를 삼고 학으로 아들을 삼아 일생을 고산(孤山)에 은루(隱樓)하던 송나라 처사 임포(林逋)를 흉내 내고자 하루저녁 서회(舒懷)할 벗은커녕 말동무조차 없는 이 한미한 조선의 서촉(西蜀) 땅에 칩거하는 것인가.

×

벌써 십여 년 전이다. 내가 중국 항주(杭洲)에 유학할 때 서자호반(西子湖畔)에 있는 임화정(林和靖)(逋의 字)의 무덤 앞에 죽장을 멈추든 생각이 난다.

화정(和靖)의 7세손 되는 홍(洪)의 저서인 『산가청사』에 의하면 당시 그의 생활은

"舍三·寢一·讀書一·治藥一·後舍二·一儲酒穀·列農具山具·一安僕役庖瘤·稱是·童一·婢一·園丁二·犬十二足·驢四蹄·牛四角." 이었다 하니 이 임처사(林處士)에 비하면 심처사(沈處士)의 생활은 실로 10 대 0이다. 내 소유라고는 밭 한 뙈기 논 한 마지기도 없는 것은 천하 주지의 사실이다. 사일(舍一), 처일(妻一), 자이(子二) 이외에 톡톡 털어도 주머니 속에서는 희연(囍煙) 부스러기밖에 나올 것이 없는데 처자나마 나의 사유재산이 아닌 바에야 실로 손꼽을 거리도 되지 못한다.

×

나는 생어장(生於長)을 서울서 한 지라 외모와 감정까지 '서울놈'을 못 면한다. 철두철미 놀고먹는 도회인의 타입인 것을 나 스스로 인정한다. 그러나 낙오자라고까지 저를 부르고 싶지는 않으나 도회에서 뜻을 이루지 못한 것은 숨길 수 없는 사실이다.

피천 셸 닢도 없는 놈이 도회에서 명맥을 보전하려면 첫째 바지런하고 참새 굴레를 씌울 만치나 약아서 백령백리(百怜百悧)해야 하고 월급쟁이면 중역이나 간부의 보비위(補脾胃)를 하는 술책과, 무슨 사업이라고 해 보려면 돈 있는 자에게 무조건하고 고두백배(叩頭百拜)하는 별다른 오장(五臟)을 가져야 하고 권력 있는 자에게는 아유구용하는 심법(心法)과 허리가 곡마단의 계집애처럼 앞으로 착착 휘는 재조를 습득해야만 할 뿐 아니라, 겸하야 눈뜬 놈 코 베어 먹는 천재가 구비되어야만 비로소 입신 양명을 할 수 있은 만고에 변함이 없는 진리요 철칙이다.

그렇건만 나는 성격상 이 위의 여러 가지 조건 중에 하나도 들어맞는 것이 없다. 구렁이 제 몸 추듯이 나 자신을 개결한 선비요 청렴강직한 인물이라고 생각하는 것은 아니나 아무튼 천생으로 게을러 빨랑빨랑하지 못하고 이를 탐하는 데 눈이 밝지 못하고 돈 없어 아쉬운 줄은 알면서도 돈 자세하는 놈을 보면 속이 메스꺼워 입에 군침이 돌고 권세 있는 자의 앞에서는 고분고분하기는커녕 산도야지처럼 목덜미 뻣뻣해진다. 그래서 한 고주(雇主)를 꾸준히 섬기지 못하고 수 틀리면 누구 앞에서나 불평을 토하고 심지어 심술을 뿔끈뿔끈 내는 밥 빌어먹을 성미 때문에 이 토박(土薄)한 시골구석으로 조밥 보리밥을 얻어먹으려고 그야말로 남부여대하고 기어든 것이다. 그러니 반드시 공명이나 명예감에 담박하기 때문에 도회에서 미끄러진 것도 아니니 내 일이면서도 무가내하(無可奈何)다.

◇

도회는 과연 나의 반생에 무엇을 끼쳐 주었는가! 술과 실연과 환경에 대한 유감과 생에 대한 권태와 그리고 회색의 인생관을 주었을 뿐이다. 나 어린 로맨티스트에게 일찌감치 세기말적 기분을 길러주고 의지가 굳지 못한 휘뚝휘뚝하는 예술청년으로 하여금 찰나적 향락주의에 침윤케 하고 활사회(活社會)에 무용의 장물(長物)이요 실인생(實人生)의 부유층(蜉蝣層)인 창백한 인텔리의 낙인을 찍어서 행려병자와 같이 아스팔트 바닥에다가 내어 버리려 들지 않았던가.

…그러나 아직도 양심만은 마비되지 않아서 남들과 같이 팸플릿 조각을 밀수입해 가지고 일찌감치 프로 행상을 나설 용기조차 내지를 못하였던 것이다.

◇

나는 어려서부터 문예에 뜻을 두었었다. 시를 쓰는 체 각본을 꾸미는 체하고 영화 박이는 흉내도 내고 여러 해 보람 없는 저널리스트 노릇을 하다가 최근에는 엉뚱하게 적어도 3, 4만 독자를 상대로 하는 신문에 서너 차례나 장편소설을 쓰고 있다. 바늘구멍으로 약대를 끄집어내려는 대담함에 식은땀이 등어리를 적심을 스스로 깨다를 때가 많다. 동시에 더욱이 문예의 길이란 가시밭을 맨발로 밟고 나가는 것이나 다름없이 간난(艱難)한 것을 깨달았다. 이 길을 개척하고자 하면 소질과 본분이야 있고 없고 간에 적어도 한 십년하고 살을 저미고 뼈를 깎아내는 듯한 노력과 수련을 쌓는 시기가 있어야 비로소 제일보를 내어디딜 수가 있을 것이다. 그러나 생래로 방랑성을 다분히 타고난 나는 소년시기로부터 거의 장년기에 이르는 오늘날까지 그 정신생활에 있어서도 비현실적인 몽환경(夢幻境)을 더듬으며 헤매어 왔다. 앞길에 일정한 목표를 세우지 못하고 비틀걸음을 치는 자에게 진심한 행동이 있을 수 없다. 위대한 작품이 나오기를 바랄 수 없다.

◇

이미 때는 늦었다. 그러나 이제부터라도 과거의 하루살이적 생활을 청산하고 머릿속의 신기루를 내 주먹으로 깨트리고 발 박을 낙지의 흡반과 같이 흙 위에 붙이고 일어서야만 할 것을 저 자신과 약속하고 또한 맹세한 것이다!

어줍지 않은 사회봉사 입에 발린 자기희생 그리고 어떠한 주의에 노예가 되기 전에 맨 먼저 너 자신을 응시하여라! 새로운 생활에 말뚝을 모래성 위에 꽂지 말고 질척질척한 진흙 속에다가 박아라. 떡메질을 해서 깊이깊이 박아라!

"다년간 생활고를 맛보면서 꿈꾸던 이기적인 고독한 생활 속으로 은둔한 것이다. 몇 주의 수목이 듬성듬성 선 화원에 에워싸인 수간두옥과 아내의 소일거리인 조그만 계사(鷄舍)와 야채 재배의 취미를 가진 그의 일편의 토지를 이러서 그들이 부르주아적인 열반 속으로 들어간 것은 철도의 수가 승합마차보다도 적고 인류는 석유등 아래서 꿈을 꾸고 전신이 인생 최고의 발명을 대표할 때였다."

이것은 프라스코 이바니에스의 단편 「키스」를 읽다가 미고소(微苦笑)를 금치 못한 일절이다.

그러나 나는 이기적인'고독한 생활을 영위하려는 것도 아니요 또한 중세기적인 농촌에 아취가 생겨서 현실을 도피하려고 '필경사' 속에다가 청춘을 감금시킨 것이 아니다.

다만 수도원의 수녀와 같이 무슨 계획을 꾸미다가 잡혀가서 근 십년 독방 생활을 하는 셈만 치고 도회의 유혹과 소위 문화지대를 벗어나 다시금 일개의 문학청년으로 돌아가려는 것이다. 비록 일단사표음(一簞食瓢

飮)의 생활이라도 내 손으로 지탱해 나가면서 형극의 길을 제일보로부터 고쳐 걸으려는 것이다.

≪개벽≫, 1935.01. pp.6~10. [필자명은 본문에 '沈熏', 잡지 목차에 '沈薰'이라고 되어 있음.]

여우목도리

어느 관청에서 고원 노릇을 하는 최 군은 보너스 경기(景氣)에 불려 파해 나오는 길에 동료들과 오뎅(おでん) 집에서 고뿌 술을 서너 잔이나 마셨다.

'일금 2원 50전야'를 뜯긴 덕택에 거나하게 취해서 일부러 비틀걸음을 치며 집으로 돌아왔다. 집이라야 7원짜리 남의 집 곁방이지만 오늘 저녁만은 시꺼먼 판장문이 솟을대문만치나 드높아 보였다.

"밥 다 됐수?"

목소리도 전에 없이 컸다.

"왜 인제 오서요? 또 술 잡쉈구료?"

침침한 부엌 속에서 나올망정 저녁 화장을 곱다랗게 하고 맞아들이는 아내의 얼굴은 첫날밤만치나 어여뻐 보였다.

"아암 한 잔 하구 말구, 오늘 같은 날 맨숭맨숭하게 지낼 수야 있나."
하고 최 군은 툇마루에 가 펄썩 주저앉았다. 아내는 구두끈을 끄르다가 옆집에 들리지 않도록

"상여금 탔죠?"
하고 은근히 묻는다.

"응, 탔지. 탔어."

최 군은 양복 안 포켓에서 배가 불룩한 누렁 봉투를 꺼내더니, 자랑스

러히 흔들어 보인다.

"얼마?"

"20할."

"애개―, 단 20환…?"

아내는 낭판이 떨어지는 눈치다.

"예―끼, 바―보. 월급의 20할이니까 90원이야. 90원. 그만 셈수두 못 친담."

최 군은, 옴폭하게 우물진 아내의 볼을 손가락으로 꼭 찔렀다.

아내는 90원이란 말만 들어도 흐뭇한 듯이, 방으로 따라 들어와 외투를 벗겨주다 말고 은행꺼풀 같은 눈을 깜박이더니

"오늘이 무슨 날인지나 아세요?"

하고 남편의 불콰―한 얼굴을 빤히 쳐다본다.

"상여금 탄 날이지, 무슨 날이야."

하다가 최 군은, 벽에 붙은 일력을 멀거니 쳐다보더니

"아, 참!"

하고 그제야 깜짝 놀라 무릎을 탁치며

"1주년 기념이구료!"

그는 부르짖듯 하고 생그럽게 아내의 어깨를 껴안는다.

"일력을 보구야 깨닫을 허시니 참 장하시군요."

아내는 금세 뾰로통해졌다.

"설마 결혼한 날짜야 잊어버렸을 리가 있나. 저― 두 말 말구 나갑시다."

"저녁을 다해놨는데, 나가긴 어딜 나가요?"

"오늘 저녁만은 먹구 싶은 거 실컷 먹구, 사구 싶은 건 뭐든지 사줄 테니…. 자, 어서 어서 어서!"

최 군은 윗목에 식지를 덮어놓은 밥상을 발길로 밀어놓고, 아내가 옷을 갈아입기가 무섭게 떠다밀듯 하면서 골목 밖으로 나왔다.

얼근한 판이라, 남의 집 귀한 딸을 데려다가 엄동설한에 손등이 터지도록 고생을 시키는 것이 새삼스럽게 가엾은데, 더구나 첫 아기를 밴 생각을 하니, 내일은 삼수갑산을 갈지언정, 상감님 감투 사러가는 돈이라도 수중에 있고만 보면 흥청망청 쓰고 싶었다.

양식집에서 정식을 먹으면서도 최 군은 정종을 서너 도쿠리나 마셨다. "장비야 내 배 다칠라" 하는 듯이 떡 버티고 큰 길로 나와, 눈이 부시도록 전등불이 휘황한 백화점으로 아내를 앞세우고 썩 들어섰다.

백화점 속은 인산사태가 밀린 듯한데, 어깨로 간신히 사람의 물결을 헤치고 맨 먼저 귀금속을 파는 데로 갔다.

"반지 사료?"

직업을 얻기 전에 집세에 몰려, 결혼반지를 잡혔다가 떠내려 보낸 생각을 한 것이다.

"…."

아내는 머리만 짤래짤래 흔든다.

"그럼 우데마낀?"

팔뚝시계는 월전에 고쳐준다고 끼고 다니다가 어느 카페에서 술값으로 쳐 맡기고 여태 찾지를 못했다.

"…."

아내는 여전히 고개를 끄덕이지 않는다.

"그럼 위층으로 올라갑시다."

내외는 쌍나란히 승강기를 탔다. 최 군은 핸드백이나 코티 분 같은 화장품이나 사려나 보다—하고 별배처럼 뒤를 따르는데 아내는 이것도 저것도 다 마다고 모물(毛物)을 늘어놓은 진열장 앞에 가 발을 멈춘다.

수달피, 너구리털, 여우털 목도리가 수없이 걸렸는데, 기생퇴물인 듯한 조바위를 쓴 여자가 서넛이나 여우목도리를 흥정하고 섰다.

아내는 층층이로 크고 작은 여우꼬리를 차례차례 쓰다듬어도 보고 뺨을 갖다 대고 살그머니 비벼도 본다. 그러다가 누런 빛깔은 맘에 들지 않은 듯, 둘레둘레 둘러보더니 진열장 꼭대기의 유리갑 속으로 시선이 달렸다. 기다란 꼬리를 서리고 쭈그리고 앉은 짙은 회색바탕에 은빛이 도는 커다란 짐승을 가리키며 콧소리를 섞은 응석조로

"나 저거어."

하고 추파를 던지듯이 남편을 할낏 돌아다본다.

"저겁쇼? 저건 은호(銀狐)올시다."

점원은(정말 살 테냐)는 듯이 여자 손님이 아래위를 슬쩍 훑어보고는 은호 목도리를 두 손으로 받들어 내려놓는다.

"거 얼마요?"

"5백 원이올시다."

"응? 5백 원?"

최 군은 취중에도 입이 딱 벌어졌다. 꼬랑지에 정가표가 붙은 것을 뒤집어 보니 ¥500이 틀림없다.

최 군은 하도 엄청나서 벌린 입을 다물지 못한 채 슬그머니 아내의 눈치를 살폈다.

무안에 취한 듯 귀밑까지 빨개져가지고 머리를 폭 수그리고 선 그 모양!

"그럼 저건 얼마요?"

"35원이올시다."

아내는 점원이 꺼내는 여우가 겨우 족제비만한 것을 곁눈으로 보고

"난 갈 테예요!"

하고 싹 돌아선다. 그러나 최 군은 남편인 체면상, 또는 여러 손들과 점원의 눈앞에서 그대로 돌아서기에는, 고무풍선처럼 부풀어 오른 자존심이 허락을 하지 않았다.

"여보, 그럼 은호는 만져나 보구 저 눔이나 사 두르구 갑시다."

최 군은 용기를 백배나 내어 중간치쯤 되는 80원짜리를 끌어내려, 정가표를 떼어 던졌다. 그리고는 상여금을 봉투를 꺼내어 거꾸로 들고 훌훌 털었다.

학생시대부터 두르던 때 묻은 목도리는, 최 군이 싸들고, 어슬렁어슬렁 뒤를 따르는데, 아내는 유리로 해박은 노—란 눈깔이 유난히 반짝이는 여우에게, 그 하—얀 모가지가 휘감겨, 인제야 평생소원을 풀었다는 듯이 백화점 문을 나섰다.

전차에서 내려 집으로 올라가려니, 북악산 석벽을 깎으며 내려지르는 찬바람에, 최 군은 술이 번쩍 깨었다. 양복바지에 손을 찔러보니 은전 서너 닢과 백동전 몇 푼이 절그럭거릴 뿐….

'제—기, 외투하구 양복 월부는 어떡한담.'

혼자 중얼거리며 뒤통수를 긁었다. 두 달씩이나 상여금 핑계만 하고 밀려 내려오던 싸전과 반찬가게며 나무장 앞을 죄진 놈처럼 고개를 폭

수그리고 지나쳤다.

아내는 의기양양해서 구두 뒤축이 일어서라 하고 골목 쪽으로 달랑 거리며 들어가는데 몸이 출석거리는 대로 목에 휘감긴 누—런 짐승이 꼬리를 살래살래 내젓는다.

최 군은 어쩐지 여우에게 홀린 것 같았다. 아내가 목도리에 홀린 것이 아니라, 저 자신이 두 눈을 뜬 채 정말 여우한테 홀려서, 으슥한 골짜구니로 자꾸만 들어가는 것 같았다.

1월 17일

≪동아일보≫, 1936.01.25. [필자명은 '심훈'. 이 글은 '인생 스케치'란에 실림.]

문인끽연실

　어느 친구가 이러한 글 한 짝을 백지에 모필(毛筆)로 정성스러이 써서 보내주었습니다. 추사(秋史)의 진필(眞筆)을 본떠서 보내보라고…

　數竿修竹三間屋
　幾卷新書一樹花

《중앙》, 1936.02. [이 글은 '문인끽연실'이라는 기획란에 이태준 등과 함께 참여하여 작성한 것임.]

322　심훈 전집 1

필경사잡기(筆耕舍雜記)

① 단재(丹齋)와 우당(于堂) (1)

단재(丹齋) 경칭(敬稱)을 붙이지 못함이 우선 서글프다가 이역(異域)의 옥사(屋舍) 차디찬 시멘트 바닥에 넘어진 채, 가족의 얼굴도 알아보지 못하고 마지막 숨을 거두었다 한다. 신문에 난 사진 앞에 묵묵히 머리를 숙이기 이삼 분! 그러나 입이 다물어진 거와 같이 이 붓도 애도의 사(辭)나마 마음대로 적지 못함을 어찌하랴.

그가 모년기(牡年期)에 박은 듯한 중국옷을 입은 사진을 들여다보고 앉아있자니, 바로 엊그제인 듯이 머릿속에 떠오르는 몇 토막의 추억이 있다.

그가 불세출의 천재요, 사학계의 지보(至寶)요, (수년 전 ≪조선일보≫에 연재되던 『상고조선사(上古朝鮮史)』의 원고를 내 손으로 취급해 본 적이 있었다.) 겸하야 유명한 악필임을 보아서도 매우 괴벽한 성격의 주인공인 줄은 짐작하였으나 나는 그의 친지(親知)도 붕배(朋輩)도 아닌 구상유취(口尙乳臭)다.

◇

기미년(己未年) 겨울 옥고를 치르고 난 나는 어색한 청복(淸服)으로 변장하고 봉천을 거쳐 북경으로 탈주하였었다. 몇 달 동안 그곳에 두류(逗

留)하며 연골에 견디기 어려운 풍상을 겪다가 성암(醒庵)의 소개로 수삼 차 단재를 만나 뵈었는데 신교(新橋) 무슨 호동(胡同)엔가에 있는 그의 우거(寓居)에서 며칠 저녁 발칫잠을 자면서 가까이 그의 성해(聲咳)를 접하였었다.

감명 깊은 그의 말씀도 예서는 약할 수밖에 없었다. 그 당시 그는 사십이삼 세의 장년이었는데 원체 문명을 높이 들었을 뿐 아니라 금강산 단풍 구경보다도 몽고사막풍(蒙古砂漠風)에 흉금을 펼치고 싶다고 한만치, 기골이 늠름한 ××가로 알았던 것과는 딴판으로, 남산골샌님처럼 그 체구와 풍모가 옹졸하여서, 전형적의 충청도 양반으로 고리삭은 선비로구나— 하는 첫 인상을 받았었다. 그가 저술에 전심할 때에는 처자의 존재까지도 잊어버리고, 한번 독서에 잠념(潛念)하면 며칠씩 세수도 아니한다는 선문(先聞)을 들어서 그랬었는지는 모른다. 그러나 내 눈이 유치하나마 지척에 그를 대하야 관찰을 거듭할수록, 기우(氣宇)에 떠도는 정채(精彩)와 샛별같이 빛나는 안광(眼光)이마, 추상(秋霜)같이 쌀쌀한 듯하면서도, 춘풍으로써 접인(接人)하는 태도가, 평범한 인물이 아닌 것만은 넉넉히 짐작할 수 있었다.

◇

그때 마침 ≪천고(天鼓)≫라는 잡지를 주간하였었는데, 희미한 등하(燈下)에서 모필(毛筆)로 붉은 정간을 친 원고지에다가, 철야집필(徹夜執筆)하는 것을 목도하였다. 그 창간사인 듯 "천고, 천고여, 한번 치매 무슨 소리가 나고, 두 번 뚜드리매 어디가 울린다"는 의미의 글인 듯이 몽롱하게 기억되는데, 한 구절 쓰고는 소리 높여 읊고, 몇 줄 또 써내려가다가는 붓을 멈추고 무릎을 치며 위연(喟然)히 탄식하는 것이, 마치 글에 실진한 사람같이 보였다. 붓끝을 놀리는 대로 때 묻은 '면포자(棉袍子)'의 소매가 번쩍거리는데, 생각이 막히면 연방 엽초(葉草)에 침칠을 해서 말아서는 태워 물고 뻐끔뻐끔 빤다. 그러다가 불시에 두 눈에 이상한 측광이 지나가는 동시에, 수제품 송연(宋煙)을 아무데나 내던지며 일변 붓에 먹을 찍는다. 나는 그 생담배 타는 연기에 몇 번이나 기침을 하였었다.

어느 날은 황혼 때에 찾아가니까 그는 캉[炕] 위에 기대어 좀이 설은 고서를 펴든 채 꾸벅꾸벅 좌수(坐睡)를 하고 있었다. 부처님 손가락처럼 벌린 왼손에는 예(例)의 엽초를 말아서 피우는 것이 끼워있는데, 저 홀로 타들어간 뽀_얀 재가, 한 치[寸] 길이나 됨직 하였다….

◇

지금으로부터 육칠 년 전 여름날 저녁이었다. 나는 어떠한 일로 박산파(朴産婆)(고인의 후취부인 慈惠 씨)를 그의 인사동 곁방살이 하는 집으로 찾아간 적이 있었다. 옥중의 소식을 묻고 가족들이 고생하는 이야기를 들으며 창연히 앉았는데 박 부인이

"아무튼 저거나 잘 길러야 할 텐데요"

하고 침침한 방 한구석을 가리키며 돌려다보니 미목(眉目)이 청수(淸秀)한 사내아이가 벽에 기대어 꼬박꼬박 졸고 앉아있다. 그 얼굴을 자세히 들여다보던 내 입에서는

"어쩌면 저렇게 아버지를 닮았을까?!"

하는 한마디가 부지중에 새어나왔다. 해사한 얼굴의 전형이며 이목구비가 단재를 조그맣게 뭉쳐놓은 것 같은데 앉아서 꼬박꼬박 조는 그 모양이란! 십여 년 전 북경서 책을 펴들고 좌수(坐睡)하던 아버지 그대로였다.

◇

수범(秀凡)아, 나는 오늘 신문을 보고서야 비로소 네 이름을 알았다. 네 나이 어느덧 열여섯이니 지각이 날 때가 되었구나?

수범아, 너무 서러워하지 말아라. 나는 너의 뼈와 핏속에 너의, 어르신네의 재(才)와 절(節)이 섞였을 것을 믿는다!

1회, 1936.03.12.

② 북경서 지내던 때의 추억을 더듬자니 나의 한 평생 잊히지 못할 또 한분의 선생님 생각이 난다. 그는 수년 전 대련(大連)서 칠십 노구를 자수(自手)로 쇠창살에 매달려 이미 고혼(古魂)이 된 우당(于堂) 선생이다.

나는 맨 처음 그 어른에게로 소개를 받아서 북경으로 갔었다. 부모의 슬하를 떠나보지 못하던 십구 세의 소년은 우당장(于堂丈)과 그 어른의 영식인 규용(奎龍) 씨의 친절한 접대를 받으며 월 여를 묵었었다. 조석으로 좋은 말씀도 많이 듣고 북만에서 고생하시던 이야기며 주먹이 불끈불끈 쥐어지는 소식도 거기서 들었는데 선생은 나를 막내아들만치나 귀여워해주셨다. 이따금 소고기를 사다가 볶아놓고 겸상을 해서 잡수시면서

"어서 먹어. 집 생각 말고"

하시다가 내가 전골냄비에 밥을 푹 쏟아서 탐스럽게 먹는 것을 보시고는

"옳지. 사내 숫기가 그만이나 해야지."

하시고 여간 만족해하시는 것이 아니었다. 그러나 내가 연극 공부를 하려고 불란서 같은 데로 가고 싶다는 소망을 들으시고는 강경히 반대를 하였다.

"너는 외교가가 될 소질이 있으니 우선 어학에 정진하라."

고 간곡히 부탁을 하였다. (무슨 일이 다 되는 줄 알았던 때였지만…)

"이마(李媽)!"

하고 중국인 하녀를 부르시던, 서울 양반의 악센트가 붙은 음성이 지금도 귀에 쟁쟁하지만, 어느 날 아침은 세수한 뒤에 못에 걸린 수건이 얼른 떨어지지를 않아서, 앉은 채로 부——ㄱ 잡아내려 찢는 것을 보시고

"사람이 그렇게 성미가 급하면 못 쓰느니라."

고 꾸짖으시며 일부러 커다랗게 눈을 부릅떠 보이시던, 그 인자하신 눈! 그 눈동자는 바로 책상머리에서 뵙는 듯하다.

◇

그러나 나는 몹시도 외로웠다. 막내아들이라 응석받이로 자라던 나는, 허구한 날 집 생각만 하였다. 남에게 눈물을 보이지 않으려고 변소에 가서 울기를 몇 번이나 하였었다. 그 당시에 「고루(鼓樓)의 삼경(三更)」이라고 제(題)한 신시 비슷한 것이 있기에 묵은 노트에 먼지를 털어본다.

눈은 쌓이고 쌓여

객창(客窓)을 길로 덮고

몽고바람 씽씽 불어

왈각달각 잠 못 드는데

북이 운다. 종이 운다.

대륙의 도시 북경의 겨울밤에.

　　×

화로에 메췰도 꺼지고

벽에는 성애가 슬어
창 위에도 얼음이 깔린 듯.
거리에 땡그랑 소리 들리잖으니
호콩장수도 고만 얼어 죽었다.

×

입술 꼭 깨물고
이 한밤만 새우고 나면
집에서 돈표 든 편지나 올까.
만퉈 한 조각 얻어먹고
긴긴밤을 달달 떠는데,
고루(鼓樓)에 북이 운다.
떼—ㅇ 떼—ㅇ 종이 운다.

1919.12.19일

◇

　　두 달 만에야 식비가 와서, 나는 우당 댁을 떠나서 동단패루(東單牌樓)
에 있는 공우(公寓)로 갔다. 허구한 날 도야지 기름에 들볶아주는 음식에
비위가 뒤집혀서, 조반을 그대로 내보낸 어느 날 아침이었다. 뜻밖에 양
털을 받친 '마괘(馬掛)'를 입고 모발이 반백이 된 노신사 한 분이 양차(洋
車)를 타고 와서 나를 심방하였다. 나는 어찌나 반가운지 한 달음에 뛰어
나가서 벽돌 바닥에 두 손을 짚고 공손히 조선 절을 하였다. 그리고 노인
이 손수 들고 들어오시는 것을 받아들었다. 그 노인은 우당 선생이셨고
내 손에 옮겨 들린 조그만 항아리에서는 시큼한 통김치 냄새가 끼쳤다.

◇

눈 감고 손 꼽으니 벌써 십유육년전(十有六年前). 그동안 나는 일개 정신적 룸펜으로 전전하여 촌진(寸進)과 척취(尺就)가 없다가 근년에는 오로지 미염(米鹽)의 자(資)를 얻기 위하여 매문(賣文)의 도(徒)가 되어버렸다. 단재의 부(訃)를 접한 오늘, 풍운이 창밖에 뒤설레는 깊은 밤에 우당 노인의 최후를 아울러 생각하니 내 마음 울분에 터질 듯하여 조시(弔詩) 몇 구를 지었다. 그러나 그나마 발표할 길 없으니

　"수극본빙시견흥(愁極本憑詩遣興)

　시성음영전처량(詩成吟詠轉凄凉)"

을 두 번 세 번 읊을 뿐….

2회, 1936.03.13.

③ 봄은 어느 곳에

벌써부터 신문에는 봄 '춘(春)'자가 푸뜩푸뜩 눈에 띤다. 꽃송이가 통통히 불어 오른 온실 화초의 사진까지 박아내서 아직도 겨울 속에 칩거해 있는 인간들에게 인공적으로 봄의 의식을 주사하려한다. 노염(老炎)이 찌는 듯한 2학기 초의 작문시간인데 새까만 첨판(添板)에 백묵으로 커다랗게 쓴 '추(秋)'자를 바라다보니 그제야 비로소 가을이 온 듯싶더라는 말을 내 질녀에게 들은 법한데 오늘 아침은 "어제 오늘 서울은 완연한 봄이외다"라고 쓴 편지의 서두를 보고서야 창밖을 유심히 내어다 보았다. 먼 산을 바라다보고 앞바다를 내려다보나 아직도 이 시골에는 봄이 기어든 자

329

취를 찾을 수 없다. 산봉우리는 백설을 인 채로 눈이 부시고 아산만(牙山灣)은 장근 두 달 동안이나 얼어붙어 발동선의 왕래조차 끊겼다. 그러다가 요새야 조금 풀려서 성애장이 떠밀려다니는 것이 보기만 해도 무시무시한데 어젯밤 눈바람에 시달리던 뜰 앞에 꽃나무에는 떨어지다 남은 잎사귀가 앙상한 가지에 목을 매어단 채 바들바들 떨고 있다. 도야지 우리 위에 웅성거리고 앉은 까치 두어 마리도 털이 까—칠한 것이 아직도 추위를 털어버리지 못한 듯.

그러나 어쩐지 봄은 내 신변으로 스며들고 있는 것 같다. 오줌장군을 짊어진 이웃집 머슴들이 보리밭으로 출동하고 땅바닥의 잔설이 햇살이 퍼지기가 무섭게 녹기 시작하는 것이 눈에 띄어서 그런지, 아무튼 앞으로는 봄이 나와 친분이 두터워질 것 같다.

◇

양지바른 책상머리에 정좌하여 수년 전 출판하려다가 붉은 도장 투성이가 되어 나온 시집을 몇 군데 뒤적이는데, 「토막생각」이란 제목 아래에 이런 구절이 튀어나왔다.

오관(五官)으로 스며드는 봄
가을바람인 듯 몸서리 처진다.
조선 팔도 어느 구석에 봄이 왔느냐.

그렇다. 삼천리 어느 구석에 봄이 왔는지 모른다. 사시장철 심동(深冬)과 같이 춥고 침울한 구석에서, 헐벗은 몸이 짓눌려만 지내는 우리 족속은, 봄을 잃은 지가 이미 오래다. 아무리 따스한 햇발이 이 땅 위에 내려 쪼이고, 풀솜 같은 바람이 산천초목을 어루만져도, 우리는 마음의 봄과 등지고 사는 것이 엄연한 사실이다. 우리의 감각은 새봄을 새롯이 느끼고 즐겨하기에는, 목석과 같이 무디어진 것이 또한 사실임에야 어찌 하랴.

　불 꺼진 화로를 헤집어 담배꼬투리를 찾아내듯이
　식어버린 정열을 더듬어 보는 봄 저녁.

　피리소리도 들리지 않는데, 엉덩춤부터 추려는 것도 가소로운 일이려니와, 나지 않는 춘흥(春興)을 억지로 불러일으키려는 자도, 가엾은 어릿광대다. 작별 없이 지나간 청춘은, 방정맞은 소조(小鳥)와 같이 한번 앉았던 가지[枝]로 다시 돌아올 줄 모르고, 성냥불처럼 확 하고 켜졌던 정열은, 재가 되고 먼지로 화하여 자취 없이 사라진다.
　그러나, 다시금 돌아오지 못할 그 시절임으로써, 빛깔 없이 보낸 지난날이 더욱 그립고, 커졌던 그 시간이 야속하게도 짧았기 때문에, 싸늘한 재무더기에다가 다시 한 번 불을 피워보고 싶은 것이다.
　　　　　◇
　그러나 나는 '혹시나' 하고 새봄의 맥박을 짚어보려 한다. 일부러 나의 청춘을 조상(弔喪)치 않으려하고, 억지로라도 우리의 환경을 비관치 않으려 한다. 그것은 졸시(拙詩)에 이러한 끝 구절이 있기 때문이다.

　몇 백 년이나 묵어서
　구녁 뚫린 고목에도

가지마다 파릇파릇
새 움이 돋아나네.
뿌리마저 썩지 않은 줄이야
파보지 않은들 모르리.

🙂 3회, 1936.03.14.

④ 이월 초하룻날

이월 초하루는 머슴의 설날이라 한다. 남의 논마지기를 얻어하거나, 밥술 먹는 집의 머슴노릇을 해서, 농노의 생활을 하는 그네들이 일 년에 한 번 실컷 먹고 마시고 마음껏 뛰노는 날이, 이 이월 초하루다.

아침부터 밤이 이슥토록 아래윗마을에서 징, 꽹과리, 새납, 장구 같은 풍물을 불며 두드리는 소리가 끊일 사이 없이 들린다. 그네들이 '두레'를 노는 광경은 『상록수』 중에도 묘사한 바 있어 약(畧)하지만, 아직도 눈이 풀풀 흩날리는 그믐밤, 고등(孤燈) 아래서 종이 위에 펜을 달리면서, 바람결에 가까이, 또는 꿈속같이 은은히 들려오는 그 소리를 들으면, 미상불 향토적 정서에 사로잡히게 된다. 그러나 낮에 그네들이 뛰놀던 정경을 눈앞에 그려보면, 다시금 우울증이 북받쳐 오르는 것을 억제할 수 없다.

　◇

이 궁벽한 해변 산촌에 수간모옥을 짓고, 죄 없는 귀양살이를 하게 된 후로, 다만 고적과 벗을 삼고 지내기 이미 만 삼 년이나 되었다. 비록 "구아조즐난위청(嘔啞嘲哳難爲聽)"일망정, 산가(山歌)와 촌적(村笛)나마 그리워서, '두레'꾼들과 어울려 다니며 막걸리 사발도 얻어먹고, 춤추는 흉내도 내어보았다.

첫해에는 누더기를 벗지 못한 머슴꾼들이, 헌털뱅이 패랭이를 쓰고 곤댓질을 해서 긴 상무를 돌리며, 호적가락 꽹과리 장단에 요두전목(搖頭轉目)을 하는 것이며, 신명이 나서 개구리처럼 뛰노는 것이, 남양(南洋)의 토인부락으로나 들어간 듯, 야만인종의 놀음 같아 보였다.

그러더니 그 다음에는, '두레'는 농촌 오락으로 없지 못할 것같이 생각되었다. 좀 더 규모를 크게 하고 통제 있게 놀도록 지도, 장려하고 싶었다. 그러다가 금년에 와서는 '두레'를 보는 관중이 변했다. 조석으로 만나고 사이좋게 지내던 아래윗동리가, 합하기만 하면 반드시 시비가 나고, 시비 끝에는 싸움으로 끝을 맞춘다. 그것은 유식무식 간에 두세 사람만 모여도 자그락거리고, 합심단결이 되지 못하는 조선 놈의 본색이라, 씨알머리가 밉기도 하려니와, 한편으로 돌이켜 생각하면 가엾기가 짝이 없다. 배를 실컷 불린다는 날 집집으로 돌아다니며 얻어먹은 것이라고는, 끽해야 두부쪽 콩나물대가리에 도야지죽같이 틉틉한 막걸리뿐이다.

평소부터 영양부족에 걸린 그네들은 그나마 걸더듬을 해서 그 술을 마시고, 걸신이 들린 것처럼 그 거친 음식을 어귀어귀 틀어넣는다. 그러고는 온 종일 두드리고 뛰놀면서 온 동내(洞內)를 돌아다니고 나니, 알코올 기운은 그네들의 장자(腸子)와 단순한 신경을 자극시켜서, 악성으로 취하게 한다. 곤죽이 되도록 취하고 나니, 대수롭지 않은 일에 충돌이 되고, 평소의 불평이 폭발되면 유혈의 참극까지도 연출하게 되는 것이다.

◇

오늘 저녁에는 주막거리에서 그런 광경을 보다 못해서 달려가 뜯어 말렸다. 몇 %밖에 아니 되는 알코올 기운을 이기지 못해서 두 눈이 만경을 한 것처럼 개개 풀렸는데 시척 건드리기만 해도 픽픽 쓰러지는 그네들의 육체는 흡사히 말라빠진 북어를 물에다 불려놓은 것 같다.

그러나 그네들의 혈색 없는 입은 "우리에게 육체와 정신의 영양을 달라."고 부르짖을 줄을 모른다. 자기네의 빈곤과 무지를 아직도 팔자 탓으로만 돌릴 뿐.

오오 형해(形骸)만 남은 백만, 천만의 숙명론자여! 그대들은 언제까지나 그 숙명을 짊어지고 살려는가? 중추신경이 물러앉은 채로 그 누구를 위하여 대대손손이 이 땅의 두더지 노릇을 하려는가?

😊 4회, 1936.03.15.

5 적권세심기(赤拳洗心記)

마당에 엿장수가 왔다. 가위소리를 들은 어린놈이 귀가 번쩍 띄어서 사랑방으로 화닥닥 뛰어 들었다.

"아버지 엿장수 왔어."

"응."

"나 엿 사줘."

"응, 응."

원고 쓰기에 몰두한 아비는 코대답만 하니까 어린놈은 대들어 아비의 머리를 꺼두르고 붓을 빼앗아 던진다.

"가만있어. 사줄게."

하면서도 아비는 무슨 혼신이 썬 사람처럼 붓을 집어 들고 쓰던 글을 계속하려 한다.

엿장수는 바로 창 밑까지 와서 쩔그렁쩔그렁 가위소리를 낸다.

어린것은 고만 떼가 나왔다.

"어서 사줘. 어서어서 왜 엿장수 오면 사준댔지."

재촉이 성화같다가 나중에는 발버둥질을 치고 몸부림을 땅땅한다. 나는 하는 수 없이 붓을 던지고 호주머니를 뒤졌다. 지갑은 물론 책상서랍을 열어보고 안방으로 건너가 머릿장, 경대서랍까지 들들 뒤져도 일전 한 푼이 나오지를 않는다.

"아―니 일전 한 푼이 없어?"

남편은 화가 더럭 나서 소리를 버럭 질렀다.

"십이 전밖에 없던 거 엊저녁에 석유 사지 않았어요?"

아내의 목소리는 송곳 끝 같다. 심청 사나운 엿장수는 대문간까지 와서 엿목판을 열어 뵈는데 어린 것은 손가락을 물고 들여다보다가 고만 비죽비죽 울기를 시작한다.

"내 내일 장에 가서 과자 사다줄게 울지 마, 응 울지 마라."

달래도 타일러도 어린것은 말을 아니 듣는다. 아비는 정말 골딱지가 나서

"여―라 요놈의 자식!"

하고 우는 놈의 귀퉁이를 쥐어박았다. 어린것은 그만 통곡이 나왔다. 아내는

"동냥도 안주고 쪽박 깨트려 보낸다더니 엿 한 푼어치 못 사주면서 그 애가 뭘 잘못했기에 손찌검까지 한단 말이요"

하고 자식 역성을 뿌옇게 한다.

게다가 젖 떨어진 둘째 놈은 영문도 모르고 귀가 따갑도록 울어 싸니 집안은 그만 난가(亂家)를 이루었다.

◇

엿장수는 무색해서 엿목판을 짊어지고 집 모퉁이로 돌아갔다. 어린것을 무릎 위에 앉히고 눈물을 씻겨주며 꾀송꾀송 달래는 아비의 속은 부글부글 끓는 것 같다. 아무튼 솥 붙이고 살림을 하는 집안에 단 일전 한 푼이 없어 소동을 일으킨다는 것은 스스로도 곧이가 들리지 않거니와 생활의 책임을 진 소위 가장으로서의 위신과 면목이 일시에 땅에 떨어진 생각을 하니 분하기 짝이 없다.

이놈의 현실에서 서투른 붓끝을 놀려 호구를 하려는 것도 애당초에 망령된 생각이거니와 빈약한 머릿속을 박박 긁고 때로는 피를 쥐어짜듯 해서 창작을 한 것이 겨우 담뱃값밖에 아니 될 때 책상이고 잉크병이고 우지끈우지끈 부숴버리고 싶다. 그러면서도 청빈한 문사로서의 자존심을 가지려는 염치가 개를 보기도 부끄러운 때가 있다.

"반소식음수(飯蔬食飮水)하고 곡굉이침지(曲肱而枕之)라도 낙역재기중(樂亦在其中)"이라고 한 이천 년 전의 안연(顔淵)의 얼굴이 보고 싶다. 문학도 예술도 다 귀찮고 발바닥만 핥고도 산다는 곰[熊]의 신세가 부럽다. 무엇보다도 공기만 마시고 냉수만 먹고도 경변(硬便)을 보는 재조를 배우고 싶다.

◇

없거든 씻은 듯 부순 듯이 없어라. 문학대로 '적빈여세(赤貧如洗)'함이 오히려 뱃속이나 편할는지는 모른다. 더러운 재물이 덕지덕지 붙은 것보다는, 책상머리에 두 손 싹싹 부비고 앉은 사람이, 오히려 천공해윤(天空海潤)의 심경을 가질 수 있는지도 모른다.

"울지 마 우리 착한 애기 울지 마, 이것 써 보내서 돈 오거들랑 과자 사줄게. 미루꾸 사줄게. 응응."

6 조선의 영웅

우리 집과 동성이 하나를 격한 야학당에서 종치는 소리가 들린다. 우리 집 편으로 바람이 불어오는 저녁에는 아이들이 떼를 지어 모여 가는 소리와 아홉시 반이면 파해서 흩어져가며 재깔거리는 소리가 들린다.

이틀에 한 번쯤은 보던 책이나 들었던 붓을 던지고 야학당으로 가서 둘러보고 오는데 금년에는 토담으로 쌓은 것이나마 새로 지은 야학당에 남녀아동이 팔십 명이나 들어와서 세 반에 나누어 가르친다. 물론 오 리 밖에 있는 보통학교에도 입학하지 못하는 극빈자의 자녀들인데 선생들도 또한 보교를 졸업한 정도의 청년들로 밤에 '가마니'떼기라도 치지 않으면 잔돈푼 구경도 할 수 없는 처지에 있는 사람들이다. 그러나 그네들은 시간과 집안 살림을 희생하고 하루 저녁도 빠지지 않고 와서는 교편을 잡고 아이들과 저녁내 입씨름을 한다. 그중에는 동절(冬節)에 보리밥을 먹고 보리도 떨어지면 시래기죽을 끓여먹고 와서는 이팝이나 두둑이 먹고 온 듯이 목소리를 높여 글을 가르친다. 서너 시간 동안이나 칠판 밑에 꼿꼿이 서서 선머슴 아이들과 소견 좁은 계집애들과 아귀다툼을 하고

337

나면 상체의 피가 다리로 내려 몰리고 허기가 심해져서 나중에는 아이들의 얼굴이 돋보기안경을 쓰고 보는 듯하다고 한다. 그러한 술회를 들을 때 그네들을 직접으로 도와줄 시간과 자유가 아울러 없는 나로서는 양심의 고통을 느낄 때가 많다.

◇

표면에 나서서 행동하지 못하고 배후에서 동정자나 후원자 노릇을 할 수밖에 없는 처지에 놓여있기 때문에 곁의 사람이 엿보지 못할 고민이 있다. 그네들의 속으로 벗고 뛰어들어서 동고동락을 하지 못하는 곳에 시대의 기형아인 창백한 인텔리로서의 탄식이 있다.

나는 농촌을 제재로 한 작품을 두어 편이나 썼다. 그러나 나 자신은 농민도 아니요 농촌운동자도 아니다. 이른바 작가는 자연과 인물을 보고 느낀 대로 스케치 판에 옮기는 화가와 같이, 아무 것에도 구애되지 않는 자유로운 처지에 몸을 두어, 오직 관조의 세계에만 살아야 하는 종류의 인간인지는 모른다. 또는―눈에 보이는 그대로의 현실세계에 입각해서, 전적 존재의 의의를 방불케 하는 재조가 예술일는지도 모른다.

◇

그러나 물 위의 기름처럼 떠돌아다니는 예술가의 무리는, 실사회에 있어서 한군데도 쓸모가 없는 부유층(蜉蝣層)에 속한다. 너무나 고답적이요 비생산적이어서 몹시 거추장스러운 존재다. 시각의 어느 한 모퉁이에서 호의로 바라다본다면 세속의 누(累)를 떨어 버리고 오색구름을 타고서 고왕독맥(孤往獨驀)하려는 기개가 부러울 것도 같으나, 기실은 단 하루도 입에 거미줄을 치고는 살지 못하는 나약한 인간이다. "귀족들이 좀 더 잰체하고 뽐내지 못하는 것은, 저이들도 측간(厠間)에 오르기 때문이다"라고 뾰족한 소리를 한 개천(芥川)의 말이 생각나거니와, 예술가라고 결코 특수부락의 백성도 아니요 태평성대의 일민(逸民)도 아닌 것이다.

◇

적지 아니 탈선이 되었지만 백 가지 천 가지 골치 아픈 이론보다도 한 가지나마 실행하는 사람을 숭앙하고 싶다. 살살 입술발림만 하고 턱밑의 먼지만 톡톡 털고 앉은 백 명의 이론가 천 명의 예술가보다도 우리에게는 단 한 사람의 농촌청년이 소중하다. 시래기죽을 먹고 겨우내 "가갸거 겨"를 가르치는 것을 천직이나 의무로 여기는 순진한 계몽운동자는 히틀러, 무솔리니만 못지않은 조선의 영웅이다.

나는 영웅을 숭배하기는커녕 그 얼굴에 침을 뱉고자 하는 자이다. 그러나 이 농촌의 소영웅들 앞에서는 머리를 들지 못한다.

그네들을 쳐다볼 면목이 없기 때문이다.

6회, 1936.03.18.

* ≪동아일보≫, 1936.03.12~18. [필자명은 '沈熏'. 이 글은 총6회에 걸쳐 연재된 글이며 5개의 소제목으로 이루어져 있음

무전여행기

: 북경에서 상해까지

    1921년 2월 싯누런 먼지를 섞은 몽고바람이 북국의 눈을 몰아다가 객기(客機)의 들창 밑까지 수북이 쌓아놓은 어느 날 이른 아침, 나는 북경의 정양문역(正陽門驛)을 떠났다. 북경대학의 문과를 다니며 극문학을 전공하려던 나는 양포자(樣包子)를 기다랗게 늘이고 허리가 활등처럼 구부러진 혈색 없는 대학생들이 동양차(東洋車)를 타고 통학하는 것을 보니 홍지(鴻志)를 품고 고국을 탈출한 그 당시의 나로서는 그네들의 기상이 너무나 활달치 못함에 실망치 않을 수 없었다. 그뿐 아니라 희곡 같은 과정을 상급이나 되어야 1주일에 겨우 한 시간쯤 그것도 셰익스피어나 입센의 강의를 할 뿐인 것을 그 대학의 영문과에 수학 중이던 장자일(張子一) 씨에게서 듣고 두 번째 낙심을 하였다. 그러던 차에 불란서 정부에서 중국 유학생을 환영한다는 '××'라는 것이 발기되어 유학생을 모집하는데 조선 학생도 입적만 하면 갈 수 있다는 소식을 듣고 작약하였다. 하루 몇 시간 노동만 하면 공부를 할 수 있다니 그야말로 천재일우의 호기회를 놓치고 말 것인가?

    예술의 나라인 불란서 일류의 극장과 화려무비한 오페라 무대를 몽상하여 며칠 밤을 밝히다시피 하였다.

    "아무튼 배가 상해에서 떠난다니 그곳까지 가자!"

하고 부르짖으며 주먹을 쥐었다. 그러나 그 주먹은 일분전(一分錢)도 쥔 것이 없었다. 재유동포(在留同胞)들에게 백방으로 탄원을 하여 돌아다닌 끝에 박간송(朴澗松) 씨의 희사를 받아 진포선(津浦線)의 기차표를 사가지고 무작정하고 차에 올랐다. 쿠리(苦力)나 입는 푸르뎅뎅한 두루마기로 혈혈단신을 두르고 손에는 조그만 고리짝 하나를 들었을 뿐. 차표를 사고 남은 돈은 겨우 대양(大洋) 이 각(角)!

중원의 복판을 뚫는 경한선(京漢線)으로 포구까지 가려면 이주야(二晝夜)는 걸린다. 포구서 내려 양자강을 건너 남경을 거쳐서 상해까지 가야 할 사람의 주머니에 단돈 이 각밖에 없다니 나에게는 큰 모험이었다.

[발표지면을 확인하지 못함. 여기서는 『심훈문학전집 (3)』(탐구당, 1966)에 수록되어 있는 미완고를 재수록함.]

독서욕

인생의 온갖 욕망 중에 독서욕처럼 죄 없고 고결한 욕망은 없을 것이다. 돈이 없어서 아쉬운 줄은 알면서도 남의 주머니 속을 넘겨다보거나 남의 땅을 탐내어 본 적은 없어도 좋은 책을 보면 욕심이 부쩍 동한다.

큰 책사의 서가에 진열된 신간서적을 쳐다보고 어루만져 보면서 자기의 소유를 만들지 못하는 슬픔은 크다. 친구의 집에 가면 다짜고짜 서재부터 뒤지는 버릇이 있으면서도 나의 서재가 너무나 빈약한 것을 생각할 때 무슨 무안을 당한 사람처럼 암연(黯然)히 얼굴을 붉힐 때가 많다.

아무리 회가 동하고 군침이 돌아도 낭중에 무일분(無一分)이매 치밀어 오르는 심화를 꿀꺽 참으려면 슬그머니 도둑질이라도 하고 싶은 충동까지 받는다.

읽고 싶은 책을 읽고 싶은 때에 마음대로 사볼 수 있는 사람은 가장 행복한 사람같이 생각된다.

[발표지면을 확인하지 못함. 여기서는 『심훈문학전집 (3)』(탐구당, 1966)에 수록되어 있는 미완고를 재수록함.]

부 록

1901년(1세) 9월 12일(양력 10월 23일) 현 서울 동작구 노량진과 흑석동 부
　　　근(어릴 때 본적지는 경기도 시흥군 신북면 흑석리 176)에서 아버지
　　　심상정(沈相珽)과 어머니 해평 윤씨(海平尹氏)의 3남 1녀 중 막내로
　　　태어났다. 본명은 대섭(大燮)이며, 아명(兒名)은 '삼준', '삼보', 호(號)
　　　는 소년 시절 '금강생', 중국 항주 유학시절의 '백랑(白浪)' 등이 있다.
　　　'훈(熏)'이라는 이름은 1926년 ≪동아일보≫에 영화소설 「탈춤」을 연
　　　재하면서 사용했다(이후 많은 글에서 필자명이 '沈薰'으로 기록된 경
　　　우가 있는데 이는 편집자의 실수로 보인다).

　　　심훈의 본관은 청송(靑松)으로 소헌왕후를 배출한 명문가였다. 부
　　　친은 당시 '신북면장'을 지냈으며, 충남 당진에서 추수를 해 올리는 3
　　　백석 지주로서 넉넉한 살림이었다. 어머니 윤씨는 기억력이 탁월했으
　　　며 글재주가 있었고 친척모임에는 그의 시조 읊기가 반드시 들어갔
　　　을 정도였다고 한다. 4남매 가운데 맏형 우섭(友燮)은 ≪매일신보≫
　　　에서 '심천풍(沈天風)'이란 필명으로 기자활동을 했으며 이광수『무정』
　　　(1917)에서 신우선의 모델로 알려져 있다. 누님 원섭(元燮)은 크리스
　　　천이었다고 하며, 작은 형 설송(雪松) 명섭(明燮)은 기독교 목사로 활
　　　동했으며 심훈의 미완 장편『불사조』를 완성(『심훈전집 (6): 불사조』
　　　(한성도서주식회사, 1952)한 것으로 알려져 있는데 한국전쟁 중에 납
　　　북되었다.

1915년(15세) 교동보통학교를 거쳐 같은 해에 경성 제일고등보통학교(현 경
　　　기고등학교)에 입학했다. 졸업 후의 지망은 의학교였으며, 당시 급우
　　　(級友)로는 고종사촌인 동요 작가 윤극영, 교육가 조재호, 운동가 박

열과 박헌영 등이 있었다. 보통학교 재학 시 소격동 고모댁에서 기숙했으며, 고보에 입학하면서부터 노량진에서 기차로 통학하고 이듬해부터는 자전거로 통학했다.

1917년(17세) 3월에 왕족인 후작(侯爵) 이해승(李海昇)의 누이이며 2살 연상인 전주 이 씨와 결혼했다. 심훈의 부친과 이해승은 함께 자란 죽마지우라고 한다. 심훈은 나중에 집안 어른들을 설득하여 아내 전주 이 씨를 진명(進明)학교에 진학시키면서 '해영(海英)'이라는 이름을 지어 주었다. 학교에서 일본인 수학선생과의 알력으로 시험 때 백지를 제출하여 과목낙제로 유급되었다.

1919년(19세) 경성보통고등학고 4학년 재학 시에 3·1운동에 가담하여 3월 5일에 별궁(현 덕수궁) 앞 해명여관 앞에서 일본 헌병대에 체포되었고 서대문형무소에 투옥되어 11월에 집행유예로 출옥했다. 이 사건으로 학교에서 퇴학을 당했다. 서대문형무소에서 목사, 학생, 천도교 서울 대교구장 장기렴 등 9명과 함께 지냈는데, 이때 장기렴의 옥사를 둘러싼 경험을 반영하여 「찬미가에 싸인 원혼」(≪신청년≫, 1920.08)이라는 소설을 창작했다. 그리고 옥중에서 몰래 「감옥에서 어머님께 올린 글월」의 일부를 써서 어머니에게 보냈다고 한다. 당시 학적부 성적 사항은 수신, 국어(일본어), 조어(조선어), 한문, 창가, 음악, 체조 등이 평균점보다 상위를, 수학·이과(理科) 등에서 평균점보다 하위를 차지하고 있다.

1920년(20세) 흑석동 집과 가회동 장형 우섭의 집에 머물면서 문학수업을 하는 한편, 선배 이희승으로부터 한글 맞춤법에 대해 배웠다. 이 해의 1월부터 4월까지의 일기가 ≪사상계≫(1963.12)에 공개된 바 있으며, 이후 『심훈문학전집(3)』(탐구당, 1966)에 수록되었다. 그해 겨울 일본 유학을 바랐으나 집안의 반대로 중국으로 갔고 거기서 미국이나 프랑스로 연극 공부를 하고자 희망했다.

1921년(21세) 북경에서 상해, 남경 등을 거쳐 항주 지강(之江)대학에 입학하여 수학하였으나 졸업은 하지 못했다. 이 시기 석오(石吾) 이동녕, 성제(省齊) 이시영, 단재(丹齋) 신채호 등과의 교류를 통해 많은 감화를 받았으며, 일파(一派) 엄항섭(嚴恒燮), 추정(秋汀) 염온동(廉溫東), 유우상(劉禹相), 정진국(鄭鎭國) 등의 임시정부의 청년들과 교류하였다. (이 당시의 경험을 소재로 하여 장편 『동방의 애인』과 『불사조』를 창작함)

1922년(22세) 9월 이적효, 이호, 김홍파, 김두수, 최승일, 김영팔, 송영 등과 함께 '염군사(焰群社)'를 조직하였다.(이듬해에 귀국한 심훈이 염군사의 조직단계에서부터 동참을 한 것인지 귀국 후 가입한 것인지 불분명함)

1923년(23세) 중국에서 귀국. 귀국 후 최승일 등과 '극문회(劇文會)'를 조직하였으며, 조직구성원으로 고한승, 최승일, 김영팔, 안석주, 화가 이승만 등이 있었다.

1924년(24세) 부인 이해영과 이혼했다. ≪동아일보≫ 학예부 기자로 입사하였고 당시 이 신문에 연재되고 있던 번안소설 『미인의 한』의 후반부를 이어서 번안한 것으로 알려져 있다. 그리고 윤극영이 운영하는 소녀합창단 '따리아회' 후원회원으로 활동하면서 신문에 합창단을 홍보하는 활동을 하였다. 이 시기 후에 둘째 부인이 되는, 당시 12세의 따리아회원이었던 안정옥(安貞玉)을 만났다.

1925년(25세) 정확한 시기는 확인할 수 없으나 ≪동아일보≫ 학예부에서 사회부로 옮긴 심훈은 5월 22일 이른바 '철필구락부 사건'으로 24일 김동환·임원근·유완희·안석주 등과 함께 해임되었다. 그리고 조선프롤레타리아예술동맹(KAPF)에 가담하였다. 그리고 조일제가 번안한 『장한몽』을 영화화할 때 이수일 역의 후반부를 대역(代役)했다고 한다.

1926년(26세) 근육염으로 8개월간 대학병원에서 병상생활을 했다. 8월에 문
단과 극단의 관계자들인 김영팔·이경손·고한승·최승일 등과 함께
라디오방송에 적합한 각본 연구 활동을 위하여 '라디오드라마 연구회'
를 조직하여 이듬해까지 활발하게 활동하였다. 11월부터 ≪동아일보≫
에 필명 '沈熏'으로 영화소설 「탈춤」을 연재하였으며 이듬해 영화화
를 위해 윤석중이 각색까지 마쳤으나 영화화되지는 못했다.

1927년(27세) 2월 중순 영화공부를 위해 도일(渡日)하여 경도(京都)의 '일활
(日活)촬영소'에서 무라타(村田實) 감독의 지도를 받으며 같은 회사의
영화 <춘희>에 엑스트라로 출현했다. 5월 8일에 귀국(≪조선일보≫,
1927.05.13.기사)하고 7월에 연구와 합평 목적으로 이구영·안종화·
나운규·최승일·김영팔·김기진·이익상 등과 함께 '영화인회'를
창립하고 간사를 맡았다. '계림영화협회 제3회 작품'으로 심훈(원작·
감독)이 7월말부터 10월초까지 촬영한 영화 <먼동이 틀 때>를 10
월 26일 단성사에서 개봉했다.

1928년(28세) ≪조선일보≫ 기자로 입사하였다. 영화 <먼동이 틀 때>에 대
한 한설야의 비판에 장문의 「우리 민중은 어떤 영화를 요구하는가」
로 반론을 펼치는 등 영화예술 논쟁을 벌였다. 11월 찬영회 주최 '영
화감상강연회'에서 「영화의 사회적 의의」로 강연하기도 했으며 미완
에 그쳤지만 시나리오 <대경성광상곡>, 소년영화소설 「기남의 모험」
등을 연재하는 등 영화예술 활동에 적극적이었다. 1926년 12월 24일
개최된 카프 임시 총회 명부에 심훈의 이름이 보이지 않는 것으로 미
루어 이 시기 이전에 카프를 탈퇴했거나 거리를 둔 것으로 보인다.

1929년(29세) 이 시기 스무 편 가까운 시를 썼다.

1930년(30세) 10월부터 소설 『동방의 애인』을 ≪조선일보≫에 연재하지만
불온하다는 이유로 검열에 걸려 2개월 만에 중단되었다. 12월 24일
안정옥과 재혼하였다.

1931년(31세) ≪조선일보≫를 퇴직하고 경성방송국 조선어 아나운서 모집에 1위로 합격 문예담당으로 입국(入局)하였다. 거기서 문예물 낭독 등을 맡아하다가 '황태자 폐하' 등을 발음할 때 아니꼽고 역겨워 우물쭈물 넘기곤 해서 3개월 만에 추방되었다. 8월부터 『불사조』를 ≪조선일보≫에 연재하지만 검열에 걸려 중단되었다.

1932년(32세) 4월에 평동(平洞) 집에서 장남 재건(在健)을 낳았다. 경제생활의 불안정으로 전 해에 낙향한 부모와 장조카인 심재영이 살고 있는 충남 당진군 송악면 부곡리로 내려가서 본가의 사랑채에서 1년 반 동안 머물렀다. 9월에 『심훈 시가집』을 출판하려 했으나 검열에 걸려 무산되었다.

1933년(33세) 5월에 당진 본가에서 『영원의 미소』 탈고하고 7월부터 ≪조선중앙일보≫에 연재했으며, 8월에 여운형이 사장인 ≪조선중앙일보≫ 학예부장으로 부임했다. 같은 신문사 자매지인 ≪중앙≫(11월) 창간의 편집에 간여했다.

1934년(34세) 1월 ≪조선중앙일보≫ 학예부장을 그만두었으며, 장편 『직녀성』을 ≪조선중앙일보≫에 3월부터 이듬해 2월까지 연재하였다. 그 원고료로 4월초 '필경사(筆耕舍)'라는 집을 직접 설계하여 짓고 본가에서 나갔다. '필경사'에서 차남 재광(在光)을 낳았고, 이 시기 장조카 심재영을 중심으로 한 부곡리의 '공동경작회' 회원과 어울려 지냈다.

1935년(35세) 1월에 『영원의 미소』(한성도서주식회사) 단행본을 간행하였으며, ≪동아일보≫ 창간 15주년 특별 공모에 6월에 탈고한 『상록수』를 응모하여 8월에 당선되었다. 이 작품은 ≪동아일보≫에 9월부터 이듬해 2월까지 연재되었다. 상금으로 받은 500원 가운데 100원을 '상록학원' 설립에 기부하였다.

1936년(36세) 『상록수』를 영화화할 준비를 거의 마쳤으나 일제의 방해로 실현되지 못했다. 4월에 3남 재호(在昊)를 낳았다. 4월부터 펄벅의 『대지』를 ≪사해공론≫에 번역 연재하기 시작했다. 8월에 베를린 올림 픽 마라톤 우승 소식을 듣고 신문 호외 뒷면에 즉흥시 「오오, 조선의 남아여—마라톤에 우승한 손·남 양 군에게」를 썼다. 『상록수』를 출판하는 일로 상경하여 한성도서주식회사 2층에서 기거하다가 장티푸스에 걸려 9월 16일 경성제국대학병원에서 별세했다.

심재호가 작성한 『심훈문학전집(3)』(탐구당, 1966)의 '작가 연보', 이어령의 『한국작가전기연구(上)』(동화출판공사, 1975)의 '심훈' 부분, 신경림의 『심훈의 문학과 생애: 그날이 오면, 그날이 오며는』(지문사, 1982)의 '심훈의 연보' 그리고 『탄생 100주년 문학인 기념문학제 2001』(대산재단/민족문학작가회의)에 문영진이 작성한 '심훈—작가 연보' 등을 참고하여 편자가 수정—보완하였음.

1. 시

『심훈 시가집』(1932) 수록 작품			
제목	발표매체	발표시기	비고(창작일)
밤—서시	—	—	1923.겨울.
봄의 서곡	—	—	1931.02.23.
피리	—	—	1929.04.
봄비	조선일보	1928.04.24.	1924.04.
영춘삼수(咏春三首)	조선일보	1929.04.20	1929.04.18.
거리의 봄	조선일보	1929.04.23.	1929.04.19.
나의 강산이여	삼천리	1929.07.	1926.05.
어린이날	조선일보	1929.05.07.	1929.05.05.
그날이 오면	–	–	1930.03.01.
도라가지이다	신문예	1924.03.	1922.02.
필경(筆耕)	철필	1930.07.	1930.07.
명사십리	신여성	1933.08.	1932.08.19.
해당화	신여성	1933.08.	1932.08.19.
송도원(松濤園)	신여성	1933.08.	1932.08.02
총석정(叢石亭)	신여성	1933.08.	1933.08.10.
통곡 속에서	시대일보	1926.05.16.	1926.04.29.
생명의 한 토막	중앙	1933.11.	1932.10.08.
너에게 무엇을 주랴	—	—	1927.03.
박군(朴君)의 얼굴	조선일보	1927.12.02.	1927.12.02.
조선은 술을 먹인다.	—	—	1929.12.10.

독백(獨白)	—	—	1929.06.13.
조선의 자매여	동아일보	1932.04.12	1931.04.09.
짝 잃은 기러기	조선일보	1928.11.11.	1926.02.
고독	조선일보	1929.10.15.	1929.10.10.
한강의 달밤	—	—	1930.08.
풀밭에 누어서	—	—	1930.09.18.
가배절(嘉俳節)	조선일보	1929.09.18.	1929.09.17.
내 고향	신가정	1933.03	1932.10.06.
추야장(秋夜長)	—	—	1932.10.09.
소야악(小夜樂)	—	—	1930.09.
첫눈	—	—	1930.11.
눈 밤	신문예	1924.04.	1929.12.23.
패성(浿城)의 가인(佳人)	중앙	1934.01.	1925.02.14.
동우(冬雨)	조선일보	1929.12.17.	1929.12.14.
선생님 생각	조선일보	1930.01.07.	1930.01.05.
태양의 임종	중외일보	1928.10.26~29.	1928.10.
광란의 꿈	—	—	1923.10.
마음의 낙인	대중공론	1930.06.	1930.05.24.
토막생각—생활시	동방평론	1932.05	1932.04.24.
어린 것에게	—	—	1932.09.04.
R씨(氏)의 초상	—	—	1932.09.05.
만가(輓歌)	계명	1926.11.	1926.08.
곡(哭) 서해(曙海)	매일신보	1931.07.13.	1932.07.10.
잘 있거라 나의 서울이여	중외일보	1927.03.06	1927.02.
현해탄(玄海灘)	—	—	1926.02.
무장야(武藏野)에서	—	—	1927.02.
북경(北京)의 걸인	—	—	1919.12.
고루(鼓樓)의 삼경(三更)	—	—	1919.12.19.

심야과황하(深夜過黃河)	—	—	1920.02.
상해(上海)의 밤	—	—	1920.11.
평호추월(平湖秋月)	삼천리	1931.06.	
삼담인월(三潭印月)	—	—	
채련곡(採蓮曲)	삼천리	1931.06.	
소제춘효(蘇堤春曉)	삼천리	1931.06.	
남병만종(南屏晚鐘)	삼천리	1931.06.	
누외루(樓外樓)	삼천리	1931.06.	
방학정(放鶴亭)	—	—	
악왕분(岳王墳)	삼천리	1931.06.	
고려사(高麗寺)	—	—	
항성(杭城)의 밤	삼천리	1931.06.	
전당강반(錢塘江畔)에서	삼천리	1931.06.	
목동(牧童)	삼천리	1931.06.	
칠현금(七絃琴)	삼천리	1931.06.	

『심훈 시가집』(1932) 미수록 작품			
제목	발표매체	발표시기	비고(창작일)
새벽빛	근화	1920.06.	
노동의 노래	공제	1920.10.	
나의 가장 친한 유형식 군을 보고	동아일보	1921.07.30.	
야시(夜市)	계명	1926.11.	1925.07.
일 년 후	계명	1926.11.	
밤거리에 서서	조선일보	1929.01.23.	
산에 오르라	학생	1929.08.	1929.07.01.
제야(除夜)	중외일보	1928.01.07.	1927.12.31.
춘영집(春詠集)	조선일보	1928.04.08.	
가을의 노래	조선일보	1928.09.25	
비 오는 밤	새벗	1928.12.	
원단잡음(元旦雜吟)	조선일보	1929.01.02.	1929.01.01.
저음수행(低吟數行)	조선일보	1929.04.20.	1929.04.18.
야구	조선일보	1929.06.13.	1929.06.10.
가을	조선일보	1929.08.28.	1929.08.27.
서울의 야경	—	—	1929.12.10.
3행일지	신소설	1930.01.	
농촌의 봄	중앙	1933.04.	1933.04.08.
봄의 마음	조선일보	1930.04.23.	1930.04.20.
'웅'의 무덤에서	—	—	1932.03.06.
근음삼수(近吟三首)	조선중앙일보	1934.11.02.	12.11

漢詩	사해공론	1936.05.	
오오 조선의 남아여!(마라톤에 우승한 孫 南 兩君에게)	조선중앙일보	1936.08.11.	1936.08.10.
전당강 위의 봄 밤	심훈문학전집3	탐구당, 1966	04.08.
겨울밤에 내리는 비	심훈문학전집3	탐구당, 1966	01.05.
기적	심훈문학전집3	탐구당, 1966	02.16
뻐꾹새가 운다	심훈문학전집3	탐구당, 1966	05.05.

2. 소설 및 시나리오

제목	발표매체	발표시기
찬미가에 싸인 원혼	신청년	1920.08.
기남(奇男)의 모험 〔소년영화소설〕	새벗	1928.11.
여우목도리	동아일보	1936.01.25.
황공(黃公)의 최후	신동아	1936.01.
탈춤 〔영화소설〕	동아일보	1926.11.09~12.16.
대경성광상곡 〔시나리오〕	중외일보	1928.10.29~30.
5월 비상(飛霜) 〔掌篇小說〕	조선일보	1929.03.20~21.
동방의 애인	조선일보	1930.10.21~12.10.
불사조	조선일보	1931.08.16.~ 1932.02.29.
괴안기영(怪眼奇影) 〔번안〕	조선일보	1933.03.01~03.03
영원의 미소	조선중앙일보	1933.07.10.~ 1934.01.10.
직녀성	조선중앙일보	1934.03.24.~ 1935.02.26.
상록수	동아일보	1935.09.10.~ 1936.02.15.
대지 〔번역〕	사해공론	1936.04~09.

3. 영화평론

제목	발표매체	발표시기
매력 있는 작품: 영화 〈발명영관(發明榮冠)〉 평	시대일보	1926.05.23.
영화계의 일년: 조선영화를 중심으로	중외일보	1927.01.04~10
조선영화계의 현재와 장래	조선일보	1928.01.01~?
〈최후의 인〉 내용 가치	조선일보	1928.01.14~17
영화비평에 대하여	별건곤	1928.02.
영화독어(獨語)	조선일보	1928.04.18~24.
아직 숨겨가진 자랑 갓 자라나는 조선영화계 (여명기의 방화)	별건곤	1928.05.
아동극과 소년 영화: 어린이의 예술교육은 어떤 방법으로 할까	조선일보	1928.05.06~05.09.
〈서커스〉에 나타난 채플린의 인생관	중외일보	1928.05.29~30.
우리 민중은 어떤 영화를 요구하는가—를 논하여 '만년설 군'에게	중외일보	1928.07.11~07.27.
관중의 한 사람으로: 흥행업자에게	조선일보	1928.11.17.
관중의 한 사람으로: 해설자 제군에게	조선일보	1928.11.18.
관중의 한 사람으로: 영화계에 제의함	조선일보	1928.11.20.
〈암흑의 거리〉와 밴크로프의 연기	조선일보	1928.11.27.
조선 영화 총관	조선일보	1929.01.01~?
발성영화론	조선지광	1929.01.
영화화한 〈약혼〉을 보고	중외일보	1929.02.22.
젊은 여자들과 활동사진의 영향	조선일보	1929.04.05
프리츠 랑의 역작 〈메트로폴리스〉	조선일보	1929.04.30.

문예작품의 영화화 문제	문예공론	1929.01.
내가 좋아하는 작품, 작가, 영화, 배우	문예공론	1929.01.
백설같이 순결한 〈거리의 천사〉	조선일보	1929.06.14.
성숙의 가을과 조선의 영화계	조선일보	1929.09.08.
영화 단편어(斷片語)	신소설	1929.12
소비에트 영화, 〈산송장〉 시사평	조선일보	1930.02.14.
영화평을 문제 삼은 효성(曉星) 군에게 일언함	동아일보	1930.03.18.
상해 영화인의 〈양자강〉 인상기	조선일보	1931.05.05.
조선 영화인 언파레드	동광	1931.07
1932년의 조선 영화―시원치 않은 예상기	문예월간	1932.01
연예계 산보: 「홍염(紅焰)」 영화화 기타	동광	1932.10
영화가 산보: 연예에 관한 수상(隨想) 수제(數題)	중앙	1933.11
영화소개: 〈영원의 미소〉	조선중앙일보	1933.12.22
민중교화에 위대한 임무와 연극과 영화사업을 하라	조선일보	1934.05.30~31
다시금 본질을 구명하고 영화의 상도에로: 단편적인 우감수제(偶感數題)	조선일보	1935.07.13~17
영화평: 박기채 씨 제1회 작품 〈춘풍〉을 보고서	조선일보	1935.12.07.
조선서 토키는 시기상조다.	조선영화	1936.11.
〈먼동이 틀 때〉의 회고 〔遺稿〕	조선영화	1936.11.
10년 후의 영화계	영화시대	1947.05.

4. 문학 및 기타 평론

제목	발표매체	발표시기
『무정』, 『재생』, 『환희』, 「탈춤」 기타	별건곤	1927.01.
프로문학에 직언 1,2,3	동아일보	1932.1.15~16.
『불사조』의 모델	신여성	1932.04.
모윤숙 양의 시집 『빛나는 地域』 독후감	조선중앙일보	1933.10.16.
무딘 연장과 녹이 슬은 무기 —언어와 문장에 관한 우감	동아일보	1934.6.15.
삼위일체를 주장: 조선문학의 주류론	삼천리	1935.10.
진정한 독자의 소리가 듣고 싶다 —『상록수』의 작자로서	삼천리	1935.11.
경성보육학교의 아동극 공연을 보고	조선일보	1927.12.16~18.
입센의 문제극	조선일보	1928.03.20~21.
토월회(土月會)에 일언함	조선일보	1929.11.05~06.
극예술연구회 제5회 공연관극기	조선중앙일보	1933.12.02~07.
총독부 제9회 미전화랑(美展畵廊)에서	신민	1929.08.
새로운 무용의 길로: 배구자(裵龜子)의 1회 공연을 보고	조선일보	1929.09.22~25.

5. 수필 및 기타

제목	발표매체	발표시기
편상(片想): 결혼의 예술화	동아일보	1925.01.26.
몽유병자의 일기	문예시대	1927.01.
남가일몽(南柯一夢)	별건곤	1927.08.
춘소산필(春宵散筆)	조선일보	1928.03.14~15.
하야단상(夏夜短想)	중외일보	1928.6.28~29.
수상록	조선일보	1929.04.28.
연애와 결혼의 측면관	삼천리	1929.12.
피기비밀결사 상해 청홍방(靑紅幇)	삼천리	1930.01.
새해의 선언	조선일보	1930.01.03.
현대 미인관: 미인의 절종(絶種)	삼천리	1930.04.
도망을 하지 말고 사실주의로 나가라(기사)	조선일보	1931.01.28
신랑신부의 신혼공동일기	삼천리	1931.02.
재옥중(在獄中) 성욕문제: 원시적 본능과 청년수(靑年囚)	삼천리	1931.03
천하의 절승: 소항주유기(蘇杭州遊記)	삼천리	1931.06.01.
경도(京都)의 일활촬영소(日活撮影所)	신동아	1933.05.
문인서한집: 심훈 씨로부터 안석주(安碩柱) 씨에게	삼천리	1933.03.
낙화	신가정	1933.06.
나의 아호(雅號)—나의 이명(異名)	동아일보	1934.04.06
산도, 강도 바다도 다	신동아	1934.07.

7월의 바다에서	조선중앙일보	1934.07.16~18.
필경사잡기: 최근의 심경을 적어서 —K군에게	개벽	1935.01.
여우목도리	동아일보	1936.01.25.
문인끽연실	중앙	1936.02
필경사잡기	동아일보	1936.03.12~18.
무전여행기: 북경에서 상해까지	심훈문학전집3	탐구당, 1966.
독서욕(讀書慾)	심훈문학전집3	탐구당, 1966.
1920년 일기	심훈문학전집3	탐구당, 1966.
서간문	심훈문학전집3	탐구당, 1966.

1. 작품집

『영원의 미소』, 한성도서주식회사, 1935.

『상록수』, 한성도서주식회사, 1936.

『직녀성 (상), (하)』, 한성도서주식회사, 1937.

『상록수』, 한성도서주식회사, 1948.

『영원의 미소 (상), (하)』, 한성도서주식회사, 1949.

『직녀성 (상), (하)』, 한성도서주식회사, 1949.

『심훈전집 (1): 상록수』, 한성도서주식회사, 1953.

『심훈전집 (2): 영원의 미소 (상)』, 한성도서주식회사, 1953.

『심훈전집 (3): 영원의 미소 (하)』, 한성도서주식회사, 1953.

『심훈전집 (4): 직녀성 (상)』, 한성도서주식회사, 1953.

『심훈전집 (5): 직녀성 (하)』, 한성도서주식회사, 1953.

『심훈전집 (6): 불사조』, 한성도서주식회사, 1953.

『심훈전집 (7): (시가 수필) 그날이 오면』, 한성도서주식회사, 1953.

『심훈문학전집 (1~3)』, 탐구당, 1966.

신경림 편저, 『그날이 오면, 그날이 오며는: 심훈의 생애와 문학』, 지문사, 1982.

백승구 편저, 『심훈의 재발견』, 미문출판사, 1985.

정종진 편, 『그날이 오면 (외)』, 범우사, 2005.

심재호, 『심훈을 찾아서』, 문화의 힘, 2016.

2. 평론 및 연구논문

1) 작가론

서광제 · 최영수 · 김억 · 김태오 · 이기영 · 김유영 · 이태준 · 엄흥섭, 「애도 심훈」, ≪사해
　　　공론≫, 1936.10.
김문집, 「심훈 통야현장(通夜現場)에서의 수기」, ≪사해공론≫, 1936.10.
이석훈, 「잊히지 않는 문인들」, ≪삼천리≫, 1949.12.
최영수, 「고사우(故思友): 심훈과 『상록수』」, ≪국도신문≫, 1949.11.12.
윤병로, 「심훈과 그의 문학」, 성균관대 『성균』16, 1962.10.
윤석중, 「고향에서의 객사: 심훈」, ≪사상계≫128, 1963.12.
이희승, 「심훈의 일기에 부치는 글」, ≪사상계≫128, 1963.12.
심재화, 「심훈론」, 중앙대, 『어문논집』4, 1966.
유병석, 「심훈의 생애 연구」, 『국어교육』14, 1968.
이어령, 「심훈」, 『한국작가전기연구 (上)』, 동화출판공사, 1975.
윤병로 , 「심훈론: 계몽의 선각자」, 『현대작가론』, 이우출판사, 1978.
유병석, 「심훈론」, 서정주 외, 『현대작가론』, 형설출판사, 1979.
백남상, 「심훈 연구」, 중앙대 『어문논집』15, 1980.
류양선, 「심훈론: 작가의식의 성장과정을 중심으로」, 『관악어문연구』5, 1980.
한점돌, 「심훈의 시와 소설을 통해 본 작가의식의 변모과정」, 『국어교육』41, 1982.
유병석, 「심훈의 작품세계」, 전광용 외, 『한국현대소설사연구』, 민음사, 1984.
노재찬, 「심훈의 <그날이 오면>」, 부산대 『교사교육연구』11, 1985.
전영태, 「진보주의적 정열과 계몽주의적 이성: 심훈론」, 김용성 · 우한용, 『한국근대작가
　　　연구』, 삼지원, 1985.
최원식, 「심훈 연구 서설」, 김학성 · 최원식 외, 『한국근대문학사의 쟁점』, 창작과비평사,
　　　1990.
임헌영, 「심훈의 인간과 문학」, 『한국문학전집』, 삼성당, 1994.
강진호, 「『상록수』의 산실, 필경사」, 『한국문학, 그 현장을 찾아서』, 계몽사, 1997.
윤병로, 「식민지 현실과 자유주의자의 만남: 심훈론」, ≪동양문학≫2, 1998.08.
류양선, 「광복을 선취한 늘푸른 빛: 심훈의 생애와 문학 재조명」, ≪문학사상≫30(9), 2001.
　　　09.
한기형, 「습작기(1919~1920)의 심훈」, 『민족문학사연구』22, 2003.
정종진, 「'그 날'을 위한 비분강개」, 정종진 편, 『그날이 오면(외)』, 범우사, 2005.
주　인, 「'심훈' 문학연구 방법에 대한 서설」, 중앙대 『어문논집』34, 2006.

한기형, 「'백랑(白浪)'의 잠행 혹은 만유: 중국에서의 심훈」, 『민족문학사연구』35, 2007.
권영민, 「심훈 시집 『그날이 오면』의 친필 원고들」, 『권영민의 문학콘서트』, 2013.03.19.
　　　　(http://muncon.net)
권보드래, 「심훈의 시와 희곡, 그 밖에 극(劇)과 아동문학 자료」, 『근대서지』10, 2014.
하상일, 「심훈과 중국」, 『비평문학』(55), 2015.
박정희, 「심훈 문학과 3·1운동의 '기억학'」, 명지대 『인문과학연구논총』37(1), 2016.

2) 시

M. C. Bowra, 「한국 저항시의 특성: 슈타이너와 심훈」, ≪문학사상≫, 1972.10.
김윤식, 「박두진과 심훈: 황홀경의 환각에 관하여」, ≪시문학≫, 1983.08.
김이상, 「심훈 시의 연구」, 『어문학교육』7, 1984.
노재찬, 「심훈의 「그날이 오면」, 이 시에 충만한 항일민족정신의 소유 攷」, 『부산대 사대
　　　　논문집』, 1985.12.
김재홍, 「심훈: 저항의식과 예언자적 지성」, ≪소설문학≫, 1986.08.
김동수, 「일제침략기 항일 민족시가 연구」, 원광대 『한국학연구』2, 1987.
진영일, 「심훈 시 연구(1)」, 동국대 『동국어문논집』3, 1989.
김형필, 「식민지 시대의 시정신 연구: 심훈」, 한국외국어대 『논문집』24, 1991.
이 탄, 「조명희와 심훈」, ≪현대시학≫276, 1992.03.
김 선, 「객혈처럼 쏟아낸 저항의 노래 : 심훈의 작가적 모랄과 고뇌에 관하여」, ≪문예운
　　　　동≫, 1992.08.
조두섭, 「심훈 시의 다성성 의미」, 대구대 『외국어교육연구』, 1994.
박경수, 「현대시에 나타난 현해탄체험의 형상화 양상과 의미」, 『한국문학논총』48, 2008.
김경복, 「한국현대시에 나타난 관부연락선의 의미」, 경성대 『인문학논총』13(1), 2008.
윤기미, 「심훈의 중국생활과 시세계」, 『한중인문학연구』28, 2009.
신웅순, 「심훈 시조고(考)」, 『한국문예비평연구』36, 2011.
장인수, 「제국의 절취된 공공성: 베를린올림픽 행사 '시'와 일장기 말소사건」, 『반교어문
　　　　연구』40, 2015.
하상일, 「심훈의 중국체류기 시 연구」, 『한민족문화연구』51, 2015.

3) 소설

정래동, 「三大新聞 長篇小說評」, ≪개벽≫, 1935.03.
홍기문, 「故 심훈씨의 유작 『직녀성』을 읽고」, ≪조선일보≫, 1937.10.10.
김 현, 「위선과 패배의 인간상: 『흙』과 『상록수』를 중심으로」, ≪세대≫, 1964.10.

유병석, 「심훈의 생애 연구」, 『국어교육』14, 1968.

홍효민, 「『상록수』와 심훈과」, 《현대문학》, 1968.01.

천승준, 「심훈 작품해설」, 『한국대표문학전집6』, 삼중당, 1971.

홍이섭, 「30년대 초의 심훈문학:『상록수』를 중심으로」, 《창작과비평》, 1972.가을.

정한숙, 「농민소설의 변용과정: 춘원·심훈·무영·영준의 작품을 중심으로」, 고려대 『아세아연구』15(4), 1972.

신경림, 「농촌현실과 농민문학」, 《창작과비평》, 1972.여름.

김우종, 「심훈편」, 『신한국문학전집9』, 어문각, 1976.

이국원, 「농민문학의 전개과정: 농민문학의 새로운 방향을 위하여」, 서울대 『선청어문』7, 1976.

이두성, 「심훈의 『상록수』를 중심으로 한 계몽주의문학 연구」, 명지대 『명지어문학』9, 1977.

조진기, 「농촌소설과 귀종의 지식인」, 영남대 『국어국문학연구』, 1978.

최홍규, 「30년대 정신사의 한 불꽃: 심훈의 작품세계」, 『한국문학대전집7』, 태극출판사, 1979.

백남상, 「심훈 연구」, 중앙대 『어문논집』, 1980.

송백헌, 「심훈의 『상록수』: 희생양의 이미지」, 《심상》, 1981.07.

전광용, 「『상록수』고」, 『한국근대문학사론』, 한길사, 1982.

김붕구, 「심훈: '인텔리 노동인간'의 농민운동」, 『작가와 사회』, 일조각, 1982.

김현자, 「『상록수』고」, 서울여대 『태릉어문연구』2, 1983.

오양호, 「『상록수』에 나타난 계몽의식의 성격고찰」, 『한민족어문학』10, 1983.

이인복, 「심훈과 기독교 사상—『상록수』를 중심으로」, 《월간문학》, 1985.07.

송백헌, 「심훈의 『상록수』」, 충남대 『언어·문학연구』5, 1985.

최희연, 「심훈의 『직녀성』에서의 인물의 전형성과 역사적 전망의 문제」, 『연세어문학』21, 1988.

구수경, 「심훈의 『상록수』고」, 충남대 『어문연구』19, 1989.

조남현, 「심훈의 『직녀성』에 보인 갈등상」, 『한국소설과 갈등상』, 문학과비평사, 1990.

김영선, 「심훈 장편소설 연구」, 대구교대 『국어교육논지』16, 1990.

신헌재, 「1930년대 로망스의 소설 기법」, 구인환 외, 『한국현대장편소설연구』, 삼지원, 1990.

윤병로, 「심훈의 『상록수』론」, 《동양문학》39, 1991.

유문선, 「나로드니키의 로망스: 심훈의 『상록수』에 대하여」, 《문학정신》58, 1991.

김윤식, 「상록수를 위한 5개의 주석」, 『환각을 찾아서』, 세계사, 1992.

송지현, 「심훈 『직녀성』고: 그 드라마적 특성을 중심으로」, 『한국언어문학』31, 1993.

오현주, 「심훈의 리얼리즘 문학 연구:『직녀성』과 『상록수』를 중심으로」, 한국문학연구회

　　　편, 『1930년대 문학연구』, 평민사, 1993.

오현주, 「심훈의 리얼리즘문학 연구」, 『현대문학의 연구』4, 1993.

류양선, 「『상록수』론」, 『한국문학과 리얼리즘』, 한양출판, 1995.

류양선, 「좌우익 한계 넘은 독자의 농민문학: 심훈의 삶과 『상록수』의 의미망」, 『상록수·
　　　휴화산』, 동아출판사, 1995.

김구중, 「『상록수』의 배경연구」, 『한국언어문학』42, 1995.

조남현, 「『상록수』 연구」, 조남현 편, 『상록수』, 서울대출판부, 1996.

윤병로, 「심훈의 『상록수』」, ≪한국인≫16(6), 1997.

곽　근, 「한국 항일문학 연구: 심훈 소설을 중심으로」, 동국대 『동국어문논집』7, 1997.

민현기, 「심훈의 『동방의 애인』」, 『한국현대소설연구』, 계명대출판부, 1998.

장윤영, 「심훈의 『영원의 미소』 연구」, 상명대, 『상명논집』5, 1998.

김구중, 「『상록수』, 허구/역사가 교접하는 서사의 자아 변화 연구」, 『한국문학이론과 비평』
　　　6, 1999.

신춘자, 「심훈의 기독교소설 연구」, 『한몽경제연구』4, 1999.

심진경, 「여성 성장 소설의 플롯: 심훈의 『직녀성』」, 『현대소설 플롯의 시학』, 태학사,
　　　1999.

임영천, 「근대한국문학과 심훈의 농촌소설: 『상록수』 기독교소설적 특성을 중심으로」, 채
　　　수영 외, 『탄생 100주년 한국작가 재조명, 국학자료원, 2001.

박소은, 「새로운 여성상과 사랑의 이념: 심훈의 『직녀성』」, 동국대 『한국문학연구』24,
　　　2001.

진선정, 「『상록수』에 나타난 여성인식 양상」, 『한남어문학』25, 2001.

채상우, 「청춘과 연애, 그리고 결백의 수사학」, 동국대 한국학연구소 엮음, 『한국문학과 근
　　　대의식』, 이회, 2001.

이상경, 「근대소설과 구여성」, 『민족문학사연구』19, 2001.

김윤식, 「문화계몽주의의 유형과 그 성격: 『상록수』의 문제점」, 1993. 경원대 편, 『언어와
　　　문학』 역락, 2001.

박상준, 「현실성과 소설의 양상: 박종화, 심훈, 최서해의 1930년대 장편소설을 중심으로」,
　　　≪작가≫, 2001.

최원식, 「서구 근대소설 대 동아시아 서사: 심훈 『직녀성』의 계보」, 성균관대 『대동문화
　　　연구』40, 2002.

임영천, 「심훈 『상록수』 연구: 『여자의 일생』과의 대비적 고찰을 겸하여」, 『한국문예비평
　　　연구』11, 2002.

문광영, 「심훈의 장편 『직녀성』의 소설기법」, 인천교대, 『교육논총』20, 2002.

권희선, 「중세서사체의 계승 혹은 애도: 심훈의 『직녀성』 연구」, 『민족문학사연구』20, 2002.

이인복, 「심훈의 傍外的 비판의식」, 『우리 작가들의 번뇌와 해탈』, 국학자료원, 2002.

류양선, 「심훈의 『상록수』 모델론: '상록수'로 살아있는 '사랑'의 여인상」, 『한국현대문학연구』13, 2003.

박헌호, 「'늘 푸르름'을 기리기 위한 몇 가지 성찰:『상록수』단상」, 박헌호 편, 『상록수』, 문학과지성사, 2005.

이진경, 「수행적 민족성: 1930년대 식민지 한국에서의 문화와 계급」, 동국대『한국문학연구』28, 2005.

김화선, 「한글보급과 민족형성의 양상: 심훈의 『상록수』를 중심으로」, 『어문연구』51, 2006.

이혜령, 「신문・브나로드・소설」, 『한국근대문학연구』15, 2007.

남상권, 「『직녀성』 연구:『직녀성의 가족사 소설의 성격」, 『우리말글』39, 2007.

김화선, 「심훈의『영원의 미소』에 나타난 근대적 글쓰기의 양상」, 『비평문학』26, 2007.

이혜령, 「지식인의 자기정의와 '계급'」, 『상허학보』22, 2008.

김경연, 「1930년대 농촌・민족・소설로의 회유(回遊: 심훈의 『상록수』론」, 『한국문학논총』48, 2008.

한기형, 「심훈의 중국체험과 『동방의 애인』」, 성균관대『대동문화연구』63, 2008.

강진호, 「현대성에 맞서는 농민적 가치와 삶」, 『국제어문』43, 2008.

장영은, 「금지된 표상, 허용된 표상」, 『상허학보』22, 2008.

송효정, 「비국가와 월경(越境)의 모험」, 『대중서사연구』24, 2010.

정호웅, 「푸르른 생명의 기운」, 정호웅 엮음, 『상록수』, 현대문학, 2010.

정홍섭, 「원본비평을 통해 본『상록수』의 텍스트 문제」, 『한국문학이론과 비평』47, 2010.

조윤정, 「식민지 조선의 교육적 실천, 소설 속 야학의 의미」, 고려대『민족문화연구』52, 2010.

노형남, 「브라질의 꼬엘류와 우리나라의 심훈에 의한 저항의식에 기반한 대안사회」, 『포르투갈—브라질 연구』8, 2011.

박연옥, 「희망과 긍정의 열린 결말: 심훈의『상록수』」, 박연옥 편, 『상록수』, 지식을만드는지식, 2012.

권철호, 「심훈의 장편소설에 나타나는 '사랑의 공동체': 무로후세코신[室伏高信]의 수용양상을 중심으로」, 『민족문학사연구』55, 2014.

강지윤, 「한국문학의 금욕주의자들: 자율성을 둘러싼 사랑과 자본의 경쟁」, 『사이』16, 2014.

엄상희, 「심훈 장편소설의 '동지적 사랑'이 지닌 의의와 한계」, 대구가톨릭대『인문과학연구』22, 2014.

박정희, 「'家出한 노라'의 행방과 식민지 남성작가의 정치적 욕망:『인형의 집을 나와서』와『직녀성』을 중심으로」, 명지대『인문과학연구논총』35(3), 2014.

권철호, 「심훈의 장편소설『직녀성』 재고」, 『어문연구』43(2), 2015.

4) 영화

만년설, 「영화예술에 대한 관견」, ≪중외일보≫, 1928.07.01~07.09.

임　화, 「조선영화가 가진 반동적 소시민성의 말살: 심훈 등의 도량(跳梁)에 항(抗)하여」, ≪중외일보≫, 1928.07.28~08.04.

G.　생, 「<먼동이 틀 때>를 보고」, ≪동아일보≫, 1927.11.02.

윤기정, 「최근문예잡감(其3): 영화에 대하야」, ≪조선지광≫, 1927.12.

최승일, 「1927년의 조선영화계: 국외자가 본(3)」, ≪조선일보≫, 1928.01.10.

서광제, 「조선영화 소평(小評)(2)」, ≪조선일보≫, 1929.01.30.

오영진, 「중대한 문헌적 가치: 심훈 30주기 추모(미발표)유고특집」, ≪사상계≫152, 1965.10.

김종욱, 「『상록수』의 '통속성'과 영화적 구성원리」, ≪외국문학≫, 1993. 봄.

김경수, 「한국근대소설과 영화의 교섭양상 연구: 근대소설의 형성과 영화체험」, 『서강어문』15, 1999.

전흥남, 「심훈의 영화소설 「탈춤」과 문화사적 의미」, 『한국언어문학』52, 2004.

강옥희, 「식민지시기 영화소설 연구」, 『민족문학사연구』32, 2006.

주　인, 「영화소설 정립을 위한 일고」, 『어문연구』34(2), 2006.

조혜정, 「심훈의 영화적 지향성과 현실인식 연구」, 『영화연구』(31), 2007.

박정희, 「영화감독 심훈의 소설 『상록수』 연구」, 『한국현대문학연구』21, 2007.

김외곤, 「심훈 문학과 영화의 상호텍스트성」, 『한국현대문학연구』31, 2010.

전우형, 「심훈 영화비평의 전문성과 보편성 지향의 의미」, 『대중서사연구』28, 2012.

3. 학위논문

유병석, 「심훈 연구: 생애와 작품」, 서울대 석사논문, 1965.

류창목, 「심훈작품에서의 인간과제: 주로 『상록수』를 중심으로」, 경북대 석사논문, 1973.

임영환, 「일제 강점기 한국 농민소설 연구」, 서울대 석사논문, 1976.

이주형, 「1930년대 장편소설연구」, 서울대 박사논문, 1977.

오경, 「1930년대 한국농촌문학의 성격 연구: 이광수, 심훈, 이무영의 작품을 중심으로」, 이화여대 석사논문, 1974.

심재홍, 「심훈 소설 연구」, 연세대 석사논문, 1979.

신상식, 「『흙』과 『상록수』의 계몽주의적 성격」, 고려대 석사논문, 1982.

오양호, 「한국농민소설연구」, 영남대 박사논문, 1982.

이경진, 「심훈의 『상록수』 연구: 작품 분석을 중심으로」, 고려대 석사논문, 1982.

정대재, 「한국농민문학 연구: 춘원, 심훈, 김유정, 박영준, 이무영의 작품을 중심으로」, 중앙대 석사논문, 1982.

이정미, 「심훈 연구: 「탈춤」, 『영원의 미소』, 『상록수』를 중심으로」, 충북대 석사논문, 1982.

김성환, 「심훈 연구」, 충남대 석사논문, 1983.

이정미, 「심훈 연구」, 충북대 석사논문, 1983.

이항재, 「뚜르게네프의 『처녀지』와 심훈의 『상록수』 간의 비교문학적 연구: Parallel study에 의한 시도」, 고려대 석사논문, 1983.

임무출, 「심훈 소설 연구: 작품 속에 나타난 작가의식을 중심으로」, 영남대 석사논문, 1983.

심재복, 「『흙』과 『상록수』의 비교연구」, 충남대 석사논문, 1984.

이병문, 「한국 항일시에 관한 연구: 심훈, 윤동주, 이육사를 중심으로, 공주사대 석사논문, 1984

오종주, 「『흙』과 『상록수』의 비교 고찰」, 조선대 석사논문, 1984.

고광헌, 「심훈의 시 연구: 그의 생애와 관련하여」, 경희대 석사논문, 1984.

조남철, 「일제하 한국 농민소설 연구」, 연세대 박사논문, 1985.

정경훈, 「심훈의 장편소설 연구: 인물과 배경을 중심으로」, 충남대 석사논문, 1985.

이재권, 「심훈 소설연구」, 전북대 석사논문, 1985.

임영환, 「1930년대 한국 농촌사회소설 연구」, 서울대 박사논문, 1986.

하호근, 「소설 작중인물의 행위양식 연구: 심훈의 『상록수』와 채만식의 『탁류』를 대상으로」, 부산대 석사논문, 1986.

한양숙, 「심훈 연구: 작가의식을 중심으로」, 계명대 석사논문, 1986.

백인식, 「심훈 연구: 작품에 나타난 현실인식의 변모양상을 중심으로」, 경북대 석사논문, 1987.

유인경, 「심훈소설의 연구」, 건국대 대학원, 1987.

이중원, 「심훈 소설연구: 『동방의 애인』, 『불사조』, 『직녀성』을 중심으로」, 계명대 석사논문, 1988.

박종휘, 「심훈 소설 연구」, 서울대 석사논문, 1989.

신순자, 「심훈 농촌소설의 재조명: 그의 문학적 성숙과정을 중심으로」, 경희대 석사논문, 1989.

김 준, 「한국 농민소설 연구: 광복 이전의 작품을 중심으로」, 경희대 박사논문, 1990

최희연, 「심훈 소설 연구」, 연세대 박사논문, 1991.

백원일, 「1930년대 한국농민소설의 성격연구: 이광수, 심훈, 이무영 작품을 중심으로」, 동국대 석사논문, 1991.

신승혜, 「심훈 소설 연구」, 고려대 석사논문, 1992.

최갑진, 「1930년대 귀농소설 연구」, 동아대 박사논문, 1993.

장재선, 「1930년대 농민소설 연구: 이광수의 『흙』, 이기영의 『고향』, 심훈의 『상록수』를 중심으로」, 동국대 석사논문, 1993.

백운주, 「1930년대 대중소설의 독자 공감요소에 관한 연구: 『흙』, 『상록수』, 『찔레꽃』, 『순애보』를 중심으로」, 제주대 석사논문, 1996.

박명순, 「심훈 시 연구」, 한국외국어대 석사논문, 1997.

이영원, 「심훈 장편소설 연구」, 경북대 석사논문, 1999.

이정옥, 「대중소설의 시학적 연구: 1930년대를 중심으로」, 서강대 박사논문, 1999.

김종성, 「심훈 소설 연구: 인물의 갈등과 주제의 형상화 구도를 중심으로」, 성균관대 석사논문, 2002.

김성욱, 「심훈의 『상록수』 연구」, 한양대 석사논문, 2003.

박정희, 「심훈 소설 연구」, 서울대 석사논문, 2003.

최지현, 「근대소설에 나타난 학교: 이태준, 김남천, 심훈의 장편소설을 중심으로」, 동국대 석사논문, 2004.

이호림, 「1930년대 소설과 영화의 관련양상 연구」, 성균관대 박사논문, 2004.

조제웅, 「심훈 시 연구」, 영남대 박사논문, 2006.

김 선, 「한국 현대시에 나타난 '밤' 이미지 연구: 이상화, 심훈, 윤동주의 시를 중심으로」, 경희대 석사논문, 2008.

조윤정, 「한국 근대소설에 나타난 교육장과 계몽의 논리」, 서울대 박사논문, 2010.

양국화, 「한국작가의 상해지역 체험과 그 문학적 형상화: 주요한, 주요섭, 심훈을 중심으로」, 인하대 석사논문, 2011.

박재익, 「1930년대 농촌계몽서사 연구: 『고향』, 『흙』, 『상록수』를 중심으로」, 연세대 석사논문, 2013.